U0895575

众生入镜

石老狮——著

Beings in the mirror

上海文艺出版社
Shanghai Literature & Art Publishing House

目 录

第一章　职称

在火锅城，没有人不知道火锅大学，因为它几乎就是这座城市的象征。过去，在长达几十年的岁月里，火锅大学一直是这座城市里规模最大的一所大学，而现在，它则将整座城市都揽入了它的怀抱。这还得从十多年前说起，当时忽然流行大学合并，火锅大学三下五除二，就将同城的另外三所学校兼并了过来（一所师范学院、一所畜牧兽医学院和一所工业学校），使它的学生人数猛增，声名鹊起。以前人们一般都认为省里最好的大学是省城的白菜大学和青菜大学，但是现在，火锅大学正准备与它们一争高下。如果仅仅从学生人数上来看，火锅大学还超过了这两所老牌大学。原有的老校区，加上兼并过来的三个校区，正好不偏不倚，占据了火锅城的四个角，所以火锅大学的人总喜欢开玩笑说，火锅城地处火锅大学。

对于地理位置偏僻、经济也不够发达的火锅城来说，火锅大学的地位举足轻重。它的几万师生每天都要消费，从而拉动了地方经济。它带动了文化、教育及培育产业的发展。它引领了本地时尚和消费。火锅大学的学生们穿什么吃什么，本地青年人就会追随什么。甚至火锅城悠久的方言系统近年也正在受到冲击，因为火锅大学的学生大多说普通话，本城年轻人说普通话的也就越来越多；火锅城不多的一点国际元素也大多来自火锅大学，街上偶尔出现的外国人，主要都来自火锅大学，要么是外教，要么是留学生。

火锅大学里面的人与事，周边的老百姓虽然弄得不太明白，但他们仍然乐于了解、传颂。要是一两个月火锅大学没有点什么动静，居民们便会觉得生活索然无味。这不，深秋时节，火锅大学发生的一桩奇事就迅速成了火锅城街头巷尾热议的话题。

这是一个星期三的下午。临近三点，事件的当事人，火锅大学的教师盛楠，正骑着一辆老式的二八自行车，行驶在从家属院去往教学区的路上。这本是一年中最美好的季节，秋高气爽，景色宜人，可盛楠却心绪不佳，因为他再一次没有评上教授。根据事先得到的消息，今天下午学院召开的临时会议，主要就是宣布一年一度的职称评定结果。盛楠五十九岁了，明年五月就要退休，这就意味着，他将以副教授的名义结束他在火锅大学三十余年的教师生涯。十五年前，他四十四岁的时候评上了副教授，然后在五十一岁的时候开始申请教授，一直到如今，他接连申请八年了，可年年落空，始终也没能评上。

一路上，盛楠感到他的双手、脖子和脑袋都沉甸甸的。沿途这一切，花草、树木、熟悉的建筑物虽然都还是老样子，可是盛楠总觉得，今天自己与它们格格不入。脚下的这辆老自行车，过去骑起来一直是顺顺溜溜的，可最近，它变得不怎么听使唤了，总是吱吱嘎嘎地响个不停。今天它尤其反常，就像一大块生铁，蹬起来比以往任何时候都要费劲。盛楠身子蜷缩在自行车上，机械地蹬踩着，两眼直愣愣地看着前方。

从几棵老槐树下骑过来，经过一座石拱桥，盛楠就到单位了。桥下有一条不宽的河。这是一条老河，在火锅大学成立之前它就存在了。它从城里流入学校，在学校转了半个圈，又流进城里；它从城里带来一些垃圾，在这儿沉下一些，同时又携带走一些新的垃圾，一股脑儿流入城里。

盛楠来到三号楼前，东张西望一番，才找地方支好他的自行车。从前这儿相当宽敞，大楼正前方，紧靠草坪，长期都是停放自行车的地方，可是这几年，骑自行车上班的人越来越少了，空地已经被汽车占据，停自行车只能去找那些边边角角。

盛楠往楼中走去。单从走路的姿势和身材来看，他并不像一个即将退休的人。他面容清癯，五官端正，表情和善，穿着一件藏青色的夹克衫，里面是一件浅灰色的羊绒毛衣，再里面是一件米色的格子衬衣。他的胡须刮得干干净净，头发从左到右梳着，其中少见白发。走到二楼拐弯的时候，从上面下来一个人跟他打招呼，他还热情地回答说："你好，忙呢？"

这是一栋四层的老式办公楼，修建的时候是给当时在校的苏联专家办公用的，有些西方建筑的特点，墙体厚实、窗户宽大、冬暖夏凉。它原本是一幢标准的一字形大楼，就像一块横放在地上的方砖，线条清晰而优美，前些年学校有了钱，它就改变了模样。学校先是将它装修一番，将墙壁都粉刷一新，在楼道上铺上地砖，给每间办公室都装上空调，在窗户外面支上一个个花花绿绿的遮阳帘。几年后，学校又有了新的钱，几个干部模样的人在大楼周围比画了几天，在这栋楼与后面不远处一栋楼之间修了两个配楼，新楼老楼连在一起，形成一个天井式的、四方形的大楼，仍称三号楼。为了统一风格，原来老楼顶部那个硬山顶式的传统屋顶被拆掉了，用一个钢架子箍成一个方圈，蒙上铁皮，喷了一圈振兴火锅大学的标语。同时，楼中还新装了电梯。不过盛楠仍然习惯沿着原来的老楼梯走上去。自从大楼被改建之后，年纪大的老师始终都不太习惯这格局，用资料室的老胡的话说，每次来到楼下都有点“蒙圈”。

盛楠很快上到了调料学院所在的第四层。因为开会的时间马上到了，他没有去教研室，而是直接到了学院的会议室。会议室里面已经坐了不少人。通常开会时老师们都喜欢靠墙根坐成两圈，中间，大会议桌周围，则留给学院的领导和行政人员。盛楠环顾一圈，见四面都已经坐满，只好走到会议桌旁边一张空椅子上坐了下来。从前还叫调料系的时候，老师数量一直没超过四十，升级成调料学院之后，现在老师数量都快九十了。当然，专业也从两个增加到四个，学生人数也翻了一倍多。如果大家都来开会的话，这会议室实际上是坐不下的，好在每次人都不是很全。盛楠假装若无其事地扫视了一下，发现情况和平时没什么两样。是啊，他内心是心潮澎湃，可对别人来说，这就是一个普通的、甚至是枯燥乏味的下午，例行公事而已。这样他反倒觉得好受一点。因为至少从表面来看，一切都很正常。天并没有塌下来。

会议很随意地就开始了。院里的会通常都这样，没有什么正规的程序和气氛。领导们讲话的时候，老师们大都三心二意，有人抓着刚从行政办公室顺手扯来的报纸在看，有人低头想着心事，有人小声聊天，也有人捧着手机在看微信。还有的，正专心致志地在粘贴着一叠叠发票，这都是有课题在准备报账的。盛楠比谁都认真，啥也没干，专心听着讲话。先是教学秘书讲了一些教学上的事儿，然后，学院的副院长，一个留着短发的中年女子讲了些学生的事，念了两份学校发下来的文件，最后，院长陶玉彬开始讲话。

陶玉彬中等身材，脸圆而厚，讲起话来不紧不慢，既显得很自然随意，又似乎对这儿的一切都蛮有把握。今天他穿着一件咖啡色的西服，里面套着一件深褐色的鸡心领羊毛衫。他先通报了学校期中教学检查的结果，接着讲起院里申报“调料学科博士学位点”的进展情况。这是院里今年的大事，被称为“跑点”。陶玉彬早就说过，如果“跑点”能够跑下来，学院就将享受重点学科的待遇，不但办公条件能够改善一下，经费也会宽裕一些，如果仍然跑不下来，调料学院可能就会逐渐边缘化，那样日子就会越来越难过。这事陶玉彬讲得仔细，听的人也比刚才多些。陶玉彬一口气讲了近半小时，期间又有老师插话、询问，会议室里的气氛，一下子活跃了许多。

盛楠以为，陶玉彬讲完“跑点”的事后就会宣布职称评定结果，并预测陶玉彬会采取一种什么样的表情和语气，但是陶玉彬却把会议交给了院里的另一个副院长，同时也是院里工会主席的一个中年男人，由他来宣布调料学院将参加在下周末举行的全校教职工登山比赛的名单。念完后他特地强调说，希望念到名字的老师一定要去参加，今年调料学院要争取进入团体前三名，一旦进入，将有一笔奖金，这样，加上学院工会自筹一点，学院就可以像去年一样，利用这笔钱在元旦前后集中开会的时候搞一次联欢活动。主席还特地提醒盛楠一定要参赛，因为他在老年组中很有竞争力，是主力队员。盛楠听后没像往常那样很客气地回应，一声未吭。虽然他没有吭声，别人的问题却不少。有说自己不一定能参加，要求换人的；有协商是自己开车还是坐校车去的；也有问今年还发不发鞋和运动服的，因为去年参加的老师就每人得了一身。主席很费了一番口舌，才解答完这些问题。

会议室稍微安静下来之后，盛楠心里说："现在总该说职称的事了吧？"同时，他开始酝酿情绪，准备接受那对他而言堪称灾难性的结果。可是这时，陶玉彬又叫起来资料室的老胡，由他向老师们传授到学校财务中心报账的经验。"自从报销制度改革以来，所有课题的钱都放到了学校财务中心，大伙儿每花一笔钱都要到财务中心报销，许多人都在抱怨这报销关难过，但不好过也得过啊！"陶玉彬说，"以后这方面有不明白的，统一找老胡。他已经成了这方面的行家。为了协助大家报销，学院已经请他担任兼职的科研秘书。"

老胡已经从墙角站了起来。他显然是要让大伙儿明白，自己是很严肃地对待这个兼任的身份的。他想讲点什么，但还没开口自己先笑了。有些人跟着他笑起来，似乎是觉得他的形象跟他的新身份——科研秘书有些不搭调。他一脸络腮胡，脸膛红扑扑的，肯定是中午喝了几杯。他说："这个……反正，大家别客气，有事儿来找我，财务中心那儿，咱熟。"然后他就不讲了。有人起哄说："到底怎么报，你倒是说啊！"陶玉彬也说："你跟大家讲讲，最近没报成账的，为什么没报成，哪儿不合格。""这个，"老胡说，"主要是要把发票弄好。现在必须要正规发票。那些不合规定的票据，统统不好使了。大家如果缺发票，先到万全小商品批发市场三楼柜台那儿弄去，我都跟人家讲好了，你只要说是火锅大学的，他们就知道怎么给你开。好不？弄来了发票，我再来教你怎么贴发票、怎么填表什么的。"

果真有人你一言我一语地问上了。盛楠无奈，只好低头等待。老胡虽然只是一个资料室的管理员，但人缘很好，大伙儿没事的时候，常常爱到他那儿转一转，找他聊两句，这下子倒好，有人借机逗他取起乐来，而有的人则是真急着要搞清报销的事，于是会议室里一下子变得乱哄哄的。陶玉彬急了，催问老胡："我不是让你打印一份报销指南吗？""打了，忘带来了。"老胡说。陶玉彬说："去拿啊，多复印一些，让大家熟悉新的报销程序。靠嘴说你得说到哪年啊！"

老胡立即起身出去了，陶玉彬示意大家安静，才又接着说："下面通报一下今年的职称评定结果。今年我们学院有一位老师申请正高，三位老师申请副高，全校的情况是——"

听到这里，盛楠的心跳开始加速。他心里说：“总算轮到正事了。陶玉彬，你这个老油子，会议拉拉杂杂扯了半天，才轮到职称，说明你根本就没把这事放在心上。今天开会不就是为了职称这件事吗？其他事儿哪一件不可以在微信群内解决？”

这时陶玉彬正好宣布结束：“——这两位老师晋升为副教授。让我们对他们表示祝贺！”

会议室稀稀拉拉地响起一片掌声。随即有人喊道：“评上的得请客啊！”

再清楚不过了，申请晋升副高的三人中，两人晋升成功，申请晋升正高的一人没有成功，而这人就是盛楠。

一些人开始挪动椅子，一些人互相说着话，显然，会议结束了，该散场了。陶玉彬合上他手中的笔记本。这时盛楠忽然问：“就完了？”

见没有几个人听见，盛楠于是再次大喊了一声：“这就完了？”

有人觉得盛楠的声音有些异样，怔怔地看着他。陶玉彬也有些惊诧，不解地对盛楠说：“完了啊！”

“陶院长，难道你就没有话说？”盛楠问。

“我想我说得够清楚的了。”陶玉彬说。他同时做出一种表情——有人迅速读懂了这个表情，那就是他为了不让盛楠显得尴尬，才特意把职称评定这件事轻描淡写地说出来，而且放到会议最后，一个不起眼的时刻的。可是盛楠今天有点不对劲。他是极少叫自己“陶院长”的，除非是在院里有集体活动当着学生面的时候。陶玉彬感到盛楠眼下是心潮翻滚，有某种东西需要发泄。

但是盛楠接下来的表现还是把陶玉彬吓了一跳。只见他突然站起来，把桌子一拍，大喝一声："统统给我坐下！"

这一嗓子把许多人都吓了一跳。那些已经起身准备往外走的人都呆住了，停住了脚步。即使院长陶玉彬，也从来没跟人拍过桌子。不过大家与其感到的是吃惊和意外，还不如说是同情和好奇。显然，面对这么一个即将退休的老年组运动员，一个平时彬彬有礼的老哥和大叔，大家感到有某种义务要响应一下他的情绪，给他一个面子。也有几位近几年刚来的年轻人，因为还没到评职称的时候，刚才没认真听，被盛楠那一巴掌拍得丈二和尚摸不着头脑，于是身旁的人连忙低声告诉他们："盛楠老师今年又没有评上教授，他生气了。多可怜啊，明年他就退休了，再也没有机会了。"

这天下午参加会议的差不多有六十余人，全都齐刷刷地重新坐了下来。据后来院里年长的人考证，在调料学院六十多年的历史上，大家从来没有在一个时刻如此听命于一个普通教师的一声断喝。

"大伙儿都给我听着。"盛楠说："我是个讲理的人，在座诸位，不论是跟我年龄相仿的还是新来的小年轻，我全都尊重你们。你们凭良心说，我盛楠做错过哪一桩错事，得罪过哪一位同事？我在这学校工作了三十二年，年轻时连着当了四届班主任，每年上四百多节课，教了整整三代学生，如今马上就要退休了，得到的就是一个副教授！"这一番话是像炒豆子一般噼里啪啦一下子冒出来的，在场的人听得面面相觑，不知道作何回应。盛楠扫了大家一眼，继续说：“这公平吗？公平吗？太他妈不公平了！这是欺负人，简直是欺人太甚！”

他再次提高语调，甚至想再拍一下桌子，其激昂的语气和喷火的双眼让会议室的气氛突然变得紧张起来。这个老男人一向是谦和儒雅的，几乎没人听到他说过脏字，而今天，他居然高呼“他妈的”，足以说明他的情绪已经完全失控。一些人惊讶地瞪着他。

这天下午林迟霜正巧坐在盛楠的旁边。作为盛楠他们夫妇俩共同的朋友，林迟霜这段时间对盛楠颇为留意。就在昨天晚上，她还在盛楠家坐到快十一点。她五十六七岁的样子，戴着一副有些过时的眼镜，镜片后面的一对大眼睛忽闪忽闪的。看到盛楠满脸委屈与愤怒地站在会议桌旁，她连忙起身走过去，拉盛楠坐下。她说：“盛楠，你干什么呀？快坐下，有什么话好好说嘛！”

但盛楠就是不坐下。他满脸涨得通红，喘着粗气，嘴唇哆嗦着，似乎已经说不出话来。

陶玉彬显得颇为镇定。盛楠说话的时候，他时而看看他，时而看看窗外。这时他觉得插话的时机成熟了，才说：“盛楠，你要冷静。冷静！”

“我冷静个屁！”盛楠立刻转向陶玉彬，“你倒是够冷静，因为你啥也没落下。”

此言一出，陶玉彬面露惊愕之色，好像不相信自己的耳朵，但是盛楠接着说："我没说错啊！你比我晚来学院好几年，却早就评上了教授，当了院长，还搞了那么多课题，一派丰收景象，当然可以冷静了。"

"盛楠，难道你没有评上教授，是我的错吗？"陶玉彬说。他的声音并不高，而且似乎也没有生气。陶玉彬比盛楠小三岁，但两人一向以同辈相处，所以他一直对盛楠直呼其名。

"你是没错，"盛楠说，"你只是把坏事干得滴水不漏。"

陶玉彬脸上的肌肉抽动了一下，但立刻压住了火。"随你说吧，"他叹了口气，"我只能告诉你，我问心无愧。"

会议室忽然沉默下来，停滞了两三秒。似乎大家全都在思索陶玉彬说的"问心无愧"几个字。盛楠好像也没什么词儿了，于是，陶玉彬站起身，气鼓鼓地说："散会！"

"谁也别走！"盛楠再次大声喝道，"让咱们把院里的职称黑幕掰扯掰扯！"

众人疑惑了，有的站起身来，准备按院长说的散会，有的却坐着没动，似乎要响应一下老副教授盛楠的情绪。陶玉彬看了看会场，大声说："好，全都留下！今天咱们就当面锣对面鼓地理论理论，省得以后说谁整了谁。"

于是起身的人重新坐了下来。已经起身准备离开的人，则都退回到了刚才的座位上。有一个年纪大些的男老师，走过盛楠身边的时候，拍了一下他的肩膀，示意他坐下，不要激动。盛楠坐下了，但立刻质问陶玉彬："你说，我为什么就不能评教授？”

“为什么？难道你是新来的？你科研成果不够你不知道吗？”

“啥叫科研成果？”

“这还用我给你解释吗？”

“好，就算我明白。”盛楠说，“那我问你，谁够？”

“谁不够？”陶玉彬反问道，“咱们院里的教授，哪一位在科研成果上缺斤少两了？”

“不说别人，你够吗？”

“我咋不够？我评教授有两本专著，七篇论文，篇篇核心期刊，你不知道吗？”

“你真不脸红！”盛楠说，“你那些玩意儿也配叫成果？”

陶玉彬听到这里，猛地愣了一下。他没想到盛楠居然会在大庭广众之下说出这样的话来。可就在他还没想好如何回答的时候，盛楠的后续火力又到了：“你拿着国家的钱做你自己的课题，然后拿着国家的钱去出版，最后用这些鬼都不看的玩意评上教授，让国家给你涨工资，你还好意思说那是成果？”

盛楠此言一出，陶玉彬马上清醒了。他确信盛楠今天是要彻底撕破脸皮，不管不顾了。于是他提高嗓门，义正辞严地说：“这分明是国家扶持学术之举，你竟然如此曲解！你也可以享受啊，谁让你自己不申报课题？”

“好事轮得到我吗？哪个课题不是被你们这帮教授先

占着？”

陶玉彬似乎被问住了，卡了壳，一时不知如何回答。盛楠却没有管他，接着说道：“也不单是我，你问问在座的副教授和讲师们，但凡有点油水的课题、项目，哪次不是你们这帮教授先挑、先拣？你们吃了肉，留过一口汤给我们吗？”

“政策就是这么规定的，我有什么办法？再说了，课题不由教授带头，难道要由职称低的人带头吗？”陶玉彬反问道。他一边说着，一边拿眼睛瞅了一下教授委员会的几人，希望他们站出来声援。同时他也斟酌着语气，以免扩大打击面，刺激到在场的副教授和讲师们。

“你别口口声声政策政策的，”盛楠说，“咱们学院的事坏就坏在你们这帮教授的手里！你们追名逐利，拉帮结伙，彻底败坏了为人师者最后的那点尊严。”

陶玉彬做出一副认真倾听的样子，但没有接话，似乎是暗示大家注意盛楠刚才的发言。

林迟霜却坐不住了，“盛楠你可不能胡说！”她又站了起来，同时她拿眼神寻找坐在人群中的教授们，“他今天情绪激动，大家多担待一下啊！”

陶玉彬以为，盛楠的话语如此刻薄，一定会有教授站起来反驳的，可是会议室的沉默告诉他，只要不点名，这帮教授绝对都沉得住气。看来还得自己来独力应付。没办法，谁让自己当这个院长呢？

“盛楠你不能这么武断。你不能因为自己没有评上教授，就抹杀咱们整个教授团队。调料学院这些年的发展与成就，没有教授们的努力，行吗？”他尽量让自己的语气平缓，以免更进一步刺激盛楠。

但盛楠却不买账。陶玉彬话音刚落，他立刻反问：“哪些成就？”

“招生规模、科研成果、在全国同类专业中的排名，等等等等，哪方面不是上了一个大台阶？”

“别扯这些没用的。谁还不知道这些数据是怎么回事？你们拿这些蒙外面也就罢了，还能蒙自己人吗？”

“这都是上了学校的招生简章的，怎么到了你嘴里就成了蒙人的呢？”

“科研成果我刚才说了，不再重复。你提到的招生规模，是很大，都翻两倍了，可学生学完出去都在干什么你们了解过吗？还有几个干的是专业方向的工作？至于在全国同类专业中的排名，这完全是个笑话，因为咱们这些年弄的这几个所谓新专业，人家别的学校压根儿就没有，你排位不靠前都难呀！”

“那你说要什么才能说明问题？”

“咱不说别的，以前火锅大学老一辈的教授，看着就像个教授，今天你们这帮人，哪一个还有教授的样子？”

“你要评上了，就有教授样了呗？”陶玉彬终于忍不住了，反唇相讥。

“没他妈一个好东西！”盛楠愤愤地说。

此言一出，会议室立刻一片窃窃私语。终于有人忍不住了。老齐，一个五十七八岁、白净脸皮的小个子男人，调料学院教授委员会主任，鼓动着他的两片薄嘴唇，像播音一样吐字清晰、抑扬顿挫地说：

“盛楠，既然你把话说到这个分上，我就不得不说两句。你早就在外面散布说，你评不上教授，是我们教授委员会整你，在学院就不给你投票，咱们今天就打开天窗说亮话：这一次，学院教授委员会的七个人都给你投了票。我们是以满票把你推荐到学校的！你自己可能也清楚，由于你向来孤芳自赏，眼里揉不得沙子，有那么两三位教授，人家是不愿意给你投票的，为此，我和陶院长做了大量说服工作。正好今天他们都在，你可以一一对证。”

显然，老齐刚才一直在冷静观察，所以他这番话字斟句酌、条理清楚。他说得认真，下面的人听得也认真。

“然后到了学校，七十多人争十三个名额，我因为票少被刷下来了，对吗？”盛楠马上反问道。

“对呀！看来你不是不明白呀！”老齐说。

“对个屁！”盛楠说，“你怎么不提前年？前年申报的人不多而名额不少，但你们在咱们学院就把我刷下来了没报上去，为的是先把你老婆推上去，你怎么不提？”

听到此，有些人会心地一笑，而年轻些的老师，不太明白这其中的缘由，一愣一愣的，又不好意思打听。

老齐却变脸了，怒道：“我夫人怎么了？她是完全靠自己的实力评上的，经得起历史的检验！”

“你吹什么牛啊！你让陶玉彬公布一下这些年学生给她

打的分数，是不是全院最低的？再说她的科研成果，傻子都能看出来，那不就是你的那几本破书稍微换了下顺序，另外换个名目出版的吗？”

盛楠这几句话一出，老齐的脸色立刻就变了，白中带黄，黄中带黑。他眼睛也鼓了起来，透过镜片，向盛楠投过来几道凶光。立刻有人寻找齐夫人的身影，却发现她今天没有来。这种会，虽然学院要求除了下午有课的，所有的老师都要参加，但只有年轻些的、资历浅的不敢不来，而教授们却常常找借口缺席。有几道眼神在人丛中穿梭，那意思是，幸亏老齐的老婆没来，不然，今天非有场好架不可，因为那女人十分厉害。

再说老齐，虽然生气，却未乱方寸。

“我不跟你争。你可以向上级反映，如果我夫人的材料有水分，我们愿意承担后果，而你，”老齐有些挑衅地说，“再怎么折腾也没用了！”

“你等着，事儿还没有完，我会跟你算账的。”盛楠环顾一下四周，继续说，“给年轻的老师们讲个典故：以前咱们院里——当时还叫系——有个班，男生们在宿舍养了只狗，就是用这位齐教授的名字命的名。齐大教授，这就是你在学生中的形象。”

“你……你！”老齐恼羞成怒，站了起来，“你才是条狗！丧家之犬！”

“可惜啊，咱没享受你那样的待遇。”盛楠说。

听到这里，有些人低头笑起来，因为盛楠讲的这条狗的故事，年长的老师们也大都听说过。大家都心照不宣，尽力不笑出声来，以免刺激老齐。

老齐猛地站起身，手里刚刚收到的几本还没有开封的期刊哗啦哗啦掉了一地，他也顾不上捡，径直就朝会议室门口走过去了。他拉开门，快出去时才又忽然转回头，对盛楠说："我是人，不跟疯狗对话。"

盛楠却不依不饶，对着老齐的背影说："滚吧，你个伪君子！软蛋！堂堂教授委员会，竟然被你这样的货色掌管，简直是斯文扫地！"

众人刚刚把视线从老齐的背影那儿收回来，又听到一个声音说："盛楠老师，我觉得吧，你看问题应该客观一点。"

众人寻声看过去，原来是调料史教研室的谢惠。他四十多岁，身材清瘦，戴着一副厚厚的眼镜，下巴略微往外突出，满脸菜色，一副营养不良的样子。

盛楠听到谢惠的声音，转过头，看着他，说："往下说啊，别吞吞吐吐的。"

"我觉得你这态度对齐老师不公平。"谢惠说。

"不用'您'了？以前你可是一直您、您的，对了，看我对你没什么用处了吧？"

"您是教过我，还是我们班主任，这我不否认。"谢惠说。

"仅仅是教过你吗？"盛楠说。

"您还在生活上帮助过我，这一点我一直心存感激。"

谢惠说。

“还记得呢？”盛楠略为嘲讽地说，“想当年，读本科的时候，你可是穷得够呛，吃饭穿衣都成问题，你应该记得我是怎么帮你熬到毕业的。可是，我要知道你会成今天这个样子，我还不如不管你，让你再苦点，苦出点骨气来。”

“我怎么了，盛楠老师，我今天怎么了？”

“你不明白吗？为了往上爬，为了早点当教授带研究生，你都做了些什么？”

“我走到今天，哪一步不是凭自己努力？”谢惠生气了。

“笑话！”盛楠朗声说，“你评副教授、评教授，哪一步没有送过礼、送过钱？要给你公布出来吗？”

“盛楠老师，你真太过分了！你凭良心说：你这几年评教授，我有哪一次对不住你？”

“你相当关照我。那年你刚评上教授，就在庆功的聚会上语重心长地对我说：希望你早日解决职称问题。对此，我要感谢你的谆谆教诲呢！”

听到此，下面立刻有人轻声笑出来。当时不少人在场，陶玉彬还为此提醒谢惠，学生不能勉励自己曾经的老师，说这有失大学里的礼数。

“惹不起你，我走。”谢惠涨红着脸，起身从后排挤了出来，径直往会议室门口，推门走了。

“得，被你气走两位了。”陶玉彬说。

“就这号人，”盛楠指着谢惠的背影对陶玉彬说，“在他用得着的人面前点头哈腰俯首帖耳，但在学生面前他可威风了。他的几个研究生，上课前要给他泡好茶，下课后要给他提包拎衣服。如果他没有开车的话，必须有人提前出去给他打好车。要让他安坐在车里，把车费给他付了，目送他远离才能走。他只差让学生给他抬轿子了。据说他还经常骚扰他带的女研究生，要人家到宾馆开房跟他谈论文。可就这副德性，你们还把他纳入了后备梯队。”

陶玉彬有些惊讶地看着盛楠。之前他也听说过关于谢惠的一些传闻，但谢惠一直对他谦恭有加，每年春节都给他拜年，两人算得上有私交。谢惠的确资质平庸，但勤奋，要求上进，学院这几年的几次学术活动，他都主动帮着张罗，所以前年改选教授委员会的时候，在自己的推荐之下，他作为年轻教授代表入选了。不过现在，既然盛楠当着这么多人的面说出他这么多的不是，而且在座一些人的表情还似乎很赞同盛楠的话，自己跟谢惠得保持点距离了。不然哪天他万一弄出点什么事儿，不但影响学院的声誉，也会连累自己。外语学院就有个教授，去年被实名举报说他利用招研究生跟学生进行交易，向男生索财，向女生索色，学校调查后，索财的事有了实证，没收了他十几万块钱的赃款，索色的事因为几位当事人都毕业离了校，不愿意提供证据，就不了了之。但这事在网上风言风语几个月，弄得学校很被动。

想到此，陶玉彬说：“教授委员会的人在师德方面也应该是表率。真有什么问题，我们绝不姑息。当然啦，我个人认为，委员会多数教授的品行还是值得信赖的。”

“是吗？我看这剩下的，也不是什么好人。”盛楠说。

“盛楠！”一个声音高叫道，“我本来不想搭理你，可是你今天太过分了！你倒说说，我们怎么不是好人？！”

众人一看，原来是教授委员会的董文标。董文标六十开外的样子，大脑袋，大方脸，脖子与脑袋差不多一样粗，像个摔跤运动员，是不多的经常把学院开运动会时发的运动服当正式服装穿的人。他本来已经退休，但眼下“跑点”需要科研强手，所以陶玉彬他们向学校打了报告，申请他延迟退休。他是调料学院科研方面的领军人物，博士生导师，学科带头人，在整个火锅大学都赫赫有名，曾经在评教授时以三百万字的科研成果雄居火锅大学之首，所以被称作“课题大王”。在火锅大学，知道董文标名字的人并不多，但说起课题大王，老师们鲜有不知道的。学校每年的科研成果目录汇编上，别的老师一般只占几行，他往往一人占几页。这种会董文标本来是可以不到场的，但他在出勤方面一直是典范，似乎是只要在岗一天，就不会缺席任何一次会议。

“这儿哪有你说话的份儿？”盛楠瞪了下课题大王，质问道。

“怎么没我说话的份儿？”董文标闻听此言，有些气急败坏，“难道我不如你吗？”

“我先问你，你上过大学吗？”

“你什么意思？”

“你根本就不配在大学里，因为你自己就没有受过正规的本科教育。”

“你胡说！”课题大王立刻涨红了脸，跟只煮熟的大龙虾一样，“我是作为特殊人才引进到火锅大学的。想当年，学校礼贤下士，给我戴了大红花，披了红绶带，请上主席台就座！那份庄严的聘书，白纸金字，被我好好地装裱了，现在都还挂在我家墙上。”

“别跑题，我问你：你上过大学吗？”

“英雄不问出身！不管我过去怎么样，现在是硕果累累，而你呢？你搞出了什么成果？用打麻将的术语说，你就是张白板！”

“硕果？你那是吃撑了吧？想当年，刚刚来到火锅大学的时候，你们夫妻俩每天中午在食堂吃饭都是别人几倍的饭量，你老婆都恨不得用脸盆装，为的是饱餐一顿后晚上在自己家里省粮食。你打听打听，火锅大学历史上还有比你们两口子更难看的吃相吗？”

盛楠此言一出，周遭一些老师脸上浮起各种意味深长的笑容，因为这段历史，来学校有点年头的老师都知道。当时学院也有些离校远的老师中午在食堂吃饭，但大伙儿都不愿意跟董文标同行，远远地避开他。尤其与他一同来到火锅大学做副教授的他老婆，每天中午十一点半准时出现在教工餐厅，开门后第一个冲进去，然后迅速地将最好的菜装上几个大盘子，占据一张桌子等待董文标，为此还被人取了“女中吃货”的外号。

“你吃相好看，不是也死乞白赖地想评教授吗？你高尚就不评职称呀！”

“我是想评教授，可是我为了评教授讨好过你吗？我是请你吃过饭喝过酒还是向你送过礼？”

“没找过我不等于你没找过别人。现在都什么年代了？你还装清高？我告诉你，少在我面前装纯洁，充好汉。”

“混蛋！”盛楠大喝一声，“学校的风气就是被你这种寡廉鲜耻的东西给搞坏的！当初你是怎么来到火锅大学的，老实交代！”

“你不配问我这个！”

“你必须老实交代！前段时间老安头差点进去了，你肯定也没少担惊受怕。”

“事情不像你想象的那样。我当年进来是开了校长办公会议的，你别以小人的阴暗心理怀疑一切。”

“你就是老安头弄进来的，上点年纪的人都知道，你别装糊涂。老安头是个混蛋，才会弄进你这样的冒牌货。”

“你血口喷人！你，狗急跳墙！”董文标急了，有点词不达意。

这边，盛楠却一副戏谑而轻蔑的表情，不再说话，只伸出一根手指，像鸡啄米一样，远远地点向董文标。人们看看他，看看董文标，就像正在观看一场表演，表情各异。盛楠所说的老安头，是一个退休多年的副校长，在今年上半年不知道因为什么事儿，被处分了，将退休待遇从副局级降到副处级。火锅大学四校合并，提出办大办强那几年，他管人事，从外面引进了不少人才，传闻其中不少都是通过花钱进来的。盛楠刚才的话和他此刻演小品般的表情，无疑暗示董文标也是这批人之一。

董文标显然读懂了盛楠的意思。这几年他在科研的道路上干得风生水起，他满心以为，自己通过这十余年的奋斗，不仅在火锅大学站稳了脚跟，而且已经跻身学校一流教授之列了，火锅大学的名师堂，不久就将刻上他董某人的名字，可谁知道，一个教授都评不上的人，此刻却像耍弄小丑一样调戏自己，而周遭几十双目光之中，不乏幸灾乐祸的神色。

“你，你，你，你又是个什么东西？”董文标已经激动得语无伦次。忽然，他像抓到了什么致命武器似的，朝盛楠骂道，“我×你妈的！”

盛楠先是愣了一下，随即一副怒火中烧的样子。“今天我要清理门户！”他吼了一声，转身抓起一把椅子，就要朝董文标冲过去。见这阵仗，林迟霜连忙起身，抢过来死死拉住盛楠。见她拉得吃力，坐在旁边的另外两个青年老师也连忙站起来劝阻盛楠，抢夺他手中的椅子。

董文标也不示弱，“呼”地一下站了起来，像一只发怒的大象一样，摆好了战斗的姿势，同时高骂道：“今天你敢过来我就弄死你！”

这一来盛楠更愤怒了，额头上青筋直冒，拼命往那边冲，与身旁的几人扭成一团。

陶玉彬急了，大声喝道：“住手！都给我住手！你们要干什么？难道要为这点事弄出人命吗？”

林迟霜都快急哭了。她喊道：“盛楠你要干什么呀？快坐下！坐下！我比你晚两年就退休，不也是个副教授吗？咱们争不过人家，认命吧。”

也不知道是林迟霜这哭腔起了作用，还是体力上敌不过几个年轻人，盛楠停止拉扯，放下椅子，坐了下来。他大口喘着气，再也说不出一句话来。那边，董文标本来气势汹汹，一副绝不退让的样子，也被他身旁的几个男老师拉拽着，稳住了。一个男老师凑在他耳边说了几句什么，他忽然不吼了，夹着提包推门而去。

众人以为，这场纷争该结束了，可是董文标前脚刚走，北墙边，一片女老师中间，一个五十多岁、留着短发的人又猛地站了出来，拔腿就往外走，一边走，一边说：“这会是没法开了，没法开了！”

众人看过去，原来是教授委员会中唯一的一位女性成员。因为那一片的女老师坐得太近太挤，她的步子显得跌跌撞撞。她铁青着脸，一副很生气的样子，经过陶玉彬身后的时候，狠狠地瞪了他一眼。

盛楠看着这位女教授的背影，重新站了起来，伸出胳膊道：“你配说话吗？一个为了三十块钱可以让研究生去排一下午队给你报销的人，配说话吗？有本事你别走！咱们掰扯掰扯……”话音未落，他突然踉跄一下，倒了下去，就像一头遭到猛击的老黄牛一样。

“盛楠！”林迟霜一声惊呼，立刻伸手去扶，但盛楠已经倒下了，紧靠着会议桌轰然倒下。

刚开始人们还没有反应过来。有的人甚至以为盛楠是一脚踩空了，跌倒在了地上，但眼见他匍匐在地上，双手乱抓，双脚乱蹬，立刻便吓住了。几个人迅速围过来，有的呼叫盛楠，有的则只是站着，吓得不知所措。

有离得近的几个男老师将盛楠翻了过来，让他仰面躺着。他们呼喊着他的名字，试图让他恢复正常。林迟霜手忙脚乱，拍打着盛楠的腮帮子，大声喊道：“盛楠，你醒醒啊！你醒醒啊！”

陶玉彬也挤了过来。只见盛楠紧闭双眼，浑身抖动着，仿佛他体内的关节正在散架一样。他的脸色就在这短短的几秒钟之间，已经变成了发紫的猪肝色。一些汗珠正从他的鬓角间渗下来。尤其令人感到惊恐的是，是他的腿。那两条腿正胡乱在地上刨着、蹬着，既像是努力要站起来，又像是拼命地要从整个身体中挣脱出去。

“赶快掐人中虎口！”有人高叫一声。喊声刚落，林迟霜和另外两人连忙手忙脚乱地寻找盛楠的人中和虎口。但是任凭他们怎么掐，盛楠都没有反应。而且他的牙关咬得“咯咯”直响，听起来十分吓人。后面又有人喊道：“快！给校医院打电话，这是心肌梗塞！”

很快有麻利的人操起了电话，高声打听校医院的电话号码，有人则跑到办公室去查电话簿，而蹲在盛楠身边的人们，仍然在围着他忙碌。他们采取了新的办法，有人使劲压盛楠的胸口，有人端来开水灌给他。会议室里叫成一片，喊成一团。

但盛楠的情况越来越糟糕。不论人们怎么折腾，他都没有反应。陶玉彬觉得不能坐等医生们的到来，他叫了几个年轻点的男老师，准备背起盛楠往楼下跑，同时招呼开车来的老师，提前下去把车准备好。但是又有人高声喊道：“不能动！这会儿他只能平躺，等待医生的到来！”

于是人们重新将盛楠平放在地板上。有人火速从旁边的办公室找来了一张毯子铺在他身下。他看起来已经完全没有了知觉，肢体僵硬，一动不动了。林迟霜开始哭起来。另外几位上了些年纪的女老师，也跟着嘤嘤而泣。有两位与盛楠同一教研室的年轻女老师，则被这忽如其来的变故吓得失声尖叫。一种悲凉的气氛开始在这幢老楼中弥漫。

过了一会儿，两个校医院的医生赶到了。他们跑得气喘吁吁的，一进屋，两人手忙脚乱，打开急救箱，向盛楠注射药物，但他已经没什么反应。

又过了一会儿，随 120 赶来的两位医生也跑了上来。他们对盛楠检查了一番，宣布盛楠已经死亡。

从这时开始，一直到黄昏来临，调料学院都处于惊恐无序之中。一些人守着盛楠的遗体，一些人呆立在走道上、办公室。有的低低地啜泣，有人伏在桌子上恸哭。往常学院召开的会议，一散会大家就各自分散，而今天，多数人都还待在学院里，只有少数几位悄悄离去。

陶玉彬被不期而遇的变故给吓懵了。他五味杂陈，心潮起伏。毕竟是管事的，他很快从慌乱中回过神来，回到自己的办公室。他静坐片刻，拿起电话，向学校汇报了学院发生的事。人命关天，他可不敢擅自处理。不过学校机关已经知道调料学院发生的事了。已经有几条微信在老师之间传送，不但在本校区，也包括其他三个校区。陶玉彬打电话这会儿工夫，其中的两条微信已经传到社会上了，而且，立刻又被转发到了外省。然后，其中的一条微信又很快漂洋过海。这条微信是调料学院下面第三层另一个学院的一个年轻老师制作的，配了三张现场的图片。如果不是被呵斥，他甚至准备进入会场去拍当事人的遗体。他九月份才上班，此前在南方一所大学里攻读博士，是实在没有找到理想的去处才来到火锅城这座三流城市的。他的盘算是，在这座城市待上几年，然后到北方一所学校读博士后，并尽可能留在那里，所以他一直把火锅大学当作客栈。对他来说，调料学院死人这件事，首先是个热闹，是个突发事件，勾起了他的好奇心，使他平淡的生活忽然出现了几丝兴奋的火花。

这天下午，火锅大学的校长们正在开会。他们几乎在第一时间就获知了调料学院的事，然后，校长紧急指示火锅大学行政事务总管巴定国赶往调料学院。

陶玉彬刚放下电话没一会儿，巴定国就到了。他身材高大，脸部轮廓分明，留着寸头，有个酒糟鼻。一般初识的人都会以为巴定国是军人出身，其实他从十九岁参加工作就一直在火锅大学。他爹从前是火锅大学的一个领导，所以他高中毕业后没多久就参加了工作，从花房工人干起，一直干到现在这个位置。用他自己的话说，是个“老火锅”了。

见陶玉彬的房门只是虚掩着，巴定国直接推开了。陶玉彬还没有站起来，巴定国就开口了：“我说老陶，你咋整出这么一个事儿来？”

“巴哥哎，这哪是我整出的事儿？”陶玉彬说。他虽然和巴定国走得不算近，但常听别人叫巴定国巴哥，所以近年来也跟着这么叫。

“接下来咋办呀？这么大个事儿！”

“所以我马上就向学校汇报了啊！”陶玉彬说，“巴哥你坐，喝茶不？”

“喝啥茶呀？这是喝茶的时候吗？人呢？”

“谁呀？”

“盛楠呀，谁！”

“啊，在会议室。”

“走吧，赶紧带我看看去！”

陶玉彬在前，巴定国在后，两人出门往会议室走去。这儿还有不少人，但比刚才安静些了。几个人蹲在地上，将盛楠的脸擦干净了，衣服也整理规整了，正默默地垂泪。人们看到高人一头的巴定国走了进来，给他让路，让他走到盛楠身边。

巴定国弯下腰，认真看了看盛楠，站起来，大声说：“盛楠兄弟，不值啊！不值，你知道吗？不值！”

然后，巴定国站在那里，看看大家，自言自语地“啊”了几下，既像是想跟大家说什么，又好像是牙痛似的哼哈着。陶玉彬一直站在他旁边，见巴定国没什么说的了，才问道：“巴总管，下一步怎么办？”

巴定国看看陶玉彬，再看看周围的人，说：“盛楠老师去世了，很不幸，大家呀，一会儿再辛苦一下，将他送到校医院去，放在太平间。辛苦大家了，拜托！”

说完，巴定国走了。随即，陶玉彬指挥仍然留在会议室的几位年轻男老师，将盛楠往下运。他们小心翼翼，用行政办公室的人刚刚从超市买回来的白单子兜着盛楠，从电梯将他托到下面。校医院派来的救护车已经等在那儿，一行人陪着，将盛楠送往校医院。

到了校医院大门前，还是这几人，连同两位男医生，将盛楠送到地下室的太平间里。火锅大学因为从前离市里大医院很远，校医院才备了这么一个太平间，现在学校与城市连为了一体，而且稍微重一些的病一般都及时转往合同医院，这太平间就很少派上用场了。不过设备都还正常，有时家属院偶或去世一个老教师，也都临时安放在这儿。

因为已经下班了，医院的大门只能推开一半，几个年轻人侧着身子，抬着盛楠勉强挤进门去。作为年纪最大的一个，陶玉彬暂时搭不上手了，留在后面。他想体力活儿就让年轻人们干吧，于是放缓了步伐。这时他的电话忽然响了。他拿出手机一看，是校长李烹打来的，连忙接听起来。

“你现在说话方便吗？”校长在电话中问。

“方便，李校长！”陶玉彬连忙说。

“盛楠的事，现在闹得纷纷扬扬，”李烹说，“微信都从北京那边传到我这儿来了，怎么弄啊？”

“这个，是吗？我，还真不知道。”陶玉彬回答说。他脑子里乱糟糟的，经李烹这么一提醒，他才发现，从出事到现在差不多有一个多小时了。

“据说你们下午的会很激烈？”李烹继续问。

“是，吵成了一锅粥。”

“只是吵，没有动手吧？”

“那倒没有，”陶玉彬似乎明白校长的用意了，“我一直在场，双方隔得很远的。”

“那还差不多。”李烹说，“他都跟谁干上了啊？本来脾气挺好的一个人。”

“今天他火气可大了！跟吃了枪药似的。整个教授委员会的人都被他得罪了。好家伙，不分男女，一个他都没有放过。”

“你们也是，这么敏感的事情，事先应该做做工作，摸摸他的反应。”

“谁知道他会这样呢？每年不都是这个点儿宣布评定结果的吗？”说着，陶玉彬回想了下自己为这事做的铺垫，“我估计他会不高兴，所以我刻意把这事淡化了，在会议快结束时才念的文件，可谁知道，我话音未落他就急了。显然，他是准备好了今天要吵架的。”

“不管怎么说，你们的工作有失误。这是一起影响相当不好的事件！”李烹说，“就算事情不可避免，你们也应该有危机公关意识，尽可能封锁消息。”

陶玉彬突然明白，校长比自己站得高。自己还在想着事情本身，而校长已经在思考这件事扩散出去后引发的效应了。他说：“我知道你说的是这个微信的事儿，但据我了解，这不是我们学院的人发的。”

“的确不是你们学院的人发的。我们已经查明，是你们楼下贸易学院一个小子发的。这是个新来的博士，据说平时相当无聊，食堂吃个快餐他都发条微信。可今天他让我们学校出了名。”

“事情出来之后一片混乱，我根本管不了那么多，李校长。”陶玉彬说，“我到现在头都是大的。”

“你的头早就该大了！”李烹说。

“难道这事——”陶玉彬想质问李烹，难道这事怪自己吗？可他又觉得这样不妥，于是便拖长了语调。

但李烹已经听明白他的意思。李烹说：“跟你直说吧，去年院系测评的时候，你们学院好几人反映你不作为，学院多项工作都处于停顿状态，想必已经反馈给你了吧？”

“这个我知道，李校长。现在的人思想很复杂，我不知道要怎么工作才能让所有的人都满意。”

“你不必让所有的人满意，尽到自己的职责，多点担当意识就好。”

“其实你可能也知道，我前年就不想干了。你也明白，我不当院长，待遇一点不会少。之所以准备干完这一届，还不是出于老同志的那点觉悟嘛！”

“你别给我来这个！”李烹的语音高了起来，“不说别的，就说盛楠这事，你就没有尽到责任。”

“我怎么没有尽到责任啊？”陶玉彬心想自己不能退却，反问起李烹来，“这次我们学院是全票把盛楠推到学校的。我不做工作，他能全票推上去吗？”

“你们是全票把他推到学校了，可你后面做工作了吗？做了吗？”李烹立刻反问。

这话让陶玉彬沉默下来。过了一会儿他才说：“没有，我以为他这次能过。”

“你以为？”李烹应了一声。

陶玉彬心里再次开始嘀咕起来。他听说李烹当年刚来火锅大学时，住在筒子楼里，跟盛楠住得很近，彼此很熟悉。几年前，李烹在一次会议之后，还向自己问起过盛楠评职称的事。但自己一直不了解他俩到底交往到什么程度。如果他们两人是朋友的话，李烹应该给自己一点暗示，或者多过问几次，可他没有。所以陶玉彬估计，他们两人只是一般的邻居关系。

李烹暂时没有接话。于是陶玉彬有点紧张了。万一他们两人要真是朋友呢？不然他那次为什么过问起盛楠的事来？或许他当时就是暗示自己帮帮盛楠呢？毕竟这几年，当校长的也不能直接干预职称评定这样的事了。要真是这样的话就有点麻烦，自己也太不敏感了。

想到这里，陶玉彬又补充道：“我以为，毕竟最后一次了，学校那帮人会成全他。”

“学校那帮人？”李烹回答了，而且明显提高了语调，“你们不做工作，他们会成全他吗？你干了近十年院长难道不了解这帮人？”

陶玉彬心里一紧。看来自己分析对了，从李烹的语气上看，他显然是很关心这盛楠的。但愿他不要把这事都怪罪到自己头上。

“该打招呼的，也都打了。但可能，力度不够。”陶玉彬说。

“你拉倒吧！”李烹马上反驳说。

陶玉彬心里“咯噔”一紧。李烹的语气说明他已经生气了。对“那帮人”，李烹了解，自己也了解。这帮老油条，再完备的规则都敌不过他们那些与日俱增的伎俩。火锅大学以前就很复杂，这些年几校合并之后，各种关系网就更是盘根错节，不管是项目申报、结题，还是各种评比审定，除了表面上的正常程序之外，基本都还需要私底下的活动、勾兑。盛楠这事，虽然自己在学院内部给他做了工作，全票把他推了上去，但他跟自己毕竟没有交情，甚至他对自己还颇有微词，所以自己的确没有再私底下去帮他跑动。当然，自己这样做也符合火锅大学的规矩。甚至可以说，自己没有阻拦他，没有给他设卡，已经就是帮他了。显然，李烹把自己这番心思看破了。

“关键是，”陶玉彬思忖着，看用什么样的词儿能够顺利跟李烹把电话继续打下去，“盛楠他一直是很平静的，好像不是很在乎这个教授，谁知道他今天反应这么激烈——”

“你又在瞎扯！”李烹打断他的话，“他马上就要退休了，退休后副教授与教授的工资差老大一截，换成你，你能不在乎吗？”

陶玉彬正思忖着怎么回答，却忽然看见学院里两个年轻老师从大门里冲了出来，慌慌张张地跑到他面前。

“糟了糟了，陶院长！”其中一个说。

“怎么回事？”陶玉彬连忙问。

“盛楠老师，他，他一只眼睛是睁着的！”

“你说什么？”陶玉彬十分惊讶。

“是这样，”另外一个人接过话头，“我们按师傅的要求，准备把盛楠老师放到冰柜之中，放好后我们才发现，他有一只眼睛是半睁着的，难道他还有气不成？我们吓坏了，就跑上来找你了。”

陶玉彬听了，大惊失色。他对电话中的李烹说：“李校长，这儿有点突发情况，我回头给你打过来！”

说完，陶玉彬转身就往楼中走去。两个年轻人赶忙跟上。

他们迅速来到医院地下室的太平间里。只见昏黄的灯光之下，盛楠躺在一辆推车之上。看管此处的那个老头儿正点着一束香，朝他的遗体鞠躬。在他后边，调料学院前来帮忙的另外几个男老师，有些紧张地靠着墙壁。陶玉彬赶过去一看，果然，盛楠半睁着一只眼睛：左眼。

陶玉彬虽然故作镇定，但从他抖动的身子来看，他是相当紧张的。资料室的老胡站在推车的旁边，习惯性地用左手摸着自己的腮帮子，嘀咕道：“这就怪了，这就怪了……”

陶玉彬鼓起勇气走到盛楠身边，俯身查看。他发现盛楠神态安详，甚至很难想象他刚刚经历过一番痛苦的挣扎。可奇怪的是，他的确半睁着左眼。由于从会议室出来起他身上就盖着一块白布单子，所以不知道他的左眼是刚刚睁开，还是一直就是睁着的。

看守此地的老头儿点完香后，又拎起撮箕扫把扫起地来，不紧不慢。他似乎完全不在乎站在这儿的几个外来人，仿佛他们就不存在似的。他差不多有七十岁的样子，穿一件长而宽大的羽绒服，带着工友那种特有的沉默。陶玉彬认得他，因为他就住在自己后面那个院子。在路上经常可以看到他骑着一辆小三轮车缓缓地来，缓缓地去。大约是一直没有找到接替的人，这儿使用的时候又不多，所以他就一直干到了现在。

“尤师傅，这种情况您见过吗？”陶玉彬问。

“这也没什么稀奇的，年轻时我也遇到过这种情况。死者一定是有什么事放不下。只要跟他关系好的人，亲戚呀朋友什么的，在他眼睛上轻轻地一抹一拂，他就能闭上了。”

“真的？”

老头儿不再问答了。陶玉彬看看他，没再问了。他想老头儿兴许不高兴呢，因为平时在路上遇到从来不打招呼，现在突然装得很熟，他可能不太想搭理自己。

陶玉彬看看在场的几人，思忖片刻，壮了壮胆，上前一步，弯腰伸手去盛楠的眼皮上拂了一下，没有成功。盛楠的左眼还是睁着。他又试了一次，还是没有成功。

“你让开，”尤师傅说，“让他来试试。”尤师傅指了指老胡。众人看了看老胡，不知道这老头让他来是因为他看起来年岁大些呢，还是他觉得老胡看起来似乎跟盛楠更为亲近。

老胡也有些意外。他说：“我刚才试过了，不灵。”

“既然尤师傅让你来，你就再来一次吧！”陶玉彬说。

老胡见不能推辞，便恭敬地站在推车前，正对着盛楠，双手合十，虔诚地鞠了三个躬，然后他走上前去，怀着对逝去的老朋友的真挚情怀，伸出右手，从盛楠的额头缓缓拂下，嘴里同时说：

“盛楠，你安息吧！”

他手掌移开后，盛楠的左眼依然半睁着。老胡挽起右边的袖子，侧了侧身子，俯下身去，以更为顺当的姿势，将手掌紧贴着盛楠的脸拂过，甚至特地用手掌去拨拉盛楠的眼皮。然而这一次，似乎有一股神秘的力量顶着他的手掌，好像根本就按不下去。

“奇了！”老胡说。

第二章　兄弟

盛楠的妻子蔡晓也在火锅大学当老师，因为犯了胃病，这几天在家里卧床休养。下午两点多，盛楠出门去开会的时候，还告诉她会议一结束他就回来。他们的女儿远在意大利，是从那边留学回来后又被公司派到那边工作的。这个不大的家里，虽然有些老套和简朴，可一直是幸福的，而现在，幸福已与这个家庭无关。接到调料学院打过来的电话，蔡晓当即就昏过去了。好在她的母亲就在她旁边。老太太是个退休的小学老师，虽然八十多岁了，但清清爽爽，镇定自若。她打了急救电话，将女儿送到了离家最近的人民医院。同时她打电话给小女儿，让她马上赶到她姐夫的单位。

蔡晓的妹妹蔡晴，是个街道干部。她接到母亲的电话，立刻放下手头的杂务，火速赶往火锅大学。她跟她姐姐长得不太一样。姐姐一张鹅蛋脸，白皙、消瘦、清雅，而她则是圆脸，没有姐姐白，但气色很好，身材略微有些发福。和姐姐沉静内向的性格不同，她是个直性子，爽朗热情。蔡晓在求学相当艰难的年代里考上了大学，而蔡晴，虽然赶上了好时光，却只读了个大专。

蔡晴在车上给姐姐家的朋友林迟霜打了电话。此时，林迟霜刚刚从学校机关所在的一号楼里出来。之前，当林迟霜从悲伤中平复过来之后，很快被愤懑的情绪控制了，送走盛楠之后，她立刻去找校长评理。校长李烹是她和盛楠早年的朋友，曾经一起在筒子楼做过好几年的邻居，可是秘书告诉她，李校长不在，她只好退了出来。她跟蔡晴商定在火锅大学校医院门口汇合。

她们两人到来的时候，有几个人刚刚从下面看了盛楠出来。他们之中既有调料学院的老师，也有闻讯赶来的盛楠的朋友。蔡晴和林迟霜获知了盛楠出现的异样，于是，她俩悲凉的心马上又增加了一层惊恐。她们急促地去往医院地下室，过了一会儿，步履沉重地走了上来。站在医院外面的门廊下，看着逐渐昏暗的天空下远处木偶般蠕动的几个人影，蔡晴伏在廊下的圆柱上恸哭。之前她一直没有流泪。姐夫走了，可她失去的不止是一个姐夫，而是这一大家人的顶梁柱。她丈夫是个军官，长年待在部队，姐妹俩家里大大小小的事，加上照顾老母亲，平时全靠盛楠撑着。

蔡晴哭了一会儿，忽然想起姐姐还在医院，于是马上又赶了过去。火锅城人民医院是火锅大学的合同医院，通常下班以后的急病或者重病，老师们一般都会去合同医院。蔡晴和林迟霜赶过去的时候，蔡晓正躺在病床上，脸色苍白，气若游丝，挂着吊瓶。为了避免刺激她，蔡晴和林迟霜强作镇静，把盛楠还睁着一只眼的消息瞒了下来。

她们两人在病房里待了不到半小时，老母亲就将她们打发走了。老太太说，家里出了这么大的事，少不得有亲戚同事上门，家里得有人。于是蔡晴和林迟霜又迅速赶往蔡晓家里。

此时窗外万家灯火，正是多数人吃晚饭的时候，而这个家里却冷如冰窖。蔡晴喝了几口水，又一次伏在餐桌上抽泣。林迟霜则疲惫地倒在沙发上，动都不想动了。这一下午的奔波，把她累坏了。过了会儿，忽然响起敲门声，林迟霜站起身，走过去拍着蔡晴的肩膀，说：“你别哭了，这一大摊子事，可都指着你呢！”

蔡晴这才猛然醒悟，自己现在根本没有时间悲伤，因为自己在毫无征兆的情况下，成了处理这场变故的核心和中枢。丈夫部队最近正在搞演习，是不太可能回来的，家里还有一个正上高中的儿子和久病的公公婆婆需要她照顾。平时这个时候，她是应该在家里给他们准备晚饭的，但今天，她顾不上他们了。

蔡晴擦拭眼泪的时候，林迟霜去开了门。原来是三个院里的同事，两女一男，他们沉默着，每人手里捧着一束白花。进门后他们将花放在桌子上，站着。这时候他们才知道，盛楠的妻子也住院了。林迟霜把蔡晴向他们作了介绍，三人小声地安慰起她来。

从这个时候起，一直到将近十一点，家里陆续来了不少客人，有盛楠和蔡晓的同事，蔡家的亲戚，还有几位盛楠从前的学生。他们是从同学的朋友圈中知道这一消息的。学生中有两位，三十岁出头，是盛楠当过班主任的班里的，林迟霜还认得他们。他们带来一些东西，摆在餐桌上，制成了一个简易的灵堂。接待客人的间隙，蔡晴几次催促林迟霜回去，但林迟霜就是不肯，直到后来，她爱人也来到了盛家。蔡晴一直跟着姐姐姐夫叫他“三哥”。三哥其实姓喻，但从年轻的时候起，很多人都管他叫“三哥”。至于为什么这么叫，蔡晴却想不起来了。三哥从前在火锅大学一个研究所里工作，后来研究所独立，他们就搬到马路对面去了。蔡晴知道，他们夫妇和姐姐姐夫是多年的朋友。

房间里只剩下他们三人。眼看墙上的时钟已经过了十一点，蔡晴说："你们快回去吧，林姐辛苦半天该歇息了。"

话音未落，电话忽然响了起来。这是家里的座机，发出一串清脆而响亮的老式铃声。冷不丁听到这铃声，把蔡晴和林迟霜吓了一跳，幸亏三哥也在这儿。现在已经很少有人打座机了，林迟霜他们家的座机都拆了。蔡晓家中之所以还留着座机，是因为老母亲有时候要用。她从前的同事和一些老朋友还习惯拨打座机，另外就是沿海一带那些骗子还喜欢打座机，但他们的电话几乎都是在上午，家中只有老人的时候。晚上他们一般不费那个神。

蔡晴自言自语地"啊"了一声，走过去接电话。她心里寻思，也许是姐夫和姐姐的什么朋友，刚刚得知消息，又没手机号，所以打座机来慰问。

"喂，谁呀？"蔡晴问。

电话中一个男人急促地呼吸了两下，闷声闷气地传出一个声音："嫂子，嫂子，我盛强呀！"

"你，你是盛强？"蔡晴有点不敢相信自己的耳朵。一个男人的身影迅速浮现在她的脑海中，不过有些模糊，她都快想不起来了。

林迟霜也听到了电话中的声音。她也觉得有些意外，连忙问："什么？盛强？"

蔡晴点点头，似乎不知道说什么，而电话中的人却十分焦急地在追问她：“你是蔡晴呀，我嫂子在家吗？为什么哥哥的电话打不通？”

“我姐夫，他……”蔡晴哽咽着，语不成声。

林迟霜见状，有些费力地站了起来，拿过话筒，说：“盛强，你这些年跑到哪儿去了？你哥哥他——他不在了你知道吗？”

“你说什么？你是谁？”电话中的人焦急地问。

“我是林迟霜，你哥哥他，今天下午，去世了。”

电话中的男人先是停顿了两秒，继而像是被蛇蝎咬了一下似的惊叫两声“妈呀，妈呀”，然后忽然像遭电击了似的，发出撕心裂肺的哭声：“哥呀，哥哥呀……”

三哥也听到了听筒里的声音，被这声音深深地感染了，痛苦地摇着头。林迟霜试图再跟电话中的人说什么，但电话那端只有哀嚎。

林迟霜放下电话。三哥唏嘘不已，蔡晴和林迟霜都是泪眼涟涟。

良久，三哥长叹一口气，喃喃自语地道：“哎，心灵感应啊！盛强这小子消失了这么多年，却在这个时候出现了。”

盛楠他们的祖辈是北方人。在北方辽阔的大平原上，他的先人至少生活了五百年。民国的时候，一场旱灾让他爷爷成了难民，逃荒到了南方。据他父亲说，爷爷是个瘸子（小时候闹匪患时被土匪打了一枪，一直没治好），但做得一手好木匠活儿，为人勤劳忠厚，终于在一个码头上落了脚，并娶了一个当地木匠的女儿，成了家。他在三十多岁给一户人家盖房子上梁时不慎摔下来，撑了几天后死了，那时候父亲才十岁。祖母带着一个小女儿改了嫁，父亲则成了孤儿，靠在茶馆里帮人打杂谋生活。解放以后，政府在后面的大山中开采铜矿，征召了很多年轻人，父亲也被召了进去。他从此开始当矿工，并在矿上待了一辈子，是这个有两三万名工人的矿上有名的劳动模范。

盛楠的母亲是矿上一个厨子的女儿，也是从山外随开矿大军进来的，在矿上的食堂里当工人。她是一个善良、安静的人，天生一副好脾气，说话慢条斯理的。也许是由于一直营养不良，她的脸色总是显得苍白。那是一个异常艰苦的年代，大家都是穷人，但由于母亲的慈祥和父亲拼命干活儿，盛楠觉得自己的童年时期还算是幸福的，没怎么吃苦。但幸福的生活在他十三岁那年戛然而止。母亲突然去世，留下父亲、他，还有八岁的弟弟。经此变故，父亲从此变得沉默寡言，弟弟常常无端地哭闹，盛楠则经常发呆。盛楠勉强读完了高中，然后就在矿上当工人，每天下井挖矿。一九七九年，听说可以考大学，他决定去碰碰运气，没想到还真就考上了，而且居然是省里最好的白菜大学。毕业后他就被分配到火锅大学当了老师。

自从母亲去世以后，盛楠就成了家里的顶梁柱。几乎所有的事，都靠他拿主意。父亲也乐于把权力交给他这个懂事的大儿子。尤其是弟弟，在母亲去世之后，基本上是盛楠带大的。盛楠永远也不会忘记，母亲去世后没多久的一天下午，弟弟坐在屋檐下，他一半因为想念妈妈，一半因为饥饿而不停地啼哭，两个裤管被外面飘落的雨点浇得湿漉漉的而浑然不觉。屋外是绵延的雨幕，与远处的烟囱和山峰交织在一起，弟弟那双澄澈的眸子，仿佛要越过外边那无尽的雨帘，去追寻已经不在人世的母亲。这一幕让盛楠永生难忘，一股从骨子里升起的怜悯之情弥漫了他的整个心田，他痛下决心，这辈子一定要照顾好弟弟。从此以后，不论是上学，还是下井干活儿，又或是后来到外面上大学，盛楠都时时想着弟弟。偶尔弄到点什么好吃的、好玩的，他也首先想着是带回来给弟弟。他给弟弟洗衣服，教他写字，带他下河游泳，给他做玩具，带他去矿后的山上捡野果，从春天的树莓、夏天的刺梨一直到秋天的板栗。为了按时给弟弟理发而又省钱，他学会了理发，并由此一直扮演着业余理发师的角色，在矿上时给工友理发，上大学后给同学理发，工作后给学生理发。冬天来临的时候，为了让弟弟穿得暖和又不难看，他甚至学会了织毛衣。即使在那些成天下井挖矿、对前途看不到任何希望的困顿岁月里，盛楠对弟弟的呵护也是无微不至的，这样，不知不觉，等到他离开矿山的时候，弟弟已经从那个天真烂漫的小男孩，成了一个大小伙子。

弟弟叫盛强。他的性情与盛楠完全不一样，贪玩，爱凑热闹，不爱读书，一上课就打瞌睡。初中毕业以后，他就再也没有进过学校的门，成天东游西逛。说服他干活儿是徒劳的，即便是父亲想让他帮忙做点家务事，也大都不见效果。那会儿矿上像他这般无所事事的年轻人很多，成天在一起啸聚生事、结伙鬼混。经常有人被公安抓进去。为了防止盛强也被抓进去，父亲和盛楠费尽了心思。父亲的脾气很坏，话说三遍不管用就会动拳头，所以盛强到了十七岁的时候还挨过父亲的揍。有一次，盛楠不在家，盛强差点跟父亲动起手来。盛楠去上大学的时候，最不放心的就是弟弟，因为他知道父亲已经管不了他。不过还算运气好，他走没多久，盛强就当兵去了，到了遥远的青海高原。但是盛强在部队并没有混出什么名堂，三年后回到了矿上。这时候盛楠临近毕业，正在准备论文，但为了弟弟能有个好工作，他还是请假回到家里，四处托人、找关系。盛强不想回到矿上，想到山外的市里当公安。盛楠为此送了好几份礼，也得到了相关人的应允，但是最后盛强没有能够进到公安局，被安排到了矿上的保卫部。

父亲原来指望，盛楠大学毕业后回到地方，尽快混个一官半职，他和小儿子也好沾下光，谁知道盛楠却远到火锅城当了老师。盛楠他父亲的一个朋友——矿上的一个领导——年轻时跟他一样也是劳动模范，认为火锅城各方面都比市里好，并作了详细的推论，父亲这才接受这个现实。后来盛楠很快结了婚，儿媳妇也在大学里工作，文质彬彬、知书识礼，是矿上和市里那些姑娘完全不能比的，父亲这才相信，大儿子的选择是正确的，让他感到脸上有光。但大儿子带给他的喜悦，永远抵不过小儿子带给他的烦恼。盛强上班总是吊儿郎当的，经常和一些社会上的年轻人厮混在一起。他抽烟、喝酒、打牌，工资一个子儿也不拿回家里，相反，倒不时找父亲要钱。这时铜矿已经开始显现出衰退之象，有关系、有门路的人纷纷往市里调动。年轻人更是很少有愿意继续待在矿上的。盛强当然也没死心，有机会就托人送礼。但是他持续送了近两年，再也拿不出钱了，而希望依旧渺茫。依照父亲的逻辑，如果他把这些礼送给矿上的头头儿，说不定就在矿上也提拔了，涨了工资。为此父子俩又吵了好几次。父亲一直想让盛强早点结婚。他以为，结了婚，有了管束，盛强就会老老实实地过日子，但是他至少托人给盛强介绍了五个姑娘，盛强不是嫌人家长得黑，就是个子矮，要不就是嘴大或者笑起来不好看，一个也没有看上。父亲愁眉不展，经常为盛强的事喝闷酒，不过他泡的药酒常常被盛强悄悄倒出去，跟他哥儿们喝了。

“我这是造了什么孽啊！”老矿工经常跟人唠叨道，“大儿子那么争气，而小儿子，简直天生就是我的冤家。”

盛强似乎一点也不怜惜父亲。哥哥一封接一封给他写信，开导他、教育他，他从来不为所动，既不认真看，也不回信。他的头儿也越来越不能容忍他，终于，在一个月底，发完工资的那天下午，他被宣布除名了。在过去的一个月里，他只上了八天班。父亲气昏了，疯也似的骑着那辆老自行车满矿找他，但是根本找不到，因为盛强接连五天没有回家了。他到市里寻他的朋友去了。这时候，盛强已经二十六岁了。邻居家跟他一般大的年轻人，儿子都两岁了，家里还买了电视机。老矿工病倒了，觉得自己多半是爬不起来了，直到大儿子盛楠赶了回来。盛楠没想到弟弟工作这几年变化如此之大，完全成了一个颓废和堕落的人。他把他找回家，父子三人坐在一起开家庭会议为盛强寻求出路。盛强沉默着，父亲则不停地抱怨，盛楠的话他们谁也不听。盛楠几乎整夜没睡，第二天，他把盛强带着一起上了火车。盛强并不情愿跟哥哥一起走，但眼下他实在没有别的选择，也就只能如此了。

盛强在火锅城待了五年。他以火锅大学（当时还叫火锅学院）为固定驻扎点，在这座城市里干了七八种工作。他的第一份工作是他嫂子帮他找的，在区里的糖酒公司干仓库保管员（蔡晓的一个表哥在那儿当一个小头儿），干了九个月。他在食堂当过厨师、在长途汽车上卖过票、当过招待所（旅馆）的领班。除了稳定的工作，他还干过短期的、季节性的生意，比如冬天卖挂历、夏天到旅游点卖烤羊肉串。后来的一年多，为了按哥哥说的多挣钱以便将来娶媳妇，他干两份活儿，白天在招待所上班，晚上骑车去这个城市里最早的一家大型风情餐厅扮演唐朝武士——手持一面旗帜站一个小时，最后随着剧情的发展倒下当死人，每天晚上除了白吃一顿饭，还挣十块钱；他还承包过一个研究所的科研成果展览——很多年以后，他才知道这一行叫会展，每年不但养活许多人，也培育出了不少富翁。他在旅游点外倒卖过外汇，认识了美元、日元和港币，但没有赚到几个钱。他的最后一份工作是哥哥帮他找的，在珠宝公司当学徒，只干了三个月。从这一点上看，他后来也认识到哥哥是一个有眼光的人——他那会儿已经意识到富裕的人会越来越多，珠宝行业必有前途，所以他不惜苦口婆心，说服自己去跟那些二十岁左右大的孩子一起当学徒，为的是学到那一手离钱最近的手艺。在火锅城的最后几年，盛强几乎改掉了他过去的绝大多数毛病，变得勤奋、热情、礼貌待人。他似乎完全服从了命运的安排，对哥哥言听计从，只有一件事，他没听哥哥的——念一个文凭。当时火锅学院的夜大学相当红火，许多社会上的年轻人都在这儿读夜大学，但是盛强拒绝去报名。为这事哥儿俩闹了很长时间别扭，盛楠还请自己的朋友们劝盛强，也没奏效。盛楠的打算是，弟弟去夜大学里好歹混个文凭，他再想法把他的户口转过来，这样，等父亲退休以后，一家人就可以在这儿团聚了。没想到盛强对任何形式的读书都没有兴趣。

这时候盛楠已经有了孩子，住在火锅大学十五号楼——筒子楼——的一间十五平米的屋子里。他和蔡晓的工资，除了孩子的开销，勉强只够吃饭。蔡晓她母亲得时常接济他们。盛强周末的时候常常到哥哥这儿，连他也时不时给哥哥塞点钱。正是在这种日常的观察中，盛强感觉到，哥哥他们这类人，是很难有出头之日的。这时社会上已经有了一些有钱人，而哥哥周围，没有一个发财的。盛强认识一个小伙子，从牢里出来没两年，在动物园旁边摆摊卖牛仔裤，有时候一天就能挣一百块。他想拉着盛强一起干，但被哥哥坚决制止了。“小商小贩，这不是咱们应该干的。”盛楠对他说，“要么能学到本事，要么就想法弄个铁饭碗，就这两条路。”

终于，盛强决定不能在这儿干下去了。一天黄昏，他把哥哥嫂子约到一个饭馆，说有事要跟他们谈。盛楠还以为他回心转意准备去读夜大学呢，可是盛强端起酒杯，对他们说：“感谢哥哥嫂子这几年为我做的一切。我不想在这儿待了，就要回去了。”盛楠十分意外，差点掉了杯子，“为什么？你这唱的是哪一曲？”盛强却不紧不慢地说：“我三十一岁了，不能再在这儿混下去了。我在这儿是混不出名堂的。”盛楠说：“你要气死我啊，户口的事刚有点起色。”盛强说：“去年你就说有起色了。为这玩意咱们花了多少钱？再说了，就算办下来，我能过上好日子吗？”“你到底要干什么？”盛楠气坏了，恨不得踢盛强几脚。但是他看得出，盛强是铁了心，拉不住了。嫂子蔡晓也劝盛强别冲动，怕他回去以后连生计都无法维持。

盛强第二天就回到了矿上。他甚至都没有来向朋友们辞行，尤其哥哥的几个同事和朋友，他们待他如兄弟一般。父亲临近退休，正琢磨着小儿子呢，没想到他自己跑了回来。老头儿以最快的速度拜访了矿上几个有名的媒婆，请他们帮盛强张罗对象。三个月后，盛强就结了婚。儿媳妇在矿上的工会上班，父母也是矿上的。但是老头儿的喜悦并没有延续许久，因为在他看来，盛强除了如期给他添了一个孙子之外，别的都不能令他如意。他希望盛强寻一份安稳的营生，守着老婆孩子好好过日子，但盛强却不这样想。他首先盯上了矿上那半死不活的食堂，通过送礼拉关系，迅速将它承包了下来。他干了一年，挣的钱把皮包撑得鼓鼓的，但想接着干时，主管后勤的副矿长不干了，收回承包给了自己的亲戚；盛强也不跟他们计较，买了辆二手中巴车，转而跑运输，每天在市里和矿山之间拉客人。这活儿也挺挣钱，但好日子不长，他很快就得与地痞们争抢客源，难免打打杀杀的，干了一年后，父亲说什么也不让他干了；盛强随后在矿上转了几天，开了矿上第一家火锅店。这火锅店生意十分兴隆，经常要排队才吃得上，但是半年以后，矿上一口气出现了十多家火锅店。不过这次盛强学聪明了，早在第二家火锅店出现的时候，他就开始思考退路，于是，他在火锅店刚好形成了一条街、而自己店里的生意也还不错的时候，以最理想的价格将自己的店盘了出去，拿着钱到海南岛承包工程去了。

从此，盛强进入了人生的另外一个低潮，因为他被人给套进去了——一个朋友想用他的钱来一起发财，但是这点钱根本不够，而且工程并不如他们预想的那样好干，所以他们不但血本无归，还欠下一身债。干活的工头拿不到钱，就跑到盛强家里，搬走家具和电器。父亲虽然单独住，但债主们连他也不放过，把老头儿的家里基本上洗劫一空。从这个时候开始，哥哥盛楠再次担起家庭的重担，他一次次赶回家里，确保盛强的老婆孩子有最基本的生活保障，安抚老父亲。盛强后来才知道，那几年，为了自己一家的生活，哥哥到处给人上课，从夜大学，到职业学校，到各种短期培训班；他给人家编形形色色的书，只要稿费给得多，从公文写作到辞典到企业管理大全。他给盛强的孩子买衣服，把妻子和小姨子不愿意穿的衣服带给盛强的妻子，坐十几个小时的火车把食用油和鸡蛋带回去。盛强有时候有消息，有时候，为了躲避债主，则几个月音讯杳无。当盛楠得知卖菜和做豆腐赚钱的时候，甚至想把弟弟一家重新叫到自己身边，做这样的营生，但盛强根本不为所动。老父亲也不愿意到他那儿。老头儿靠自己的退休金，本来可以生活得不错的，但被盛强这么一弄，家里经常也是冷锅冷灶的。

盛强东躲西藏了差不多三年之后，又有了新的营生。这次他是开歌厅——不在矿上，在市里。多年以后盛楠才知道，弟弟这个歌厅之所以生意好，并不是他经营有方，而是因为他网罗了一些“小姐”，这些女人一开始是当地的，后来分成几股，有邻省的，南方的，甚至有来自东北的。歌厅成了盛强的摇钱树。他迅速用开歌厅赚来的钱还清了债务，还开起台球厅、麻将馆、洗脚城和旅店。一天，盛强在街上遇到一个人，这个人从前是区里的一个科长，因为挪用公款被开除了公职，跑南方闯荡去了。盛强看在他过去曾经帮过自己的分上，请他到饭馆喝了几杯。结束时这个人一抹嘴说：“兄弟，要想发大财你得干房地产！”整整一个下午，“发大财”、“房地产”这几个字就一直在盛强的脑子中飘着。黄昏的时候他找到了科长的家里——后者正拎着包准备去火车站。盛强拉住他，一字一句地说：“你非得给我讲清楚，房地产到底怎么能够发大财。”

第二天，盛强就跟这个科长一起去了广东。原来这个人在那边一家房地产公司打工，是个部门经理。三个月后，盛强回来了，他卖掉自己的大部分生意，买下一块地，开始盖房子了。他身边的朋友都觉得稀奇，疑惑不解，但盛强却十分专注，天天盯在工地上。又过了三个月，房子已经盖起来了，清一色六层楼高，占了一大片地，相当壮观。这时候那个科长也回来了，带着几个打扮得花枝招展的外地女人，操着普通话。科长姓钟，被盛强委任为总经理，这些女人则是他原来那家公司的售楼小姐。她们的名片上印的是“置业顾问”。盛强就是靠着这支小分队，成了这个内陆中等城市的第一个房地产开发商。等别的商人们反应过来，也想干房地产的时候，他已经开发了五个楼盘。他基本上垄断了相邻四个城市的闲置用地，外来的开发商想建楼，往往都得从他那儿买地。差不多有十年的时间，盛强都在马不停蹄地买地、建楼、卖楼，把生意从一个省做到了三个省，从一个城市做到了十多个城市。他办公室墙上有一幅地图，其中有一片被密密麻麻地画上了五角星，每个五角星都代表他开发的一个项目。他成了传说中的人物，被很多商人崇拜。有时候谁也不要的一块生僻之地，只要他一拿到进行开发，这一片很快就能旺起来。虽然在地产领域所向披靡，但盛强始终没有忘记那个他生长的矿山，有一年冬天，闲来无事，他独自一人回矿上，意外听说这座老矿山破产了，正在进行资产重组。这消息让他心潮澎湃，独自待了一晚上。怀念、怨恨和莫名的征服欲望在他心底次第升起，没过多久，他以七亿五千万的价格成功控股百分之五十一，成了这家矿山的大股东。三年以后，他以二十六亿的价格将自己的全部股份卖给了一个温州人，成了他们那个圈子中少数几个通过炒作矿山赚到钱的人。财富增长的速度让盛强自己都觉得不可思议，他经常在深夜从梦中笑醒，爬起来，趴在阳台点支烟，对着空荡荡的街道傻笑。他开发了数十个楼盘，留下了许多公寓、别墅、商业门面，此外还有自己的饭馆、酒店、夜总会、洗浴中心和美容院；再后来他还介入金融，参股保险公司，投资制药厂，发展物流，做玉石和珠宝生意。

然而，随着生意越来越大，盛强与哥哥盛楠的关系却越来越疏远。实际上从盛强开歌厅的时候起，盛楠就开始为弟弟担忧，怕他哪一天失足翻船。这种担忧在盛强搞了房地产开发之后，更是始终伴随着他。盛楠获知，盛强的公司管理相当混乱，完全不像一家正规的企业；盛强做事没有头绪，常常在大白天陪着客人狂喝滥饮，花天酒地，而在深夜时召集手下开会，一开就开到后半夜；他公司印的那些广告单子常常错误百出，不但有语法错误，还错别字连篇；他办什么事都是金钱开道，为此他的汽车后备箱里时常备着成堆成箱的现金，所以他的楼盘往往都是先销售再办手续，别人拿不下来的地他却能够弄到手；他一边参与慈善捐助活动，一边尽可能多的偷税漏税；项目拆迁遇到阻碍的时候，他一般都会下狠手，往往都是勾结黑社会，把人打残过，还打死过人；他贿赂几乎所有跟他的项目有关的公职人员，以至到后来，省里落马的两个副省长、三个市长都跟他有关；他几次被协助调查，其中有一次被限制出国长达一年以上，另一次则被关了三个星期。虽然不经常往老家跑，但盛楠却有足够的途径了解到弟弟公司里发生的一切。他悲哀地发现，弟弟对他的忠告从来就没有听过，即使听过那么几回，也是出于对他的尊重，应付一下。

盛强的家庭生活也一团糟，让盛楠操碎了心。他刚发迹没多久，就跟自己的妻子离婚了。盛楠听到这个消息时既惊讶又愤怒，连夜坐火车赶回家，但盛强已经拿到离婚证书。在盛楠看来，这个弟媳妇不赖，在弟弟生意失败、四处乱窜的那几年里，她对他不离不弃，独自带着孩子，还要照顾老父亲。但盛强不这么看，他说自己那几年虽然不常回家，但一直保证了家里基本的生活开销，没让他们娘儿俩吃亏，而这女人，一向好吃懒做，性格蛮横，他不在家的时候经常对父亲恶言相向，此外，因为自己一直没什么出息，她和她的父母、兄弟对自己从来都没有好脸色，一家人都是势利鬼、小市民。这些情况出乎盛楠的意料。“胡说！”盛楠对弟弟吼道，“弟妹对我一直很尊重啊！人家她娘家人也都不错。”“那是对你，”盛强说，“世上有几个像你这么好的？你每次来都给他们带东西，还千里迢迢给老头儿带酒，可你知道他们是怎么对待别人的吗？”争吵一番之后，盛楠终于明白，这两口子不可能撮合到一起了，于是将弟媳和她父母兄弟召集到一起请他们吃饭，进行了一番安抚，就回学校了。半年以后，盛强跟市政府外事办一个年轻的女子结了婚。这是一个工作没两年的大学生，因为懂外语，原本是盛强准备请到公司撑门面的，却给他当了老婆。盛强跟这第二个妻子生了两个孩子，在小孩子才四岁的时候，他又跟她离了婚，跟省电视台一个颇有名声的主持人结了婚。对于弟弟的第二次婚姻失败，盛楠依旧做了挽回的努力，并且比第一次使出的力量大得多，因为他认为两个孩子还小，父母的离异会毁灭掉他们的童年生活，而女主持是个明星，成天混迹在名利场中，完全不适合家庭生活。和第二次结婚不同的是，这第三次结婚，盛强根本没有告诉哥哥就举行了盛大的婚礼。盛楠是有次召集学生开会时，从一个学生带的一本时尚杂志上看到这一消息的。他很难相信那个被众多的闪光灯所包围、被一个珠光宝气的女明星挽着胳膊的男人是自己的弟弟——那个曾经生活在社会底层、甚至居无定所的弟弟。

但是最令盛楠无法原谅弟弟的，还是老父亲的死。父亲的身体很好，如果他平平淡淡地过着退休工人的生活，至少可以活到九十岁，但他在七十二岁时就去世了。原因就在于，小儿子的迅速发迹打乱了老矿工的生活。他沉湎于财富之中，十分享受别人的赞美和恭维。从六十六岁开始，每年的生日，盛强都要给他举行盛大的祝寿活动，在一个废弃的篮球场上大摆坝坝宴。头两年，前来祝贺的人们还按当地的规矩送礼，后来逐渐演变为了白吃白喝，成了“老板”盛强炫耀自己财富和慷慨的表演场。盛强不但连收礼的账本都免了，还向前来祝寿的人们派送礼品。这时候矿上许多工人下岗，干部也不再风光，一些人为了巴结盛强，每到他父亲祝寿的时候，接连几天待在这儿，不少人还放下身份，帮着打杂、端茶、上菜。盛楠开始没觉得这是什么大问题，心想父亲卑微了大半辈子，风光一下也无妨，而且又没收别人的钱财，可是当他听到有人当着他的面吹捧父亲，说他过生日时帮忙都要科级干部才有资格时，就感到不对劲了。他把父亲带到自己家里，但老头待不住，不到一个月就跑回去了。他成了矿上的老明星，吃饭有人陪，出门有专车，建鸟苑，养名犬，每日里锦衣玉食。为了把盛强的儿子从他母亲那里要回来，他毫不犹豫就接受了这孩子的外公和舅舅们提出的、在当地人看来是天价的所谓抚养费。他让孙子跟自己住在一起，一心一意要将他培养成“人上人”。为此他专门给孙子配了司机、厨师、保姆和家庭教师。随着盛强生意的迅速做大，老头儿结交的对象从矿上的劳动模范、科级干部迅速上升到处级、局级干部，甚至市里的一些头面人物。他不但对矿区的发展指指点点，还时常介入人事事务，帮人安排差使，调动工作。他用他老年人的身体，过着中年人纸醉金迷的生活。盛楠不知道父亲到底是如何倒下的，但他肯定，是弟弟的纵容迁就害了他。父亲去世后他甚至听说，盛强从前的司机、后来被提拔为酒店总经理的一个人，竟然经常带老父亲去夜总会，帮他找小姐。

正是父亲的死，让盛楠与弟弟决裂了。他觉得盛强财迷心窍，不择手段，跟自己越来越远了。先前，弟弟还不太让他反感的时候，曾经给他买了一套房子，并且派人做了最好的装修，但当他觉得弟弟跟自己不再是一路人的时候，就趁盛强派人给自己送东西的时候，把钥匙带了回去，声称自己用不着那房子。盛强再派人送东西来，他找各种理由推辞，连来人的面也不见。盛强知道哥哥固执，慢慢的，也就不再派人过来了。他们的联系逐渐少了起来。六年前，当盛强听说侄女要出去留学的时候，专门赶了过来，并准备了一笔钱要给侄女，但被盛楠无情地拒绝了。盛强坐在宾馆的阳台上，许多年来第一次流下了眼泪。那以后，他就不主动跟哥哥联系了，而盛楠也不联系他。逐渐地，连盛楠身边的人也都淡忘了他这个弟弟。

其实盛强心里始终没有放下哥哥嫂嫂一家。他觉得哥哥除了对自己有误解，思想也落伍了，变得迂腐、气量狭窄，但他终归是自己的哥哥，是自己在这个世界上最亲近的人。盛强盘算着，自己总有报答哥哥的时候，因为他在大学里混了大半辈子，始终没有混出个名堂。他眼看就要退休了，如果他想要一个丰富的退休生活的话，他不可能不需要自己的帮助。为此盛强作了精心的准备。为了防止因为生意上可能的闪失影响到自己的计划，他有一部分以房产为核心的固定资产，分布在多个城市，谁也不准动，就是为了有一天为哥哥嫂子所用。到现在，这些资产甚至都可以修建一所大学。

然而，盛强做梦也没有想到，自己会在毫无防备的时候等来一个噩耗。就在前几天，他忽然觉得心神不宁。今天中午，他更是坐卧不安，于是他给自己供养的师傅打了个电话。像许多他们这类人一样，盛强也是在多年前就开始供养“师傅”的，最开始是和尚，前几年换成了道士。那个被他称为“道长”的人在电话里听了他的倾诉，建议他留意自己的至亲，并说了几句盛强听不懂的词儿。这个提醒和自己的担忧完全一致，于是盛强给哥哥打电话，但哥哥的手机关机了。整个黄昏以及随后的三个小时，盛强都在提心吊胆中度过，但他接连开了两个会议，没腾出时间打电话。就在刚才，晚上十一点的时候，他才给哥哥家里打电话。接电话是居然是嫂子的妹妹蔡晴。甫一听到蔡晴的声音，盛强就觉得不对，不祥之兆触电一般传遍他的全身，紧接着，哥哥去世的噩耗让他犹如五雷轰顶。就在那一瞬间，他觉得自己突然跌入冰窟，一下子成了孤儿。所有的希望都破灭了，什么都没有了。悲哀、悔恨、委屈，像潮水一样从他身体的四面八方奔涌出来，他哀叫、号啕。那一刻他想从窗户上跳出去，想撞墙，想用烟头烫自己，想用刀捅自己，想把自己置身在烈火中烧烤。

此时，盛强一个人待在自己空荡荡的大宅里。一个小时以后，他召集了自己的几个手下，开了车就往火锅城赶。

次日清晨，当盛强一行还在路上不停地驱驰的时候，蔡晴和林迟霜又凑到了一块儿。这是她们昨晚临分手前做出的决策——到北边的郊区去拜访一位“大师”，为盛楠不能闭眼这事寻求解释。这事儿是蔡晴的大表哥提议的。他在电话中告诉蔡晴，这种现象相当不吉利，应该找大师给破解一下，而且他当即就向蔡晴推荐了他认识的一位王大师。大表哥已经退休，是他们亲戚中官当得最大的。虽然姐夫盛楠一向不太喜欢他，但大表哥的长处也是姐夫不具备的，比如说他认识的人很多，能耐大，退休了还拿着好几份工资。在场的三哥听到她们商量请大师的事，坚决反对，为此林迟霜都急得跟他拌上嘴了。尤其当听说只要说是大表哥的亲戚，大师看一次只收一千块钱而别人都是五千起价的时候，蔡晴就更坚定了去拜见大师的决心。

本来蔡晴不让林迟霜同行，因为昨天大半天她都在为姐夫的事奔波，可是林迟霜不干。她说不能看着蔡晴没个伴儿，而且这也是自己应该做的。两个女人打了出租车，一路往北，一直到火锅大学原来的实验农场那边，才找到大师的住处。这一带原来是苹果园和有名的大白菜基地，现在都与市区连成了一片了，盖了许多房子。大师住在一个叫"普罗旺斯高尚住宅小区"的院子里，里面大都是别墅，有独栋的，有联排的，还有几幢公寓。大师家住在公寓，但错层结构的房子相当阔绰，差不多有三百平米。大师是个老头儿，七十多岁的年纪，慈眉善目、白白净净的样子。保姆模样的一个女人打开房门后，大师把蔡晴和林迟霜请进一间屋子。这屋子除了门楣上挂着一幅八卦图，和一般家里的屋子也没什么区别。

客人还没有完全落座，大师就问她们所来何事。蔡晴一边跟大师介绍着事情的原委，一边递上她的手机，里面有盛楠去世后的照片。大师看了两眼，就肯定地说，这是冤屈所致，要让他闭眼，必须给他想要的东西。

"什么东西，大师？"蔡晴问。

“就是职称，”大师说，“想办法让他当上教授。”

“这怎么可能呢？”两个女人都着急起来。

“必须如此。只有这个法子管用。”大师说。

随后，大师走出屋子。一会儿他拿着一卷纸走了回来，递给蔡晴，说：“这是一张解符，连同职称、教授证一起在他的灵前烧掉。”

蔡晴端详着这卷纸儿，发现它的形状像手纸，但质地是一种她没有见过的类似小孩练书法的毛边纸，两边有许多小缺口，中间的字，她打开一截看了看，没有一个认得。她展开给林迟霜看，后者也摇脑袋。

“烧掉就行了吗，大师？”蔡晴问。

大师没有说话，微笑着点点头。自从取了这卷纸儿回来，大师就一直站着，似乎是不想再坐下了。这时外面的客厅里又来了两个客人，保姆正在张罗着给他们倒茶。听口气似乎也是有事来讨教大师的。这是一男一女，六十多岁，女的像个家庭妇女，男的则像个干部。

“好吧，大师，我们不打扰了。”蔡晴说站，站起身，把一个装有钱的信封递过去，“您受累了！一点小意思。”

大师没有推辞，也没有打开信封查验，仍旧笑眯眯地看着她们。

两人来到楼下，对大师的点拨进行分析。蔡晴觉得大师不靠谱，因为现在不可能有办法让姐夫当上教授。她立即就准备给大表哥打电话，准备对他进行抱怨。

林迟霜说：“你等等，等等。”她想了一会儿，说：“也许我们可以变通一下，反正是烧掉嘛！”

“姐，你有招了？”蔡晴捏着电话，看着她。

“去买套假文凭、假证书。只能如此补救了。”林迟霜说。

这个方法让蔡晴茅塞顿开。“兴许还真是个办法呢！”她说：“我还真见有人这么干过。”

林迟霜说，“我楼上的二德子，每年清明都要给他爸烧一张博士生导师的证书，因为他爸这辈子最大的遗憾就是没能当上博士生导师。我很好奇他哪儿来的这玩意儿，他说殡仪馆多得是，什么都有。”

“我也见过。我这工作，你是知道的，常去殡仪馆。博士生导师证书我没见过，但钱我是见多了，人民币不用说了，美元欧元也常见。我还见过烧小车、别墅的。还见过烧美女的。”

“买假文凭假证书的话，直接去果仁大学就行。它东校门外是有名的假文凭一条街。那儿的东西可不是殡仪馆那种，材质、样式，跟真的一模一样。烧这种肯定比烧殡仪馆的那些强。”

“那咱们说办就办，现在就去。”

两人一边商量着，一边站在路边打车。出租车全是拉了客的，一辆也没停，蔡晴只好用手机叫了专车过来。林迟霜很羡慕，因为她还不会使用这些新玩意儿。

果仁大学的东大门外，号称火锅城“教育一条街”，分布着不少培训学校、外语学校和补习学校，相当热闹，同时，这儿也是有名的假文凭集散地。果仁大学是火锅城唯一一所在资历方面与火锅大学相差无几的大学，当年火锅大学一口气兼并了另外三所学校，在规模上将它远远地甩在了后面，但据说它并不后悔，反而认为自己更纯粹地道一些，不像火锅大学那样大而不强。走在街上，地上随处可见“刻章办证”的小纸片，被一种神奇的胶水紧紧粘连在路面上，似乎怎么清扫都弄不下来。两旁的公交站牌上、电线杆上，到处都是用彩色喷绘笔喷写的“刻章办证”四个大字和一串电话号码。

蔡晴和林迟霜刚刚下车，就有一个操着方言的妇女踱了过来。她从两人身边走过去，走过来，并不看她们，嘴里只是念经似的嘀咕着“刻章啦，办证啦，办文凭啦……”几个词儿。作为资深的街道干部，蔡晴立即明白，这正是她们要找的人。她看看周围，不像有熟人的样子，于是咳嗽一声，把这妇女拉到路边一棵树下，迅速以四百元的价格谈好了制作一套假的教授证书和文件。内容则是林迟霜拟定的，抄在一张纸上给了那妇女，上面注明，证书上要盖公章，落款为“火锅大学职称委员会”，正文为“经火锅大学职称委员会评定，副教授盛楠从即日起晋升为教授，享受正高职称待遇”。为了逼真，林迟霜还强调了字体字号，但对方立刻笑了，用带着本省南部某个山区方言色彩的普通话说：“放心吧，大姐，新老证书的模板，我们都有，保证错不了。”

毕竟是第一次做这种事，林迟霜有些紧张。直到那妇女收了纸条、记了电话、揣着定金离去，她才放下心来。“妈呀，简直跟做贼似的。”她说。

这次她们伸手就打到了出租车，回到了火锅大学。根据事先得到的消息，蔡晴知道，一个表妹已经去把姐姐接回了家。

此时已是中午，盛强经过大半夜和一个上午的不间断行驶，长驱一千一百多公里，于半小时之前到达了他哥哥的家里。蔡晓虚弱地躺在床上，她母亲则照例在厨房为她煎药。一听到响亮的敲门声，蔡晓就知道是盛强到了，连忙示意两个来看望她的学生去开门。房门一开，盛强大踏步走了进来，叫了一声“嫂子”，然后走进卧室，扑倒在蔡晓的床边就嚎啕大哭起来。跟在他身后的两个学生吓坏了，不知所措。老太太听到动静，从厨房走了出来，提着一只汤匙，站在女儿的卧室门口看着。

蔡晓泪眼涟涟，竭力控制着自己，对盛强说：“弟弟你别哭了，来了就好，来了就好……”但是她虚弱的声音盛强根本就听不到。她伸手去拉盛强，也毫不起作用。盛强跟个孩子似的，一边哭，一边哀叹哥哥何以如此命苦，同时他捶胸顿足地责怪自己。

老太太一直站在门口看着，看了好一会儿，她才走过去，轻轻拍着盛强的肩膀说：“起来，孩子！别哭坏了身子。”

“伯母！”盛强转过身说，“盛强我不孝啊！我对不住您和我嫂子啊！”

老太太站立着。一幕幕往事涌上心头，饱经风霜的她，也禁不住泪湿衣襟。想当年，盛强在这座城市谋生的时候，蔡晓把他当作自己的亲兄弟看待，而自己则把他当儿子一样。老太太明白了，盛强没有忘记那一切，只是因为他们兄弟俩的龃龉，他一直没有机会来表达他内心的谢忱。

盛强一直哭着，几乎是肝肠寸断。自从他母亲去世以来，他就再也没有这么伤心过，不论是父亲的逝去，还是哥哥对他的冷漠；不论是躲避债务时的浪迹天涯，还是因为躲官司而仓皇乱窜。自从失去母亲的那一天起，他的心就枯萎了，而由于哥哥的原因，眼前这母女俩曾经给过他姐姐和母亲般的关爱。那些片段许多年来一直留在他心中，成为他心中最温暖的记忆。可他已多年没有来见过她们。他进门第一眼就看出，哥哥这个家里还如当年一样简朴。显然，他们过的仍然是普通教书人的日子，而自己却每日里花天酒地，挥金如土。悲痛、自责、悔恨、追忆，所有炽烈的感情此刻都迸发了出来，他想要是能够把哥哥换回来，自己情愿立刻去死。

就这样，过了好半天，直到蔡晴和林迟霜回来的时候，盛强还在那里伤心地哭泣。他坐在嫂子床边一张木椅子上，把头伏在椅背上，弓着身子，不停地发出“昂昂”的哭声。蔡晓半躺着，脸上挂满了泪水。

自从昨天晚上接到盛强的电话，蔡晴的心里对他一直是怨恨的，甚至有几丝厌恶，因为她不能理解一个受了哥哥那么多恩惠的弟弟在自己发财之后，何以会远离自己那个母亲般替他操劳、父亲般给他庇护的哥哥，乃至最后音讯杳无。虽然姐夫和姐姐这些年很少提到他们这个弟弟，但当年盛强在火锅城闯荡，姐姐姐夫如何照顾他、如何为他操心，自己是见证了的。昨天晚上她还在想，见了盛强后自己一定要好好骂骂他，问他为什么要做一个忘恩负义的人。她可没有姐姐和姐夫那样的好脾气。

不过眼下，当盛强终于停止哭泣，端坐在椅子上，并向自己和林迟霜点头示意的时候，蔡晴心中的无名之火竟然消失得差不多了。盛强五十三四岁的样子，穿着一件油乎乎的皮夹克，面容憔悴，比十几年前见到他时苍老了许多。他脸上不再有当年那种春风得意、顾盼自雄的暴发户形象，而是刻满了沧桑。他比他哥哥盛楠壮实，脸比盛楠宽大，是一张结实的国字脸，有一个微微隆起的肚子。他发型也和他哥哥不一样，留的是寸头。他看起来是刚理过发，一些白色的发楂夹在黑发之中。两道粗眉之下，是一对不大但显得深而冷的眼睛，嘴角不像他哥哥那样柔和，而是往两边沉下去，显出几分孩子似的执拗。

根据从姐夫那里获得的不多的信息，蔡晴判断，盛强可能陷入了事业上的萧条期，成了传说中正在苦苦挣扎的煤老板。此外，前两年还听说他因为牵扯到两个地方高官的案子被协助调查而疲于奔命。

盛强呆坐着，两眼看着地板。蔡晴再次看了看他，内心忽然感到一丝轻松——由于这个男人的出现，自己将不再是一个人挑起这场丧事的大梁了。她这才感到疲倦，而这刚刚过去的十几个小时里，她觉得自己就像被绑在一个高速旋转的陀螺上，被一根无形的鞭子抽着，一刻都不能停下来。

见盛强终于平息下来了，老太太端来一杯热水，递给盛强，说："喝口水，孩子，然后你们出去吃点饭。还有许多事情等着你们处理呢！"

过了一会儿，盛强喝了水，跟蔡晴和林迟霜一起出了门，准备按老太太的吩咐出去吃饭。现在将由他们三人来决定如何操办这场丧事了。

来到楼下，蔡晴和林迟霜才发现，盛强不是一个人来的。楼下有几个人在等他。这是几个年轻人，男男女女都穿着职业装，与火锅大学家属院的人有着明显的区别。

林迟霜跟蔡晴耳语了几句，想去远点的地方吃饭，以便晚一点让盛强知道他哥哥尚有一只眼睛没有闭上的事，但盛强说自己已经知道了。这消息已经通过微信传遍了周边的三省两市。盛强希望她们能够谅解，说这会儿虽然已经过了饭点儿，她们两人一定很饿，但自己应该先去看哥哥。林迟霜和蔡晴只好同意。

一路上，林迟霜和蔡晴担心盛强到了校医院，会控制不住自己，盛强却示意她们放心。果然，整个过程中，盛强虽然显得非常痛苦，身子战栗着，但始终保持着清醒和镇静。跟他同来的一个年轻男人想要搀扶他，可他没让。他戴着一副太阳镜，围着盛楠看了好几圈，还俯身去亲吻了他的额头，趴在他耳边说了几句话。

走出校医院之后，盛强吩咐他身后一个年轻女子说：

“把这情况告诉张道长，请他马上赶来。”

吃完饭已经将近三点了，盛强让一个司机送蔡晴和林迟霜回去休息，自己上了他们开来的另一辆车。

“你现在准备干什么？”林迟霜问。

“我想去见见你们李校长。”盛强说。

林迟霜想了想，说：“那我跟你一起去吧。我也正想见见他。”

此时，火锅大学校长李烹也正在琢磨盛楠的事。他端坐在那张老办公桌后，面对着桌子上的几份文件，但根本没有看清文件上的标题。昨天他本来想在下班后让陶玉彬来给他做个汇报，但晚上有个应酬，今天上午又有个会，所以中午他才让秘书通知陶玉彬，在下午上班后来他办公室，当面向他汇报了事情的经过。他无论如何也没有想到，盛楠会以如此的方式结束他在火锅大学的教师生涯，结束他的一生。听说盛楠居然有一只眼睛没有闭上，而且从昨天晚间起，“火锅大学一教师评不上教授而死不瞑目”的帖子已经在网络和微信上传播开了，他又指示主管宣传的副校长，提醒他密切注意此事的舆情发展。对他这个校长而言，盛楠可不是一名普通的老师，因为二十多年前，刚刚到火锅大学的时候，他住在筒子楼里，跟盛楠既是邻居，也是朋友。后来自己转行搞行政，加上又都从筒子楼里搬了出来，慢慢就往来少了。当副校长之前，自己时常骑车上班，偶尔也能跟盛楠在路上相遇，还能聊上几句，但自从当上校长之后，每天基本都是司机接送，又经常出差，两人就很少遇到了。他知道盛楠的秉性，只要自己还在校长这个位置上，他是不可能主动来接触自己的。不过盛楠评教授的事，自己其实一直都在关注，最近几年，每次拿到申报教授的名单，自己都会特意留意盛楠。自己之所以没有介入，是因为自己相信盛楠在退休之前肯定能评上教授。盛楠虽然科研上弱一点，但长期在教学一线，而且课上得好，很受学生欢迎。正因为如此，自己还曾经暗示过陶玉彬，适当关照一下盛楠。根据自己对陶玉彬的了解，他在这件事上不可能虚与委蛇，应付自己。唯一的解释就是：盛楠从来没有因为自己要评教授而向陶玉彬示过一丝好，而陶玉彬呢，肯定也没有主动向盛楠靠拢，而是公事公办地把学院的投票情况报到了学校职称委员会。盛楠啊盛楠！既然你并没有完全看开，仍然希望在退休前评上教授，你又何必总是摆出你那副一尘不染的姿态呢？你现在这个结局，对你家庭固然是个打击，对我呢？了解咱们那一段关系的人又何尝不会认为我李烹寡情少义？

忽然响起了敲门声。有点急促，用力也比较大，不像是秘书敲的。李烹首先想起的是火锅美术学院的老林。老林最近忽然犯了官瘾，给自己发了多次微信，说他想在明年换届时当他们学院的院长，为此他需要李烹的支持。他就是个普通副教授，资质平庸，但他说目前的院长干了十多年了，该让位了。他还说，院长长期抄袭一个俄罗斯画家，时间长达二十多年，因为这个画家在俄罗斯名气并不大，所以鲜为人知。抄袭的情况相当狠毒，到了除签名不抄，其他一概照抄的程度。他不但靠抄袭发了财，还长期把持招生，只手遮天，有利益从来不跟老师们分享。老林暗示自己，如果自己不成全他，让他接替院长，他就要把这事儿捅出去。老林多次约自己吃饭，但他肯定是想借机说这事，所以自己一直推辞没去，在微信上对他进行了说服安抚，但好像没有一点用。他上周来办公室找过自己，幸亏秘书机智，把他挡住了，没有敲门。今天他又来了。要不要开门呢？也许他并不知道自己在屋里，但门没有插，如果他贸然开门进来，多少是有点尴尬的。

就在李烹犹豫的时候，敲门声再次响起，同时传出一个女人的声音："李校长，你在吗？"

李烹听见秘书从隔壁房间里走了出来。"您找李校长啊？他可能开会去了。"

"到哪儿开会去了？下午上班时还有人见他进了楼。"

李烹听清了，这是林迟霜的声音。他知道，林迟霜准是为了盛楠的事来的。都是当年筒子楼的邻居，老朋友。

没等秘书继续找理由，李烹应了一声，起身去开了房门。林迟霜和一个男人站在门口。

"大校长，你在呀！今天怎么也得麻烦你一下了。"林迟霜说着，不待李烹有什么表示，径直就往里走。

李烹了解林迟霜的直脾气，不好说什么，只好"嗯"了一下。他打量着另外那个男人。他愣了一下，突然反应过来，来人是盛楠的弟弟。年轻的时候，他曾到这里投奔他哥哥，经常在筒子楼中遇到他。有几次，还在一起打球，一起骑车去郊外玩儿。后来听说盛楠这个弟弟没有在这里站住脚，回到老家发展去了。

“你是盛楠的弟弟吧？”

“是的，李校长。”盛强说，“抱歉，咱们不请自到，打扰你来了。”

李烹探头往楼道上瞅了瞅，见没有老林之类的人，退回屋里。秘书跟在他们身后，见来人和校长认识，返身关上门，出去了。

李烹的办公室并不宽敞，不到二十平米，一张办公桌，一排书架就占了大半部分，办公桌对面有张用来接待客人的沙发。盛强打量着，在用他想象中的大学校长的办公室来进行验证。林迟霜则没有客套，自顾在沙发上坐下了。

“我的大校长，你可别怪我们不懂规矩啊！实在是这事非得找你不可。”林迟霜说。

“客套什么？盛楠是咱们共同的朋友。”李烹说着，示意盛强在沙发上坐下，自己退回到办公桌旁，一条腿靠着桌了边缘站着，面对着林迟霜。“我昨天就知道了，可就是还没来得及去看看他。哎，没想到他竟然以这种方式离开我们。关于后事，上午我已经叫来了老干部处的老梅，让他务必安排好。调料学院也会全力协助，陶玉彬刚从我这儿走。”

见林迟霜和盛强都没有吭声，只是看着他，李烹接着说：“家里，蔡晓他们还有什么要求？”

“你肯定得参加追悼会吧？”林迟霜问。她想，普通教师的追悼会，校长是不会参加的，但考虑到当年毕竟是朋友，而且盛楠是火锅大学在职教师中不多的“老人”——住过筒子楼的，她希望李烹能够去。

“我争取吧。即将在青菜大学有一个校长论坛，我看能不能推掉。”

“光参加还不行，你还得叫上一些人。多叫几个副校长。学位委员会、职称办的头头，一定都得叫上。”

李烹犹豫了一下，道：“行，尽量多叫。”

林迟霜刚准备往下说，秘书正拿了一份文件之类的东西进来，于是她打住了。待秘书把文件放在李烹桌子，拉上门出去，她才接着说：“你也知道，盛楠还没有闭眼呢。我和蔡晴上午去找了个大师，把盛楠的照片给他看了，他说这是有冤屈，必须得破解。”

“大师？你也信这些个大师？”

“没招儿了呗，不然谁去找他们？还花了一千块钱。”

李烹很惊讶：“怎么个破解法？”

“弄一套教授资格证书、文件，在他灵前烧掉。”

“到哪儿去弄这些东西？”李烹顿时有些警觉起来。

“放心，大校长，不会让你给他颁发的。”她压低了嗓门，“我们到果仁大学前面卖假文凭那条街上花钱定做了一套。”

“亏你们想得出来啊！”李烹脱口叫道，“自己当着老师，却去买假文凭！”

“这不也是没地儿弄真的嘛，关键是，你还得出面。”

“我？”李烹指指自己，“跟你们一起去烧——纸——证书？”

“烧证书不用你。大师说，要找一个最有分量的人来宣读才灵验，你显然是最合适的。”

“这是不可能的！”李烹立刻打断林迟霜的话，“我堂堂一个大学校长，还去搞封建迷信那一套，这不是大笑话吗？”

“你很清楚盛楠是一个什么样的人。他可是从来没有麻烦过你，就这么莫名其妙地走了，你难道不应该为他做点什么吗？你不做可以，可咱们那些老朋友，可都看着呢！”

“问题是，你们这样做，它……有意义吗？”

“你怎么知道没有意义？你就没给你的祖先上过香烧过纸？”

“当然烧过呀。”

“那你怎么知道，你烧的纸祖先们就一定收到了呢？”

“这个，它不是一回事！”李烹说着，看看盛强，希望他跟自己一起来反对林迟霜这种想法，可盛楠这个弟弟显然是不会懂得这些的。他看起来仍然没混出个什么名堂，关键是，自己已经想不起他叫什么名字了。

“你可别信这个，老弟！”李烹对盛强说，“这些都是女人才信的玩意儿，毫无科学依据，传出去——”

还没等盛强回答，李烹放在桌子上的手机忽然响了起来。他转过身，看了看，拿了起来，坐回桌子后面的椅子上，打开手机，热情地说：“喂，朱厅长你好！啊，什么？

好好好……魏省长，您好！您好！”他重新站了起来，“对，哎呀，对，是，真是不幸！不幸呀……他是个好老师，大家对他的评价一直很高……对，对，您放心！您放心！好，好，是吗？他呀？”他看看盛强，“是吗？他现在就在我这里，在我办公室，好，好……您稍等！”他离开办公桌，把电话递给盛强，“兄弟，魏省长要跟你说说话！”

盛强接过电话，与电话中的人聊了起来。看得出，他们很熟悉，但这显然不是一个聊天的时候，所以盛强只是客套了几句，就把电话还给了李烹。李烹继续道：“好，好，您放心！您放心，我们一定办好这件事。好呢，再见！”

李烹放下电话，乐呵呵地说：“盛强兄弟，没想到你来头不小啊，也不事先说一声！”

“哪里哪里，魏省长平易近人，看得起我盛强而已。”

林迟霜对李烹接的这个电话也很是吃惊。她本来在寻思着用什么词儿来继续说服李烹，但现在，看来不会太费劲了。她说：“盛强，没想到你现在还真是发达了啊！跟副省长都有交情。”

“您别取笑我，”盛强说，“魏省长是从我们那边调过来的，认识好久了，一直对我很关心。正巧上午他给我打了个电话，但是我没想到他会把电话打到李校长这儿来。”为了让李烹相信他所言不虚，他做了一个手势。

李烹看懂了这个手势，对他说：“魏省长说了，正好朱厅长去找他，他问起这事儿，朱厅长就给我打了电话过来。他也没想到，你正好在我这儿。”

然后李烹说：“请坐！你们请坐！”随即，他拿起座机拨了个电话。他几乎是刚刚挂下电话，秘书就闪了过来。这人四十岁上下，衣着朴素，但显得相当机灵，站立在那里时，从表情到动作都既要显出对校长的服从，又要体现对客人的尊重。李烹手里拿着一张纸巾，一边擦拭眼镜，一边对他说：“你看巴总管在不在办公室，在的话让他马上上来一趟。”

秘书出去之后，李烹对盛强说：“盛强，你这些年在干什么？想当年你在这一带活动，相当具有拼搏精神呢！”

盛强还没有回答，林迟霜插话道：“盛强混出来了，早就是大老板了。”她转向盛强，“快，把你的名片给校长送一张。”

“不好意思，不好意思，”盛强掏出名片，起身递给李烹，“兄弟这些年，做点生意而已。”

李烹接过名片，“啊，啊”地看着，林迟霜却说：“盛强，跟领导说话，可不能兄弟兄弟的！”

“是，是，”盛强憨厚地笑了一下，“林姐教育得是。”李烹差不多用了半分钟才看完盛强名片上那一长串头衔，然后他顺手从桌面取了一张自己的名片，走出来递给盛强。“来，你也留张我的名片，上面有我的电话邮箱什么的。”

两人谈论之间，房门推开，秘书领着一个高大汉子走了进来。让盛强印象深刻的是，他的大红脸膛和酒糟鼻。

“校长，您找我？”来人显得恭恭敬敬的，问道。

“来，给你介绍一下，”李烹说，“这位是盛强董事长！”

盛强连忙站起来。只听李烹继续说：“这位是巴定国，我们火锅大学的行政事务总管。吃喝拉撒睡，这一大摊子事，全都归他管。”

“您有什么指示？”总管跟盛强握着手，眼睛却看着校长。

“这位盛强董事长的哥哥，调料学院的盛楠老师，昨天不幸去世了，你知道吧？”李烹说。

“当然知道，”总管说，“您忘了，昨天你们正开会，然后派我第一时间赶到调料学院去查看的现场。盛楠兄弟——”总管咬咬嘴唇，“不说了，好人呀！”

“下面，由你来全力协助他们家属处理后事。你和老干部处的老梅联系、沟通一下，各司其职。”

“好，您就放心吧！”总管回答着，仍旧站在那里，由李烹对他进行了较为详细的交代。

“还有什么事吗？”李烹看看林迟霜和盛强，“反正，这几天咱们随时保持联系。”

林迟霜看看盛强。“还有个事儿，”她同时看了看李烹和巴定国，“能不能给盛强办张临时的车证，他的车进不来。刚才在门口，费半天口舌，保安就是不让进。”

“你开车来的？”李烹问盛强。

“昨晚知道消息时已经很晚了，火车飞机都不赶趟，我就开车来了。”盛强说。

李烹看了一眼巴定国。巴定国立刻说：“没问题，给您办个临时车证，这小意思。”

“那好吧。”林迟霜对李烹说，“我们现在就去办车证。刚才说那个事儿，你好好琢磨琢磨怎么弄。”

随后，巴定国就带着盛强和林迟霜离开了李烹的办公室，下往二楼。现在盛强这才想起，当年他跟哥哥进到过这里面。那时候，这栋老楼就是火锅大学的机关办公楼，也是这个楼道。不过它重新装修过了，铺了地砖。他们进了巴定国的办公室。这儿也不大，照样二十平米的样子，东侧有个门，从虚掩着的房门看过去，是另一间稍大些的办公室，一男一女两个年轻人坐在电脑前。巴定国把门拉开，对着那边说：“倒两杯茶来！”然后把那门拉上。

他问盛强：“您住的地方安排好了没有？”

“好了好了，”盛强连忙说，“这个不用麻烦你们。”

“好。”巴定国走到自己的办公桌前，拿起一张名片来，转身递给盛强，“林老师就免了，大家都是熟悉人。”

三人聊了几句，一个年轻的女子端着两个白瓷茶杯，推开楼道的门走了进来，将杯子摆放在客人前面的茶几上。巴定国对她说：“让保卫部长来我这儿一趟。”

趁这工夫，盛强拿出名片，递给巴定国。巴定国收了，看了看，放到他的桌子中间。然后他在桌子上抓起一张纸，连同笔递给盛强，“把您的车牌写下来，我好安排人办车证。”盛强站起来，走到桌子前弯腰写车牌号。

不一会儿，一个男人敲门走了进来。这人瘦愣瘦愣的，戴着一副眼镜，满脸堆笑地问巴定国：“您找我？”同时他看着盛强和林迟霜，似乎在等待巴定国从中进行介绍。巴定国却没有理会他这表情，只是拿过盛强刚写的那张纸，对来人说："这是李校长的客人，你去办两张临时车证。马上就办，客人在这儿等着。"

巴定国这才坐下，跟盛强闲聊起来。他看起来文化程度不高，但对社会上的事情很了解。以前盛强在大学里进出过几年，他知道，大学里并不全是戴眼镜的人，眼前这位总管就是这么一位。他看起来比许多教书的都混得好，在火锅大学应该是算个人物。哥哥应该没有交上这样的朋友。

这当口桌子上的电话响了，总管转过身去接电话。盛强于是轻声和林迟霜说起话来。他们刚喝了两口茶，刚才那个瘦瘦的男人敲门走了进来，手里拎着两张硬纸。巴定国看看他，放下电话，说："拿过来！"他接过纸片看了看，递给盛强，"您看车号对不对。这就好了，您十天之内可以随便进出火锅大学。"

盛强接过来，验了下号码，没有错。他们于是谢过巴定国，告辞。巴定国一定要把他们送到楼外。两人下了台阶，正准备往大门外走去，林迟霜的电话忽然响了。她看了一下，居然是李烹打来的，李烹告诉林迟霜，如果他们还没有走远的话，希望他们再去他那儿一趟。林迟霜收好电话，对盛强说："哎，真是邪了，除了过年偶尔发个短信，他从来没有打过我的电话。"保安见他们去而复返，而且刚才是巴总管亲自送他们出来，所以十分热情地躬身向他们做了个请的姿势。之前他们第一次进去的时候，他是坚决地要他们登记才放行的。

他们走进李烹的办公室后，才发现陶玉彬已经在里面。盛强不认识他，但林迟霜给他做了介绍。李烹说：“陶院长正好过来办事，我把他留住了，想让你们过来看看，还有什么需要协调的。”见李烹和陶玉彬都站着，盛强和林迟霜也没有落座，四个人站在那里说话。李烹重复了之前林迟霜向他提出的希望请一些人出席告别仪式的要求，并当即与陶玉彬进行了分工，普通的角色，由陶玉彬负责请，重要一些的，由他亲自出面。

李烹以此询问林迟霜和盛强。盛强说：“行，凡是能来参加的，咱每人一个红包。”林迟霜听了，连忙说：“盛强，这是学校，讲究的是交情。”“对，交情，”李烹接过话头，同时问盛强，“还有什么要求？”“没有了。”盛强说。“反正，”陶玉彬说，“我们这几天就忙这事，有什么情况随时保持联系，好吧？校长还有个很急的会，咱们就先撤了。”

“好吧，谢谢李校长陶院长了！”盛强说。三人往外走。李烹跟在他们后面，也走了出来。秘书站在门口，腋下夹着一个纸袋，显然是在等李烹。走到楼梯口，李烹跟他们打了招呼，往另一边走去了。剩下的三人继续往下。

盛强以为，陶玉彬准会向他过问一些情况，比如怎么过来的，住在哪里，有没有到盛楠的家里，等，但陶玉彬没有，只在前面礼节性地引着路。出了楼，到了大路上，自己和林迟霜应该左拐去大门口了，而陶玉彬，如果他回单位的话，应该在这楼前穿过花园，去往斜对面调料学院所在的那个楼。

盛强见陶玉彬连过问自己要去哪里的意向都没有，便主动发问道："陶院长，您接下来有空吗？""啊，你有什么事吗？"陶玉彬反问道。"我想去哥哥上班的地方看看。"盛强说。"那好啊，跟我一起过去吧，我正好要回单位。"陶玉彬说。盛强这时才明白，陶玉彬似乎一直在想着什么心事，也就不再计较他，跟着他踏上花园中的小径。林迟霜一言未发，跟在盛强身边。

这对面仍是一栋老楼，跟学校的机关楼一模一样。机关楼的西边，是一栋砖木结构的大礼堂，模样较从前似乎毫无变化，在树丛后面显得庄严肃穆。礼堂的对面，花园的南侧，就是调料学院所在的大楼。盛强已经看出来，那老楼改建过了，像一个方形的罐头，在秋天的太阳下明晃晃的。如果不是周围的景物依旧的话，自己是认不出这地方的。

盛强一边走，一边胡乱想着自己当年在这院子里出入的场景。他们很快进了调料学院所在的大楼。里面和盛强以前见过的完全不一样，以前的大门在西边，靠近家属院的方向，而现在，大门朝东，面向学校的东大门。进门后的大厅完全是酒店似的，甚至照样设了一个吧台，只不过吧台后面是一个保安，没有坐，而是站着。盛强以建筑行家的眼光看了一眼地板砖，就知道它造价不菲，因为这种米黄色的大理石来自西班牙。

陶玉彬行使起主人的义务来，快步走向电梯，按了电钮。林迟霜知道盛强当年是经常在这栋老楼里出没的，就对他说：“你还记得吧？以前咱们系只占据了四层一层，相当挤，现在好了，除老楼的四层外，整个东西两个配楼的四层，也都是我们学院的。”盛强点点头。陶玉彬却说：“你不想想当年才多少人啊！”“那是，”林迟霜说，“当年咱们还叫系，只有三十几个老师，现在都八十多人了。”她心里迅速梳理了一番，不知道盛强对陶玉彬有否多少有点印象，因为盛强在这里活动的时候，陶玉彬已经到了火锅大学。这时电梯下来了，他们走了进去。刚要关门，又有两个女生慌慌张张地冲了进来。

电梯往上升的时候，盛强心里犯起了嘀咕，不知道自己接下来将要看到的是一个什么样的场景。他心想，一会打开电梯的时候，可能会看到过道上不少人正在忙碌，有的糊花圈，有的写挽联。当年，他在这里的时候，就曾经赶上哥哥单位的一个退休的老师去世，晚上，楼道上灯火通明，哥哥和一些老师、学生在那里为后事忙碌。那时候，侄女还不会走路，自己抱她出来玩，以为哥哥在教研室加班，上楼去找时遇到了那一幕。他记得侄女很快就被两个女生抢抱了过去，他于是帮哥哥打下手，抻纸。小时候过年家里写对联，自己就一直是帮哥哥抻纸的。这是盛强第一次，也是唯一一次看哥哥写挽联。他写出那些隽秀的字儿的时候，几个人站在旁边，目不转睛地看着，发出轻微的赞叹声。

思绪尚未结束，电梯已经停住，但“扑哧扑哧”响了好几下，它才慢腾腾地打开。很显然，这电梯是个杂牌子。电梯门开后，盛强一眼看出去，楼道亮堂堂，明晃晃的，没有一丁点儿办丧事的气氛。先出电梯的两个女生大踏步往前走了过去，留下高跟鞋清脆而响亮的“呷呷”声。

走出电梯间，往左边一拐，只见楼道相当宽阔，两旁的墙上，一个接一个挂满了宣传橱窗，里面是一栏一栏的文字、照片，上面有几个大字——辉煌的历史。盛强很想从橱窗中那些照片中找到哥哥，但是他一眼眼扫过去，没有看到哥哥的影子。他看了一眼照片下面的文字，原来这些人要么就是已经去世的老学者，要么就是西装革履的学术带头人。那些合影中倒可能有哥哥的身影，但眼下显然不可能停下脚步来寻找。橱窗尽头是一块大大的告示板，板子上部有一行大字：调料学院青年教师科研竞赛榜，下面罗列着一些名字，每个名字上面都画着一道粗大的红线，高高低低，参差不齐，高的都快顶到头了，低的还蜷缩在地上。这一截楼道不长，很快到了尽头，然后朝右一拐。前面出现一条笔直的楼道，一直通到楼的尽头。

突然，墙上出现一道高挂的大红横幅，上面印着一行大字：“热烈祝贺我院符登榜教授获得飘香学科一级课题！”盛强先是一愣，继而感到这一道横幅像一把刀子戳向他的胸口。

林迟霜停住脚步，厉声问陶玉彬：“这是咋回事，老陶？”

“这个，我也不知道啊！”陶玉彬嗫嚅着说，“准是老符的研究生们挂的。”

“你真不知道？”林迟霜瞪大眼睛，从镜片后面死死盯着陶玉彬。

陶玉彬说：“真没骗你。我刚才没走这儿。我从西边下的电梯。”

盛强低头往前走着，陶玉彬追了上来，对他说：“到我屋里坐会儿吧，就在这儿。”他拿着一串钥匙，正准备开门。

“不，不打扰你了。我只想去看看我哥哥的办公室。”盛强说。

“那也好，”陶玉彬沉吟着，“迟霜，麻烦你带着转一下。”

林迟霜没有说话，跟上盛强。盛强继续往前走。他脑子乱极了，刚才那大红的横幅一直在他脑子里晃着。他想尽快忘掉那逼人的红色，一边走，一边盯着两旁房间上面的铝合金姓名牌子——这上面印着房间主人的名字。这些亮闪闪的牌子上，要么是一个人的名字，要么是两个人的名字，盛强始终也没有看到他哥哥的名字。

林迟霜大步上前，快速往前走，甚至试图用身体挡住那些亮闪闪的刻有人名的牌子。她对盛强说：“你哥哥的办公室在前面，跟我来。”她不忍心告诉盛强，这些房间的主人，要么是二级以上教授，要么就是博士生导师或者课题负责人。盛楠那种只知道老老实实上课的普通副教授，只能和那些年轻的讲师、助教合在大办公室里办公。只有个工位，没有办公室。

来到楼道尽头，向右一拐，林迟霜说：“到了，就这儿。”然后她掏出钥匙，打开房门，开了灯，请盛强进去。只见一个大房间里，密密麻麻挤满了差不多有二十张办公桌。林迟霜领着盛强，一直往里走，到了靠近窗户的一张办公桌前，对盛强说：“这就是你哥哥的办公桌。”见盛强没有吭声，她又补充说：“我们教研室和你哥哥他们教研室，两个教研室二十多个人就挤在这儿。我们这些老家伙还好，至少有个办公桌，这两年刚来的几个年轻人，连张桌子都没有，平时要帮学生改个论文什么的，得借别人的桌子。”

“大学老师，连张办公桌都没有？”盛强有点不敢相信自己的耳朵。

“反正我们这儿是这样。”林迟霜说。

盛强站到哥哥的桌子前，不再说话，看着这张廉价的、银灰色的办公桌。旁边的一些桌子上大都比较杂乱，放着成堆的论文、书报什么的，而这张桌子显得整洁多了。就是没有林迟霜的指引，他也能看出，这是哥哥的办公桌。桌面上有两个尚未开封的牛皮纸信封，是什么地方寄来的杂志之类，此外，还有一小盆仙人掌，一个透明的塑料口袋，里面装着两摞纸杯子。

盛强拉出桌下的椅子，坐了下去。这是个简便的“一头沉”，面板左下方空荡荡的，右下方有三个抽屉。他试着拉了下抽屉，居然没锁，一下就拉开了，于是他认真地翻了起来。第一个抽屉里，最上面是一个厚厚的笔记本，他拿起，翻开。封皮后面的夹层里放着几张照片，他取出来一看，是一张学生的毕业合影，前面一排老师，后面是站在台阶上的学生。哥哥坐在左侧，陶玉彬等人坐在中间。照片上的日期显示，这是四年以前的夏天拍的，那时候哥哥依然很年轻啊！风度翩翩的，两个嘴角微翘着，露着他特有的，慈祥而有些风趣的微笑。他翻开本子，里面基本都是一些简单的会议记录，学生的论文答辩会记录，学生名字及论文成绩等。有几页记录得相当连贯，他仔细一看，似乎是一次会议的发言，里面提到一些学校和学生的现状。他想起自己当年在这里的时候，哥哥还当班主任，他也是喜欢把一些学生的事儿记在本子上。再往后，盛强看到有一页写着一些数字，写着基本工资、津贴、补贴、公积金、税款和电费。从日期看，这是五年前的。盛强粗略地估算了一下，加起来才六、七块钱。他忽然觉得鼻子一酸，眼泪差点掉了下来——自己每日挥金如土，哥哥却在这里过着这种精打细算的日子。

林迟霜到旁边的行政办公室倒了一杯水回来，见盛强还在翻着那个本子，说："行了，你简单看看就行了，回头，你嫂子会来收拾他的东西的。"盛强应着，合上本子，继续检查抽屉。笔记本下面，是一大叠改过了的学生论文，共有七、八份，都用订书机订着，空白处的文字，盛强一眼就可以看出来，那是哥哥写的。有些纸上改得密密麻麻的，哥哥一定花了不少夜晚；他拉开第二个抽屉，里面有一个搪瓷的茶杯，一袋已经用了一半的茶叶——封口用夹子夹着，一本书，一包打印纸。他翻开那本书，只见扉页上写着"盛楠老师指正”，应该是某个学生送给他的；第三个抽屉里是几本书和一个牛皮纸信封。书都是哥哥专业方面的，盛强没有兴趣，他打开那个没封口的信封，发现里面满满当当，全是贺卡。他翻了翻，有外地寄来的，也有显然是直接写了当面送的。这显然是多年以前的了，因为这些年已经很少有人寄贺卡了。他装好放了回去。他拿起第一个抽屉里那个本子，对林迟霜说：“这个本子，我先拿走了，回头我会跟我嫂子说一声。”

关抽屉的时候，盛强忽然发现里面有一把小钥匙，套在一个小圆圈上，孤零零地躺在抽屉的一角，他拿起来，问林迟霜：“这是什么钥匙？”“这个呀？是信箱的钥匙。”“信箱呢？”“在过道上呢！”“我想看一下行吗？”“可以，去看吧。”

两人来到过道上，林迟霜指点了信箱的位置。盛强找到了哥哥的信箱，将它打开。信箱不像盛强设想的那样装得满当当，相反，里面空荡荡的，只有一张对折的纸和一个小信封。他打开那张纸，是一个学生的请假条，说她周五下午要去机场接她妈妈，不能来上盛楠的课，请准假。盛强随后打开那个小信封，里面是一纸公文，前面用笔写了盛楠的名字。来信告诉他，他们最近在搞版面优惠活动，已经进入后备库的作者，只要打过去版面费，马上就可以发表文章。后面有一个大红的公章：“火锅学刊编辑部”。

盛强认真地收好这封信，然后，林迟霜接过那个小钥匙，拿回去放在原来的地方。

“走吧！”见盛强没什么要看的了，林迟霜说。为了不再路过陶玉彬的房门，她带着盛强向楼道的另一边走去，准备从这个环形楼里的另一部电梯下去，但他们偏偏在这儿遇到了陶玉彬。他正在茶水间倒剩茶，也不知道是要倒了准备下班呢，还是要重新泡一杯。

陶玉彬举着空杯子，说：“哎呀，我这一上来就有两个研究生来找，也没顾上你。看完了？要不，”他试探着，“晚上一块吃个饭？”

“不了不了。”盛强说，继续往前走着。他心想对方也许可能真是忙呢。陶玉彬追了两步，再次说：“没什么事就一块坐一下呗！正好迟霜也在。我让办公室安排一下。”

“不了，谢谢你！”盛强说着，快步赶上走在前面的林迟霜，进了电梯间。陶玉彬追了过来，似乎想要说什么，但盛强却看着窗外，林迟霜则连忙去找下行的电钮。陶玉彬见状，转身离开了。

来到火锅大学东校门外，盛强执意要送林迟霜回家。他已经知道，从昨天下午到现在为止，这二十四小时林迟霜基本上一直在为哥哥的后事奔走。一上车盛强就告诉林迟霜，希望晚上能够请他们夫妇出来吃饭。“您就告诉三哥，说我特别想见他。小二十年了！”盛强说。他都想不起林迟霜的爱人叫什么名字，只知道他姓喻。当年他在火锅大学混的时候，一直叫他“三哥”。他不知道他是排行老三呢，还是别的什么原因，反正别人都叫他三哥，自己也就跟着叫了。当时哥哥的几个朋友对自己很关照，其中就包括三哥。

林迟霜看盛强态度诚恳，就答应了。林迟霜没有住在火锅大学家属院，因为三哥在研究所那边比她先分到房子，在火锅大学东大门对面过去一条街。到达之后，盛强让手下在下面等着，准备亲自上楼去请三哥，可林迟霜不让。“你就在这儿等着吧！我要把你三哥弄不下来，你再上去。”

没过多会儿，林迟霜下来了。她旁边一个穿着一件浅黄色休闲西服的男人，一边走一边往这边张望着，显然就是三哥。虽然差不多二十年没见了，但是盛强还是一眼就辨认出了他。他还是当年的模样，一副乐呵呵的样子，只不过发福了，而且开始秃顶了。盛强立刻迎了过去。

寒暄之后，盛强请他们上了车，然后把他们带到了一个叫做“知州府”的院子里。这是这一带最神秘的一个饭馆，是由一个历史遗迹改建而来的，通常只有火锅城一些有来头的人才在这里出入。因为与毗邻火锅大学的翠竹公园只隔一堵墙，所以这院子很不显眼，一般人还以为它就是公园的一部分。盛强的助理已经帮他们订好临窗的一间屋子。落地的大玻璃窗外，是一个池潭，池潭中间有一座缀满花草、淌着飞泉的假山。

盛强的助理在这儿安排好茶饮和菜品之后，就出去了。后来林迟霜才知道，盛强有一个秘书和两个助理。秘书是男的，几乎是全天候跟着他，两个助理则是女的，一个协助他处理公事，另一个则主要是处理他的私事。盛强刚刚请林迟霜夫妇落座，他的两个助理就已经跟司机出去了，到不远处的“未来商城”为林迟霜夫妇买东西去了。还在等三哥下楼的时候，盛强就吩咐给了他们。

盛强说自己在丧事期间是不可以喝酒的，但他不知道，作为哥哥的好友，林迟霜夫妇是否可以喝。他问三哥，三哥说，可以喝酒，因为在座的三人是盛楠的至亲好友，即使喝酒了，心也是跟他在一起的。盛强于是让秘书上了一瓶白酒和一瓶红酒。林迟霜没有喝完那瓶红酒，他和三哥却把那瓶白酒喝完了。因为喝了酒，那些美好的往事一桩桩浮了上来，盛强发现，自己已经好久没有如此满足地吃过一顿饭了。

十点的时候，三人吃好了，准备离去。盛强让手下把买的东西拿进来。为了能让林迟霜夫妇顺利收下，他专门做了铺垫，给他们讲了自己这么做的用意。林迟霜夫妇有些惊讶，等东西送进来之后，他们就更惊讶了，坚辞不受。盛强再三劝说，并且掉下泪来，林迟霜夫妇才同意收下。但东西还得由盛强的手下给他们拿着，是两套男装和两套女装，一套化妆品和几袋虫草人参之类的补品。衣服相当合身，因为盛强手下的人干请客送礼这些事是相当擅长和专业的。

盛强把林迟霜夫妇送回家，然后让司机把他送到火锅大学西门南侧与才艺大学的交叉路口。“你们回酒店吧，我就在这儿下车，想走一走。”盛强说着，独自下了车，顺着人行道往北走去。这儿以前几乎是一片荒地，有条土洼路，东侧是火锅大学的西墙，西侧则是十余栋农舍和歪歪斜斜的庄稼地。盛强还记得，火锅大学那堵西墙上有几个洞，火锅大学的学生，要么从洞里爬出来，要么翻墙出来，经常去偷墙外农民的水果和蔬菜。现在农舍和庄稼地都不见了，东边，是火锅大学新修过的西墙，高大气派，西边，则是一排门面房，开着各种商店。

盛强从这儿向火锅大学西门走去。西门在他的记忆中印象深刻，因为当时出学校吃饭、买东西都要通过西门。去往火锅大学家属院，也要通过西门。那时候西门到家属院之间是一条不宽的路，路上经常被人倒水，总是湿漉漉的。有时候哥哥他们夜聊兴起，需要买点吃的东西助兴的时候，经常支自己跑腿。盛强记得很清楚，通常九、十点以后只有一家小店可以敲开门。店主是个老头儿，总是披着外衣起来卖东西，每次，走的时候，自己还总是给他点支烟，以示感谢。买的东西，通常都是一瓶高粱酒、两包花生米、一两盒烟。多数时候哥哥都会把钱给自己，但有时候，自己也会自掏腰包。那时候自己什么也不懂，但哥哥的那些朋友对自己都很客气。回想起来，那时候听他们聊天，长了不少见识。

盛强边想边走，很快就到了西门。越靠近西门，路越难走，因为马路边和人行道上都是卖吃食的临时摊位。这些摊位实际上就是一辆辆板车，上面煎炒烹炸，忙得不亦乐乎。顾客都是学生，男男女女的，买了东西，围坐在板车旁边的小桌子旁，有的吃得悠闲，有的吃得痛快淋漓。甚至有几桌还划起拳来。间或也有几个小商品摊，直接摆在地上，用塑料纸垫着，上面摆满了袜子呀帽子呀包什么的。过路的人无论是走马路，还是人行道，都要侧着身子，踮着脚尖才能通过。原来这是个夜市，做的都是学生们的生意。

站在西校门，盛强看清楚了，小吃摊从南边延伸过来，一直往北，差不多有两百米的距离，在这儿吃消夜的学生，黑压压的一长片，可能有好几百甚至上千人。两个保安站在电动门边，对身边的嘈杂熟视无睹。盛强记得这儿原来有棵枣树，下面有个小书店，哥哥他们经常在里面出没。他很费了一番劲才找到那棵枣树，它还在，但被两棵银杏树给挡住了。这银杏应该是后来栽的，但肯定是移植的，比枣树高大茂盛得多。书店不在了，现在那位置是个花店。在北侧那个保安的后面，另一棵歪歪斜斜、已经被旁边饭馆的烟囱熏得快要枯死的杨树上，挂着一块牌子，正是火锅大学的校牌。

一阵北风刮过，带来一股浓烈的烤臭豆腐的气味，其中还夹杂着尘土的味道，让盛强感到不适。他进了校园。从这儿一直到一个交叉路口，约有一百米距离，路上熙熙攘攘，人头攒动，学生们有的进，有的出。从外面回来的学生，大都拎着刚买的吃食。这些东西有的装在饭盒里，有的干脆直接用塑料袋子装着，明晃晃的，很难让人相信那是人吃的东西。也有的学生边走边吃。

盛强站在路口，四下打量起来。这儿原来有一个开水房，有一个商店，商店后面还有个理发店。现在都没了。那幢砖房也没了，取而代之的是一栋高楼。看样子是住的学生。他往右一拐，直奔当年哥哥住过的筒子楼。道路两旁的龙爪槐还在，这么多年了，似乎并没有长高，也没有长大。

他走到了那一排高大的悬铃木下。筒子楼就在这儿，共两栋，被这排悬铃木分成一南一北。此时树木已经掉光了叶子，织网一般透着无数直楞楞的枝条。人们一般把这树叫法国梧桐。可自己因为在学校里待过，就一直记得树身上挂着的小铜牌，记得它的学名叫悬铃木。他来到南边的那个筒子楼，但一踏上台阶，就发现这楼完全不是当年的气氛了。几个男学生，熟练地站在大门口抽烟谈笑。他们骂骂咧咧，满嘴脏话，好像要这样才显出他们是这儿的主人似的。

盛强走向传达室，问里面一个正在看电视的保安："这里面还有没有住老师？"

"老师？"保安疑惑地反问他。

"对，"盛强说，"我以前就在这楼里住了几年。"

"啊，您在这儿住过？早就没有了，"保安说，"我在这儿干了七年了，早就是住的学生了。"

盛强谢过保安，朝里面走去。楼道没有当年住年轻老师时那些箱子柜子炉子什么的，灯也换了，不似当年那么昏黄，白晃晃的。但还是有些挤，因为学生们要到楼道中间上厕所，端着盆去那里洗衣服。往东走第七间，盛强找到了哥哥当年住过的屋子，但是大失所望。只见这屋子房门敞开着，里面似狗窝一般，一左一右各摆着两张高低床，每一张都十分零乱。一些绳子在房间里穿来穿去，上面挂着衣服和各种杂物。靠近门口左侧一张床的下铺，有两个小伙子正在联机打游戏，他们操着普通话，互相咒骂着，大呼小叫，像赌徒一样急红了眼，还偶尔冒出一两个英语单词；对面的上铺，一个学生半躺在床上，背对着房门，抽着烟，用电脑看着一部正在热播的电视剧，十分入神。靠里侧的屋子中央，四个学生正围着桌子在打麻将。

盛强站在门口看了足足一分钟。他以为学生们会来询问他找谁，但是没有。只有里面打麻将的一个人懒洋洋地瞥了他一眼。他转身往外走。这时他脑子里涌起当时哥哥他们住在这里时，楼中那股挥之不去的静谧的书卷气息。这种东西在楼中再也没有了，闻不出来了。虽然他一直认为自己是个粗人，可他闻得出那种气息。

盛强很失望，出了楼，沿着自己当年常溜达的路径信步走了起来。他不知不觉来到大礼堂西边，于是放慢了脚步。那礼堂还是老样子。当年他经常进去看电影。遇到哥哥不在家，或者他与他的朋友们谈兴正浓，自己插不上话的时候，自己就常常去看电影。电影多数时候是译制片，一块钱一张票。也有的时候放录像，价钱就便宜一些，五毛一张，基本都是美国人拍的西部片和越战片。后来回想起来，盛强还很怀念那些时光，怀念电影屏幕上的那些人物。

转到礼堂正面的时候，他发现里面透着光，有声音，还有人进出。好奇心驱使他走了过去。他以为又是在放电影，但大门口的两个检票口都敞开着，空无一人。他信步走了进去，在过厅里才看到几个走动的学生。他继续往里走，从单号口进入，终于看清了。舞台上方的大横幅表明，这是经管学院的学生在搞艺术节，台上，一个打扮得像王子式的男生正弯着腰，像是患了急性肠炎式的扭动着身子，在声嘶力竭地喊唱着一首歌。因为他用的是香港话，盛强一个字也没有听明白。不过学生们很狂热。他们坐得满满当当的，只在最后几排还有些空座。也有些人站在最后的过道上听着。演出好像正是进入高潮的时候，大半个礼堂的学生，全都挥舞着荧光棒，跟着台上的人一起喊着、唱着。

盛强站了一小会儿就退了出来。他继续走着，穿过礼堂前面的花园，往图书馆那个方向走去，终于在那蓬老紫藤树下，找到了一张安静的椅子，于是坐下了。他发现这校园中只有这一片还保留着原来的模样。微风拂过，可以听见轻微的松涛声。他想今晚自己最好就在这儿坐着，哪儿也不去，直到天亮。

盛强终于安静下来了，想起了当年自己在这个院子和这个城市的一幕幕往事。他一直想到自己后来的发迹和哥哥对他态度的一步步转变。他摸出下午在哥哥的信箱里收到的那张用稿通知。在晚间的饭桌上，林迟霜夫妇告诉他：如果盛楠肯花上两三万块钱，到这些杂志上发表几篇文章的话，他评教授就是稳稳当当的。哥哥应该不会缺这点钱，但他为什么不这么做，却令人费解。

一直到十二点，盛强还坐在这里。他一幕接一幕，回想起当年那些虽然清苦、但是和哥哥一家在一起的快乐日子。那种日子再也回不来了。

月亮已经升到中天，从藤萝的叶缝中投下一小束淡淡的光来，只见两行浑浊的泪水，正挂在盛强的脸颊上，往下淌着。

第三章　交易

星期五的上午，盛强请的阴阳先生到了。这是从邻省赶来的张道长和他的徒弟。盛强派人把他们从机场接到了火锅大学，直接就到了校医院的太平间。根据道长的吩咐，盛强只带了自己的秘书陪同道长师徒进入。道长仔细查看了盛楠的情况，简单为他做了一场祈祷，然后，他让盛强也退出，只留下自己和徒弟待在下面。约莫半小时后，道长来到外面，悄悄地对盛强说："令兄的魂魄还在！他并没有走远。"

盛强异常惊讶。他突然觉得阴沉沉的天气变得明媚了。他把道长拉到一边，"这是好还是坏？"

"当然是好的了。至少，你们所有的亲人都将享受他的福荫。"

"那接下来我们应该怎么办？"

"听我的，"道长说，"首先，从现在起，谁也不能再进入太平间，为此你要跟学校协调，派专人值守；其次，在一百米之内找一间屋子，最好是平房，我要为他设道场。"

盛强立刻围绕道长的两点指示运转起来。他打电话叫来了巴定国。巴总管很热情，听了盛强的介绍后，他立刻又叫来了医院的院长和学校的保卫部长。他们看起来都对总管言听计从，于是很快拿出了方案。第一，由盛强从他朋友的公司里调来六名训练有素的保安，在医院下面的太平间值班；第二，将医院大门斜对面的两间屋子腾出来，给张道长设置道场。这两间屋子原本是当年闹“非典”时临时修建的发热门诊，虽然样式有些笨拙，但是砖木结构，结实而安静。当时因为担心以后再闹传染病，所以就一直留着。道长过去一看，房子的方位、尺寸都完全符合要求，于是就定下了。

张道长让盛强再给他配两个人、一辆车，就让他带着其余的人走了。他说剩下的事不需要盛强操心，而且为了不招人注目，留在这儿的人越少越好。巴定国还就保密工作向医院院长和保卫部长作了交代，让他们务必成全盛强的手足深情。

盛强要请巴定国他们去吃饭，但立刻被巴定国否定了。他说：“兄弟，你的心意我们领了，但这不是吃饭的时候，等事儿忙完之后，哥一定陪你喝上几杯。”

盛强于是不再勉强，任由他们各自散去。他回到宾馆，在这里处理了一下公司事务。他一边签着文件，给秘书和助理们安排工作，一边想着昨天在哥哥信箱里收到的那个约稿通知。公司的事处理完之后，他想为哥哥做一件事的想法也成熟了。既然哥哥是没有论文才没评上教授，那现在就发几篇论文来祭奠他。他给三哥打了电话。三哥告诉他，从理论上来说，这件事是可行的，而且由于是他所熟悉的圈子，他愿意陪同盛强前往。

下午两点半，盛强的车准时出现三哥家楼下的街角，三哥提前五分钟就到路边等他了。三哥上了盛强的车，前往街南不到两公里的《火锅学刊》的编辑部。他们转眼就到了，三哥打开车窗，跟门卫打了个招呼，汽车直接开进了院子，在他指定的地方停了下来。

“那儿，看到了吗？那栋雪白的大楼，就是《火锅学刊》的编辑部。”三哥说。

盛强顺着三哥手指的方向看过去，果然看到一栋不高的楼，通体雪白，也不知道它本身就是这么白呢，还是重新粉刷过的。

“给我讲一下这单位的情况吧。”盛强说，“我这人不喜欢打无准备之仗。”

“也好。”三哥说，“这会儿刚上班，我们等他们消停会儿再上去，就趁此给你讲讲。简单地说，这个大院是一所一报两刊，有一个共同的‘婆婆’——省里的火锅委员会。这个委员会也管火锅大学。”

“这个我知道。以前我就听说过。”

“一个系统，人们常这么说。”三哥继续说，“北院，也就是咱们停车这院子，是火锅研究所，也就是我的单位，穿过这个门洞，南院，分别是火锅报、火锅画报社和火锅学刊社。咱们这儿没有什么好说的，平时就这么待着，有课题就接一点，剩下的时间爱干嘛干嘛。我们不坐班，也很少集中开会，同事间要不是一个研究室的，彼此也没什么往来。南边的院子则热闹得多，不论是火锅报，火锅画报，还是火锅学刊，都很能折腾，相当热闹。”

“这种单位还能怎么折腾呢？”

“他们是既互相需要又彼此看不惯对方，你中有我，我中有你，关系既简单又复杂。”

“是嘛？”盛强摇下车窗玻璃，再次看了看那栋雪白的大楼，似乎不太相信三哥的介绍。

三哥继续道：“他们不像我们研究所。我们基本都是全额拨款，旱涝保收，而他们都有经营的压力。他们总体算是一个单位，在一个院子上班，头儿还时常互相调换，遇到系统内运动会之类的集体活动，他们还统一组团参加，在业务上也互相交叉，各自都希望从对方那里讨到一些方便，肥水不流外人田，比如说在火锅报上宣传火锅画报，在火锅画报上宣传火锅学刊，在火锅学刊上宣传火锅报。他们订阅彼此的杂志报纸，每家的仓库里，报纸杂志都堆得满满当当的。但是另外一方面，而他们又一直在这个小圈子中混，跟系统外的报纸杂志很少往来。总量就那么多，你多吃一口，我就少一口，加上现在纸媒的日子一年比一年难，所以他们明里暗里又互相竞争，使些手脚也都难免。”

盛强听了，立刻想起自己当年在煤矿上班的日子。“机关嘛，就是太闲，闲了就容易生事儿。”

“这不是闲的问题，而且他们也不是机关。当然他们有时候像机关，但有时候又像媒体，有时候则什么都不像。别看就这么个小小的院子，里面有一条完整的鄙视链。”

“是嘛，还有鄙视链？”

“有啊。”三哥说，“一直以来，火锅报的人看不起火锅画报的人，认为他们没文化；火锅画报的人看不起火锅学刊的人，认为他们是书呆子；火锅学刊的人又看不起火锅报的人，认为他们浅薄。如此循环往复。”

“那到底谁是老大呢？”

“没有老大，谁也不服谁。”

“谁家最有钱？”

“你猜呢？”三哥心想，盛强真是三句话不离本行，衡量一个单位也看他们谁更有钱。

盛强想了想：“我想报纸最有钱吧？他们可以做广告。”

“从前是画报有钱，他们可以登图片，花花绿绿的，年轻人喜欢买，广告也贵；后来报纸热心搞论坛，靠搞活动拉赞助，也红火过几年，现在他们都不行了，火锅学刊最有钱。”

盛强脑子里立刻浮现出一些杂志来。这些杂志印刷精良，有很多著名品牌的广告。

“这个学刊广告做得很好吧？”

“广告？几乎没有。偶尔有几页广告，也是年底帮火锅报和火锅画报吆喝几下，但都是交换版面，不花钱的。”

“那它一定有很大的发行量。”

“没有，它基本都是赠阅。主动花钱订阅它的人，现在几乎为零。”

盛强不解了，“那它怎么弄钱呢？”

“靠收版面费。”三哥见盛强仍听不明白，“就是向作者收钱。”

“向作者收钱？”盛强更疑惑了，“以前都是杂志向作者支付稿费啊，怎么作者反而付钱给杂志社？”

“你说的是那些传统的好杂志。它们有稳定的读者群和发行量，有能力向作者支付稿费，而现在像火锅学刊这类杂志，根本没人看。圈子中这些搞研究的人，也基本不看，所以它只能靠向学者收取版面费活命。”

“那我就更不能理解了。”盛强说，“既然没有人看，这些刊物办来干什么呢？”

“用来发论文啊！”

“都没读者，发论文给谁看？”

“不用谁看，印在那上面就行。”

“印出来干什么？”

“印出来评职称啊。”

盛强好像听明白了，“什么样的人需要在这些刊物上发论文呢？”

“那范围就太广了。咱们这样的研究所自不用说了，大学，现在甚至一些中学、小学，都要求发论文。不发论文你根本没法混。”

“为什么呢？”盛强又有些迷糊了，“按理说当老师的把课讲好就行了嘛！”

“光讲好课没用。你就是讲出花儿来都没用。只有发够了论文，你才能够评上职称。评上了职称，你才能拿更多的钱。”

盛强终于听明白了。他继续问：“既然杂志社收钱的话，发论文是不是很贵呢？”

“也没几个钱。事实上跟评上职称后增加的收入比起来，发论文花的完全是小钱。而且，现在很多单位都有专门的经费资助大家发论文。如果手中有课题那就更好办了。”

“可是，既然发论文并不难，我哥哥他怎么就不做呢？”

“他呀，”三哥思忖片刻，“也并不是做不了这事儿。我估计，他一是不爱和这些杂七杂八的人来往，二，他觉得凭自己的能力，怎么都能评上。就算以前有人不想成全他，好歹，在退休之前会放他一马。”

盛强叹口气：“他就是太清高。几十年了还这样。咱们今天找人家办事，得带多少钱？”

“怎么也得个两三万吧！”说着，三哥掰着指头，一项一项跟盛强算了起来。

两人又聊了会儿，三哥掏出手机看看时间，说：“走，兄弟，咱们上去！”

两人下了车，往那白楼走去。盛强的秘书跟在他们后面，提着茶叶等盛强的家乡特产。他们穿过那个高高的门洞，到了前面那个院子，上到右边那栋楼的三层，寻找着火锅学刊社社长的办公室。之前三哥已经告诉盛强，这栋楼总共五层，火锅学刊、火锅画报、火锅报各占一层，剩下两层是火锅委下面别的机构。火锅学刊位于三层，社长叫雷子凤。中午，接到盛强的电话后，三哥还托了一个与雷子凤相好的人给他打过招呼，说下午要来拜访他。

楼中很安静，过道两旁的房门，全都紧闭着，一副死气沉沉的样子。三人的脚步声传得很远。他们很快找到了挂有

“社长”铝牌的屋子。

三哥敲响了房门。没等他们等待，房门就打开了。开门的是雷子凤本人，好像他早就站在房门后似的。趁三哥从中介绍的时候，盛强打量起雷子凤来，只见他中等偏高的个子，长得相当壮实，一张方脸，留着寸头，大嘴，戴着一副茶色近视镜。他那结实的肌肉、骨架和大嘴唇让盛强想起自己公司下面一个工地上的项目经理，可从姓氏看，这两人不应该是一家的。

“打扰了，老雷！”三哥乐呵呵地说。

雷子凤把门打开，一边把客人往里面请，一边说：“啊，找我什么事？”

盛强从雷子凤带有浓厚方言色彩的普通话中迅速判断出他是哪儿的人了。那地方的人有些字咬不准，有属于他们的特殊念法。三哥继续说：“哎，找你嘛，还不是论文的事。”

“投稿啊？”

“投稿那么简单的事，还用上门打扰你吗？”三哥转向盛强，“这位，咱们周边这三省一市的著名企业家盛强董事长。是他有点事想跟你沟通沟通。”

“啊，欢迎！”雷子凤这才看了看盛强，向他伸出手。盛强伸手跟他握了一下，发现这双手粗糙而肥厚，不像一般文化人的手。

盛强朝秘书一使眼色，秘书立刻上前，把手中的东西放到雷子凤的桌子上。

“这是干什么？”雷子凤道。

“不成敬意，一点家乡特产。”盛强说。同时，秘书已经快速取出了一张名片交给盛强。盛强接过，双手递给雷子凤，“雷社长，这是我的名片，请惠存！”

秘书的这一连串动作雷子凤都看在眼里，他觉得盛强好像有些来头，于是说：“坐下吧，有事坐下谈！”同时他认真拿着盛强的名片看起来。虽然他眼镜的茶色镜片很厚，看不清他的眼睛，但盛强还是从眼角那皱起的鱼尾纹看出，雷子凤的态度不像刚开门时那么僵硬了，有了几丝热情。

这边，三哥张罗大家落座。这当口雷子凤也从桌子上取一张名片递给盛强。三哥笑嘻嘻地说：“就不给我送一张？”

“咱们前后院还用得着吗？”雷子凤说着，也取了一张递给三哥。

盛强看了看名片，发现雷子凤的头衔不少，除了社长和研究员，还是硕士生导师、作家、诗人和书法家，是享受火锅城杰出人才津贴的专家，等等。

三哥收起笑容，说：“老雷，你也挺忙的，咱们长话短说。”

“好，请讲。”

“这位盛强董事长的哥哥，火锅大学的盛楠老师——你可能也知道，前天忽然去世了。是没评上教授去世的，眼都没有闭上。”

“这事我还真听说了，”雷子凤插话道，“这两天闹得沸沸扬扬的。”

“所以呢，盛强董事长就想在你们刊物上发几篇文章，用来悼念他的哥哥。他因为缺三篇论文没评上教授而死，如今，他兄弟准备给他补上三篇论文。”

“我们是行业核心期刊，审稿很严的——这个你知道。论文首先要达到我们的发稿标准。”

“这个自然。”三哥说，“稿子质量的事，不用你操心，大家都是圈子中混的，知道什么样的稿儿能登出来。关键是你要有心做成这桩善事。”

“这个，我只能尽力而为啦！”

“不能再打官腔了，老雷兄弟。”三哥正色说，“这事对你是小事一桩，但你以前真可能没做过，所以你还得有点开创精神。”

“你们先把稿子送过来吧！我安排专人来审读。”

“关键是要快！我们这两天就要见到杂志。”

“这两天？开什么玩笑？”雷子凤说，“一篇论文从审稿到见刊，至少也得三个月。”

“所以我们才来找你这个大能人嘛！”三哥说，“直接跟你说吧，登有盛楠老师文章的杂志，我们要在追悼会上用。”

“那是万万不可能的！另请高明吧！”雷子凤连连摆手，似乎想就此结束会见。

“您别急，咱们一起来想办法。”盛强安慰雷子凤说。同时他看了一眼三哥，“咱们不能给雷社长压力。您到外边等会儿。”

三哥起身，拍了雷子凤的肩膀。“拜托，社长兄弟！”盛强的秘书也起身跟了出去。临行前他用眼神向盛强示意，他的座位前放着一个提包。

盛强起身，关了门，走到刚才三哥坐的位置，与雷子凤隔着一个茶几坐下。

“雷社长，兄弟我是个粗人，咱们打开天窗说亮话吧。我就是想要几本杂志，上面登有我哥哥的文章，在他追悼会上烧掉用来祭奠，所以您不必按照通常的方式出杂志。您定制几本就可以。您开个价！”

“你想让我做假杂志？”

“怎么是假的呢？”盛强有些急了，耐着性子给对方解释，“杂志一定要是真的，纸张呀，印在上面的那些字儿呀，我哥哥的名字呀，都要真的。要看得见摸得着。不是网络上那种虚拟刊物。至于怎么处理，那是您的事。我只要几份。”

盛强说着，起身把他秘书留在座位前的包拎过来，拉开拉链，把装在里面的现金展现给雷子凤看。“怎么收费，您只管提。”

“我们不乱收钱的。我们只收正规版面费。”

“怎么个收法？”

“我们收得不贵。每篇论文收三千元。”雷子凤看看盛强，又补充说，“比北京上海的刊物便宜多了。”

“我们三篇文章。”盛强从包里取出一沓现金，放到茶几上雷子凤那一侧，“来，这是一万。”

“九千就够了。”

“不算这些小账。关键是，刚才喻研究员说了，我们要得急，三天就要，所以还得给你加急费。”

“老总，三天那是万万不可能的。而且一期杂志也不可能就登三篇文章呀！”

“您找些别的文章拼进去不就行了吗？”

“您的意思，是我们不用出成标准的增刊，只要做得跟真的一样让您拿去开追悼会就行了是吗？”

“正是这意思。就是说我只管拿到我们的几份就可以，您这边印多印少，留不留，我们全不过问。”

“这个，本社历史上还从未遇到过这样的事儿……”雷子凤思忖起来，似乎很拿不定主意，“连增刊都不是了，只给令兄印那么几份，对吧？要这样的话，版面费就不是一篇三千了，因为三千是我们在确保论文数量的时候才有的价格，现在这一期实际上就您这三篇文章，其余只是陪衬而已。”

盛强打量着雷子凤，发现他这么沉浸在计算之中的时候，脸上的和线条和肌肉更松弛了，有了一些活泛的血色。

“您直接开价。”

“怎么也得两万。”

“行，两万。”盛强再拿出一沓钱放上。

“您三天就要的话，这个印刷成本也是非常高的……这么急的活儿，您也知道，印刷厂它——”

“印刷费您就不再算了。”盛强打断雷子凤的盘算，“您可以在打字社快速印刷，只要做得跟真的一样就行。”

“你指的是样刊？你也懂印刷？”

“不瞒雷社长，兄弟从前也开过印刷厂。”

“那好吧，这个倒是花不了多少钱。”雷子凤说。

“我知道花不了多少，但是我再给您一沓，只要你把活儿做好就行。”盛强再取出一沓钱放上。这时忽然响起敲门声，雷子凤显得有点紧张。但就在他犹疑不决的时候，盛强把手中的提包顺手往前一伸，挡住了钱，这样来人如果进屋，也看不到钞票。

雷子凤嘴里应着，起身去开门。只见一个花枝招展的年轻女子站在门口，对他说：“社长，电梯间沙发上坐了两个客人，是找您的吗？”同时，那女子拿眼睛扫了一眼盛强。

“没事，那是陪同这位盛董事长来办事的，你给他们倒两杯水过去吧。”

那女子应了一声，再次瞅一眼盛强，走开了。

“我们社的对外联络中心主任。”雷子凤关上房门，对盛强说。

“啊，很干练。”盛强说。他没想到这么一个半死不活的杂志社，居然还有如此姿色的女子，但却不动声色。他示意雷子凤把钱收起来，雷子凤却没有坐下。他从桌上取过一盒烟，抽了一支递给盛强，盛强摆摆手，他于是自己点了抽起来。盛强再次示意他收钱，可他却叼着烟，在沙发旁边那个老柜子里找起什么东西来。盛强觉得，与其说他是在翻找什么东西，不如说他是在掩饰什么。他就那么翻着，香烟就叼在嘴里，烟灰星星点点地落地板上。终于，他翻出一个木盒子，递给盛强，说："给您一支笔，作个纪念。"

盛强接过来，打开盒子看了看，里面是一支万宝龙钢笔。他知道这十有八九都是假的，但还是收下了，并连声致谢。他从兜里掏出一个 U 盘，递给雷子凤。"这是我哥哥的论文。"

雷子凤收下 U 盘，转身放到他桌子上一个显目的地方。盛强知道，买卖成交了。"那我就不再耽误您的时间了！"盛强说着，站了起来。他顺手拿起那个装钱的提包，指指那几沓钱，"这个，您自己收一下。"雷子凤"哼"了一声，好像是在犹豫怎么安置这一小堆玩意儿，是先留在这儿回头再来放呢，还是现在就收好。盛强看出了他的心思，心里说："看来他不是常干这种事儿。"他顺手扯了一张报纸，将钱盖上。

"我送送你！"雷子凤说，跟在了盛强身后。盛强注意到，雷子凤特意将门锁扭了一下，这样门被拉上的时候，"咔嗒"一声被锁上了。盛强还听见"叮叮"的声音，他循声望去，只见雷子凤的腰间挂着一串钥匙，大大小小约有近十把。他内穿一件深褐色羊绒 T 袖， T 袖的下摆却扎在皮带里。很难判断出他这么穿是为了露出他那条爱马仕皮带呢，还是仅仅出于习惯。当然也不排除他是为了取锁匙方便。看来他平时需要打开的门很多。

他们往电梯间走去。这会儿盛强才发现，这儿果然有张沙发，旁边还有个饮水机。但三哥和他的秘书却不在这里。他们的声音从旁边的屋子里传出来。雷子凤轻车熟路地带着盛强到了这屋子，门上有块牌子：对外联络中心。原来三哥和盛强的秘书正在这儿喝茶。刚才过去那个女子正在跟他们说话。盛强进门的时候，她正在说："我不编稿子，我是火锅大学音乐系毕业的。"现在盛强看清楚了，这女子三十岁左右，姿容俊俏，皮肤白皙，身材苗条，长着一对杏仁眼。

三哥看到雷子凤和盛强走了进去，站了起来。盛强的秘书也站了起来。三哥同时在问那女子："音乐系毕业的怎么跑这儿来了？"

"杂志社也不全是编辑嘛！"那女子笑吟吟地对三哥说。

"走吧。"盛强对三哥和他的秘书说，同时他转向那年轻女子，"谢谢你啊！"

"给您一张名片！"那女子说着，三下五除二取出名片，一张递给三哥，然后给盛强和他的秘书各递了一张。

雷子凤将他们送上电梯。他站在电梯口，一直到电梯门关上。那女子紧挨着站在他身边，也是热情相送。电梯门关上后，三哥展开名片，念了起来："林雯雯，火锅大学音乐学硕士，中西唱法结合中心客座研究员，民族火锅唱法传承人。哈哈，这女孩挺能整词啊！"

一出电梯，三哥就随手将名片扔进了垃圾筒中。盛强则将名片递给了他的秘书。他不用吩咐，秘书就知道，哪些名片该扔掉，哪些应该暂时留下来。

"事儿弄成没？"三哥问盛强。

"反正钱他留下来了，论文也给他了。"

"那就行。到时候我来取杂志。"

三人出了火锅学刊的大楼。盛强回身看了看这栋楼，对三哥说："进楼之前听您介绍它生意那么好，我还以为这里面很繁忙呢，谁知进去后却很冷清。"

"这毕竟是个没什么人气的杂志嘛。"三哥说，"能忙到哪儿去？他们好像是每周两天集中办公，剩下的时候，编辑可以在家里办公。现在都电子化了，稿件什么的，发邮箱很方便。"

"不是要交版面费吗？"

"版面费也不可能天天有人来交呀。天天有人来交钱，老雷还不乐开花啦！"

他们沿原路，朝北面的院子走去。花坛中间的道路上，有几个人在扎制两个硕大的花篮，划好的竹条摆了一地，此外还有绳子、红布、彩纸和剪刀、老虎钳之类的工具，三人只得从花坛后面绕过去。来到停车的地方，空地上也有几个人在做同样的事，类似的家什也是摆了一地。

三哥说："我到单位去转一下，你们自己回吧！"

盛强与三哥握手道别。同时他好奇地问："他们扎这么大的花篮做什么？"

"啊，明天是飘香学大会开幕的日子，都是一个圈子中的单位，要去祝贺一番。这拨人应该是火锅报的。"

"祝贺需要自己动手扎花篮吗？"

“这么大的花篮，市场上不好买，自己动手扎，显得真诚，可以摆很久。再说，报纸眼看就要办不下去了，单位闲着的员工不少，把活儿派给他们还可以省笔钱嘛！”

“是个什么大会？”

“飘香学大会。你不做学问，所以不懂。这是火锅大学的特色学科，这几年发展很快。全校一大半专业，包括你哥哥他们学院，也都纳入了飘香学的范畴。”

“啊，原来是学术研讨会。”盛强一下子没了兴趣。

三哥心想，盛强是个商人，对这类事情自然没有兴趣，他只是对那花篮好奇而已。“隔行如隔山啊，我们这个圈子里的事儿，你是没有兴趣的。不说你，你哥哥对这类事都提不起兴趣。”

一听三哥提到哥哥，盛强的兴趣又来了。“我哥哥，这样的事跟他有关吗？”

“当然有关啊！想评职称，就得多参加这些学术活动。多在圈中混。最近这些年，各种学术会议如雨后春笋，有的人一年参加若干次，可我硬是没见盛楠去参加过。”

“他是因为没有论文呢？还是没有钱？”

“啥论文不论文呀，随便攒一篇就参加了。至于说钱，现在参加这些会都是单位的钱。会弄的话，不但不花自己的钱，还能从中蹭点出来。”

盛强听了，若有所思。三哥都进楼了，他还站在那里琢磨，直到后面有人过路时，他要给人家让路。

盛强刚刚回到宾馆，魏副省长的电话就打来了。一阵寒暄之后，魏省长告诉盛强，火锅大学有一块闲置的土地，最近刚刚完成了整治，开发的条件已经成熟，他希望盛强趁此机会去考察考察。副省长还说，他已经跟火锅大学方面打了招呼。

盛强不禁喜上眉梢，因为魏省长调到这边才刚刚一年。夏天到这边看望他的时候，自己曾经提出过这样的意向。看来魏省长把这件事放在心上了，而且这块地竟然在火锅大学的地盘上，真是巧合。省长告诉他，这块地在火锅大学家属院的南侧，位于家属院与南面的街道之间，有二十多亩。盛强回想了一番，发现自己对家属院南侧已经毫无印象。记忆中那儿有一堵墙，墙外是什么自己就一无所知了。

不一会儿，巴定国的电话又打来了。总管首先很客气地问候了盛强，说校长李烹因为自己一直忙于公务没有接待盛强而表示遗憾，他告诉盛强，如果盛强的时间允许的话，校长想跟他进行一次较为正式的见面。盛强说可以，自己正好今天有时间，愿意接受校长的召见。两人于是立刻就会见时间、双方参加会见的人数进行了交换和确定。随后，盛强让他的秘书将己方人员数量及姓名用短信发给了巴总管。

这天的晚餐，盛强带着自己的一班手下吃了宾馆的自助餐。除了先前跟他一起开车过来的几个人，他的行政部经理和媒介总监也赶了过来。盛强指示行政部经理、媒介总监和秘书，外加他的工作助理，四人一起陪同他去参加火锅大学方面的会见。火锅大学方面回复来了他们参加会见的人员名单，根据这个名单，盛强吩咐手下准备礼品。这次的礼品是新款手机、家乡特产和公司的宣传材料，每人一份。

因为校长李烹要宴请外宾，会见时间被安排在晚上八点。盛强带着他的人，七点刚过就到了。他按照巴定国的指引，没有到火锅大学的行政办公楼，而是到了学校西北侧的对外交流中心大楼。这儿远离教学区和学生宿舍区，相当安静。盛强下了车，打量起这栋楼来，显然，这是一栋新楼，十多层高，从外墙砖的成色就可以看出，它的品质高于这个院子内所有的老楼和新楼。在大门上方，楼的中部，挂有三个金色的大字：儒贤楼，对外交流中心的牌子则在大门右前方通道旁边，是一块半米高的方形大理石，刻的中英双语。

大楼前面的空地上，有一座假山，显得十分突兀，盛强信步走了过去，观看起这假山来。他一边看，一边摇头，觉得这假山安置得十分不是地方。这时巴定国骑着自行车，风风火火地来了。他后面还跟着一人，也是骑着自行车。

“盛强老总，不好意思你先到了，临时过来两个客人，我去应酬了一下！”巴定国一边放自行车，一边跟盛强打起招呼来。同时他吩咐跟随他来的那个人：“通知他们，把灯打开！把喷泉打开！把会客室准备好！”

“还有什么需要我们准备的，请您吩咐！”盛强对巴定国说。

“不用你们操心。里面有人在准备，咱们先在外面转会儿，反正今天也不冷。”

盛强上前一步，靠近巴定国，“临时接到通知，有点匆忙，我也没什么准备，给这边几位领导备了点特产，您看交给谁。”

“你客气了，没这个必要。”

“不值钱，也就是一点土特产。”

巴定国于是不再推辞，“在车里吧？一会儿交给刚才那人，我的办公室主任小于，他安排好活儿马上就出来。”

盛强于是叫过他的司机，让他一会儿跟那个叫小于的人交接。同时他示意几个手下就在大门外等着，不要走远，自己则跟上了巴定国的步伐。他想总管可能是刚从餐桌上下来，要借机消消食。两人走过楼前的空地，在楼西踏上了一条小花园中的小径。

“兄弟你面子大啊！省领导都惊动了。你也看出来了，校长相当忙，但他想事周全，哪怕是晚上，也要正式跟你见一次。”

“还得感谢总管大哥从中牵线。”

走到一丛矮墙式的湘妃竹跟前，巴定国停下脚步，干咳了两声，说：“那块地的事，你真有兴趣吗？”

盛强闻听此言，暗自惊讶，心想这个巴定国不简单呀，这么快就知道这事了。他略一沉吟，说：“一般几十亩的小项目，我早就没兴趣了，但这块地，我有兴趣。想必您也能知道我为什么有兴趣。”

“你了解这块地皮的来龙去脉吗？”

“魏省长提了几句。”

“这块地，其实原来是学校的校办工厂，生产过粉笔、桌椅板凳、教具之类，后来黄了，被学校当作仓库用过几年。也对外出租过，生产过饮料和速冻饺子。之所以一直没有开发，是因为这儿的老住户老崔两兄弟一直在里面搅和，非说其中有一片是他们家的。因为整个火锅大学在当年创建的时候都是从周边村子里征的地，到底是谁的，很难说清楚了。学校也妥协过，跟他们商量价格，但这老哥儿俩要价太狠，根本谈不拢。他们是本地人中最狠的那一类角色，十分难打交道。”

“不是说这两户跟学校达成协议了吗？”

“是有协议，所以学校前几年把地围起来了。可这些人相当狡猾，真要有人来开发，他们随时可以变卦的，必定活生生咬下几口肉来。”

“只要手续合法，区区两户人家，谅他也生不起什么浪。”盛强说。

“火锅城情况复杂啊，老弟！”

“巴哥，兄弟我是个生意人，水平不高，但明事理。这个项目，体量太小，我不准备从这儿赚钱，只想好好配合贵校进行规划，留下点有价值的东西。”

“钱还是要赚的。不赚是不可能的。”

盛强决定单刀直入：“是不是还有别的人也在打主意？”

“这是自然的，这么好的地段。咱们省内和火锅城本地，都有几个开发商来谈过，其中也有大公司，实力雄厚。”

盛强侧转身，看着巴定国，很认真地说：“那就请巴哥多帮我盯着点儿。盛强做生意这么多年来，别的本事没学到家，唯独分享二字，是领会了的。”

“好说好说，都是朋友，都是朋友！”巴定国看看表，“咱们往回走吧，校长他们应该快到了。”

两人转身，回到对外交流中心。这会儿它已经灯火通明，显现出一派繁荣之象。那座假山也活了起来，一股股清泉从山顶次第流下，山的四周，还不时射出一股股喷泉来，在彩灯的映照之下，五光十色。

他们进了大楼，到了一层东边的会客厅。会客厅一分为二，显得十分富丽堂皇。靠外的大开间成“八”字型摆着十张大沙发，地上铺着绛红色的地毯；里侧是会谈厅，正中摆着一张长长的会谈桌，火锅大学方面的几个人正在作最后的准备。桌子上已经摆了鲜花、饮品、水果和双方会见人员的桌牌。桌子尽头的墙上挂着一面横幅，上面印着“欢迎金元集团公司领导莅临我校考察”的字样。有几个记者已经在作采访前的准备，从他们的随身家什上，可以看出他们分别来自学校的报纸、闭路电视台和网站。盛强一方参加会见的几个人，也已准备好了，在会议室的一角静静地等待着。

八点二十分，巴定国接到一个电话。他告诉盛强，校长一行马上来了。盛强连忙跟着巴定国，到大门口去迎接他们。他们刚刚走到大堂中间，李烹已经从旋转门里走了进来，笑道：“盛强董事长，让你久等了！”

盛强上前，迎住校长。李烹边走边说：“事儿都赶一块儿了。美国印州理工学院来了几个人。虽说我们是大学，他们只是个学院，但谁让咱中国人好客呢？来了就得接待好。美国人身体真棒，个个人高马大的，好在今天喝的是白酒，他们看来也不擅长。”他又指指跟在自己身后的三个人，向盛强介绍说：“这位是杨安宰副校长，分管职称的，你哥哥的事儿，想多请教授参加，他一句话的事儿；这位是咱们学校的对外交流中心丁主任；这位，学校的修建中心总经理万总，家属院南墙外那个项目的事儿，具体他跟你接洽。”

来到会客室，盛强把自己手底下主要的几个人向李烹等人作了介绍。李烹带领火锅大学方面的几个人坐在左边的位置上，盛强则带着自己手下坐在右侧。双方其余的人站在对面，记者们的后面。记者们训练有素，由学校闭路电视台的记者用手势提醒之后，迅速地进行拍照、录像，差不多只用了两分钟的时间，李烹就起身，将大家带到了旁边的会谈厅，仍然分宾主、按照事先摆放好的桌牌入座。

李烹首先代表火锅大学，对金元集团公司的客人来访表示欢迎，然后他向客人介绍学校的情况。他讲这些看起来是轻车熟路，就像朗诵一篇背了几十年的散文，使盛强对火锅大学又增添了一些新了解，知道学校这些年在特色学科建设方面颇有成就，比如火锅文学、火锅史、火锅艺术、火锅经济学等。随后，盛强向火锅大学方面介绍了金元集团的发展情况，李烹一边听一边翻着手中的金元公司的宣传册，这才发现，盛强手下的金元集团是一家以房地产开发为核心产业，兼及工程建设、保险、酒店、制药、旅游、时尚及奢侈品、演艺为一体的综合企业集团。李亰心想，怪不得魏省长都亲自给自己介绍盛强，原来这小子还真有些实力啊！

根据后来学校的新闻报道，双方就校企合作进行了愉快的交流。记者给他们拍完合影之后，一起撤退了，主客双方喝了会儿水，具体就南墙那块地皮的开发进入了磋商。李亰要求金元公司尽快拿出规划来，他说目前已经有三家公司有意这个项目，学校将依据他们提供的规划，从中选择出最有利火锅大学发展的一家进行合作。

九点二十分，会见结束，双方的随同人员各自准备散去。几个年轻人进来收拾桌子上的东西。李亰把盛强和杨副校长叫到一起，说："你俩跟我来。"

三人出了会客室，坐电梯上到十二层。他们出了电梯间，左拐朝里走。这儿有一间屋子，房门半掩着，往外透着灯光。李亰推开门，朝里面说："把我办公室打开一下。"立刻便走出一个瘦高、清秀的年轻人，带领他们沿着楼道一直往里走，到尽头把一间屋子打开，并拉亮了灯。

"盛强董事长，请进来，这是我的办公室。"

盛强跟了进去，这才发现，这是两间相连的办公室，装修考究，中间有一扇木门。

"你俩坐下。"李亰说。然后他转向杨副校长，"老杨呀，盛强老总家的事，你肯定也知道了，他呀，就是希望多找点教授去参加他哥哥的追悼会。生前这帮人不搭理他，去世了，让他们送送他。对吧。盛强老总？"

"对！对！"盛强连忙说。

“这个完全没有问题，盛强董事长你放心！”杨副校长满口应允，并立刻要了盛强的手机号给他打电话，“您把号码存着，有事您随时给我打电话。”杨副校长说。

待盛强存下电话，杨副校长说：“今天我还有点事，就不陪您了，改天有空我请您吃饭！”

然后他就告辞了。李烹说：“这下子你放心了吧？指挥这帮教授，他比我都管用。”

“凡是来参加的，咱每人给包个红包，不让人家白跑。”

“那可不行！”李烹立刻制止说，“这是学校，这么搞传出去是个笑话。”

盛强迟疑片刻，说：“那就听您的吧。在这块地盘上，什么事儿我都听您的。”

“兄弟你也别客气，魏省长给我打了两次电话，一次是说你哥哥的事，今天这次是专门说南墙那块地皮的事儿。两件事我都会上心。”

“两件事我都得感谢您！”

“你哥哥的事好办。我跟他本来就是朋友，你就是不来，我也得让他风光地走，体面地走。南墙那块地皮的事儿，你得下点功夫，结合咱们学校下一步的发展思路，把规划做得漂亮些，超前些。目前这几家公司都有来头，咱们只能看谁的规划好，谁给的条件于学校有利。”

“这个我懂，您放心。会见之前，巴总管也跟我说，有几家公司在争这个项目。”

“他呀，也动了心思。”李烹说，“不过这个没关系，只要符合条件的公司，谁都可以介绍来，最后按规矩来就是了。”

随后李烹开始过问起盛强公司的经营情况。两人聊一会儿，刚才开门那年轻人敲门进来，对李烹说：“李校长，有人找你。”

“谁呀？”

李烹话音刚落，从门口移进来一个四十岁左右的男人，个子不高，戴一副厚框眼镜，一张圆脸上顶着一个大脑袋，有些发怯地说：“李校长，是我。”

李烹看了来人一眼，说：“进来吧！这位是盛强董事长。”

“您好！”来人说着，近乎九十度似的朝盛强鞠了一躬。

李烹起身，对来人说：“到里面来吧！”

说着，两人进了里面的房间。李烹随手带上房门的时候，还不忘回头跟盛强说：“你坐会儿，喝点水，我这儿几句话就完。”

盛强于是独自坐在这间屋子里。李烹和那人在里面说话的声音不大，但也能隐隐听见。盛强提醒自己别去听人家说话，他四下打量起这屋子来。这屋子约有三十平米的样子，除了围成方形的一圈沙发，就是门口一个茶柜，一大缸金鱼，几盆植物了，比昨天下午到的李烹那间办公室宽敞多了。进门那一侧墙上有一幅字，装在玻璃框里，写的是：

夙兴夜寐，无怠无荒。他走到跟前，想看看这是什么人写的，但落款的几字，他只认出了一个“苏”字，后面的几个字连同印章里的字，他一个也不认识。

里侧的房门不知道为什么没有关严，留下比巴掌还宽的一道缝隙，转身往回走的时候，盛强无意中朝里面瞥了一眼，却看到了令他吃惊的一幕：只见刚才进去那个人，忽然趴在地上，“咣咣咣”给李烹叩了三个响头。李烹好像是坐着，让那人站了起来，只听那人嚷嚷道：“以后您就是我的再生父母，我愿意给您当牛做马……”

盛强轻手轻脚出了门，同时将房门带到虚掩的位置。他往刚才来的方向走去。快到电梯间的时候，他见旁边那间办公室房门半开着，里面有人说话。他没往里面看，继续往前走着，却听里面有人叫他：“盛强老总，你去哪里？”

盛强一看，原来是巴定国，还有修建中心的万总和刚才给李烹开门那个年轻人，正坐在一起。“啊，我上个厕所！”盛强说。

“您往前走，到头左手边就是。”那年轻人说。

不一会儿，盛强上完厕所回来了。走过那间屋子里，他们三人还在。“来，盛总坐会儿，这是谢秘书的办公室。”巴定国在里面说。盛强走了进去，那个给李烹开房门的年轻人立刻站起来给他让座。这是个三十出头的年轻人，西装革履。巴定国说：“这是李校长的秘书，谢秘书。”

看到盛强有点疑惑，巴定国又说：“校长两个秘书。昨天你在行政办公楼见的那个吴秘书，是校长的行政秘书，谢秘书是校长的学术秘书。校长目前带着好几个博士，手上还有几个重点课题，没有学术秘书是不可想象的。”

“谢秘书一看就是年轻有为呀！”盛强说。

“那当然。”巴定国说，“刚刚博士毕业，年底就去美国，当一年的访问学者。”

“年轻人有机会一定要多出去走走。”盛强说。

“校长跟你谈的事完了？”巴定国问盛强。

“应该完了吧，他那儿临时来了个客人，我就先出来了。”盛强想了想，回答说。他看看表，“巴总管，你们平时这么忙，我请你们出去玩玩吧？”

“那是不可以的！”总管说，“现在上面管得严，很多场所，我们都不适合去。”

“而且今天时间也不早了。”修建中心的万总补充说。

“校长平时有什么爱好？”盛强问。

“要说爱好，他还挺多的。”巴定国说。

盛强已经看出，巴总管和万总这个时候还等在这儿，多半都不是为了工作上的事，十有八九是要玩。火锅城的人喜欢打麻将，全国闻名，他预感他们可能要打麻将。于是他直截了当地问：“校长打麻将不？”

“麻将？他不喜欢。”万总说，“那玩意动静太大了。”

巴定国正色说：“他就玩玩扑克牌。也是为了放松放松。平时工作太累了。”

“正好，”盛强说，“兄弟也偶尔玩玩扑克。”

“是吗？”总管和万总齐声说。

谢秘书一直没有参与他们这一番谈话。他坐在自己的电脑前，在浏览着什么东西。这时过道上响起皮鞋的“嗒嗒”声，谢秘书连忙起身，站到门口去察看。原来是刚才去找李烹那个人出来了，正走向电梯间。

“走啦，您？”谢秘书问。

那人应着，跟里面的人打了个招呼。不过巴总管和万总都端坐着，只是应付了一下。盛强则站起身，跟他道了再见。从神色上看，这个人比刚才进到李烹屋子时，轻松了许多。

等这人走进电梯间，巴定国起身出门，朝李烹的屋子走去。过了一会儿，他回来了，对盛强说：“校长说了，盛总如果有兴趣，可以小玩一下。”

盛强和万总于是起身，跟着巴总管朝李烹的办公室走去。谢秘书跟在他们身后。到了李烹的办公室，谢秘书把茶杯摆上，泡上茶。然后他问李烹：“您这儿还有什么事吗？”

“没有了，你回去吧。”

谢秘书于是走了。房间里只剩下李烹、盛强、巴定国和万总四人。盛强问巴定国：“总管，玩什么？”

“斗地主行吗？”巴定国问。

“行。”盛强说，“只是我，打得不好，陪几位领导玩玩罢了。不过话说在前头，今天我请大家玩，希望一定给我这个面子。”

“盛强你这是干什么？”李烹说。

“您千万别客气，就当我请你们消夜了！”

盛强拿出电话，打给他的秘书，让他拿两副扑克和一个包上来。

“扑克这儿有，盛强！”李烹说着，拉开茶几下面一个抽屉，伸手取出两副扑克。

“我的扑克牌是我们公司定制的，稍等，马上就到。”盛强说。

“公司还定制扑克啊？那咱们等着，见识见识。”巴总管说。

不一会儿，盛强的秘书上来了，交给盛强两副扑克和一个包。他出去之后，盛强拉开这小提包，拿出八沓现金，分成四堆放在茶几上。

“你这是干什么？”李烹连忙说。

“小意思，李校长，我刚才说了，就当我请你们消夜了。请一定不要客气。”

三人推说了几句，便围着茶几坐下来，开始斗地主。

十一点，盛强面前的两沓钱快要输完了，他正准备让秘书再送点钱上来，电话响了。是刚刚认识的杨副校长打来的。盛强把屏幕亮给李烹看。李烹说：“接吧！”

杨副校长告诉盛强，他回去以后，立刻着手邀请教授们来参加盛楠追悼会的事，教授委员会近十多个专业分会的负责人问题都不大，但如果盛强亲自去拜访一个教授委员会的干事长麻方德，效果就会好得多。他还告诉盛强，最好现在就去，麻方德正跟一帮人在学校后面的四方美食街上喝酒。

李烹听了盛强的汇报，说：“杨校长这个建议挺好。这个麻方德毛病多，仗着资历老，经常摆点谱。你亲自去请，显示出对他的尊重，不行我再想办法。”

“那你们继续玩吧，我再让人拿点子弹上来。”

“不了，改天有机会再玩儿！巴总管跟你去，那条街上你不熟。”李烹说。

几人都站了起来，准备往外走。李烹看了看茶几上摆着的钞票，说：“拿走！”

万总没有吭声。巴定国说：“别了，放这儿吧，改天再接着玩。”

“拿走！”李烹严肃地说，“各拿各的。”他起身，从里屋拿出三个大号的牛皮纸信封分发给三位牌友。三人只得将各自的战果塞入牛皮纸信封，拎在手里。盛强的信封最瘪，巴定国输了约一半，李烹赢得也不多，倒是话不多的万总，收获最丰，信封塞得满满的。

一层的大厅里，值班的保安精神抖擞地站在吧台后面，门口的两个保安也是一左一右，笔直地看着。盛强暗自赞叹：多严格的管理啊！不过他很快看到一个有些面熟的身影在大门口踱来踱去，定睛一看，原来是昨天见过的保卫部长。原来他督岗来了，难怪保安们保持着那样一种站姿。

看到三个人从电梯间出来，走向大门，保卫部长立刻迎了过来。盛强向他道辛苦，巴定国眨了下眼，万总则几乎没有正眼瞧他。不过保卫部长似乎并不在意，他上前一步，亲自拉开大门，说：“几位领导，请！”

临上车前，盛强特地走到保卫部长跟前向他道谢。巴定国也跟了过来。他看盛强是诚心表达感谢，便郑重地向盛强作了介绍。盛强于是称对方为刘部长。两人上了车。刘部长一直站在原地，目送他们的车辆驶过拐角。盛强一直注视着他的举止。他发现，这人跟巴总管说话的时候，就像一条顺从的狗一样，身体前倾，因为个子比总管矮而仰着头，像要扑过去一样。而且由于他戴着一副眼镜，他宠物般的顺从显得更为清晰。

“怎么让这么一个人当保卫部长？”盛强问。

“你觉得不合适吗？”

“他也太书生气了，”盛强说，“都书生得有点娘儿们劲了。”

“服务工作可不就得温柔至上嘛！”

“他对您是毕恭毕敬啊！”盛强心想，毕竟巴定国你自己也只是个处级干部啊。

“那当然。这么跟你说吧，”巴定国说，“兄弟，没有我，他早靠边了。”

“啊，原来如此。”盛强说，“兄弟我原来也在保卫部干过，但只是个科员，天天混日子。”

“是嘛？”巴定国有些惊讶。

“真的，在我老家矿上。不出来的话我现在可能还在矿上的某个大门口值班。”

“那可不一定，没准儿你还当矿长了呢！”巴定国说。

不一会儿汽车出了火锅大学西门。一个接一个的小吃摊摆在马路边，使车辆通行十分困难，加之盛强坐的这辆车又比一般的车宽，只能一寸一寸往前磨。盛强倒不急，因为有巴总管跟他在一起。他觉得这个总管跟大学里的人有很大的不同，跟自己的气质倒有几分接近。他忽然想起一件事。

“巴总管，我请教您一件事！”

“请讲！”

“我在我们省里，几次在饭局上遇到你们学校一位副校长，可是我总有些纳闷，因为他要真是副校长的话，怎么可能老不上班，在外面转呀，可要是说他不是，又不太可能，因为他不太可能在我们那个圈子蒙我们。”

“我知道你说的是什么人了。”巴定国说。

盛强更好奇了。他打开手机，翻出微信中那人的头像给巴定国看。

巴定国只瞅了一眼就肯定地说：“就是他。”

“到底咋回事？他到底是真的假的？”

“我既不能说他是真的，也不能说他是假的。”巴定国说。盛强瞥过去，总管眼里有一种很丰富的笑意。

“这我就越来越糊涂了。”盛强说。

“是这样，盛强兄弟，”巴定国咳嗽一声，“我不能说他是真的，因为他从来没有在火锅大学上过一天班，连我这级别的，也只是在前校长安排的饭局上，见过他一次；但是我又不能说他假的，因为在我们学校的网站上，副校长一栏中的确有他的名字，而且他在我们学校有一间办公室。”

“吃空饷啊？大学里也有这样的？”盛强联想到他辛劳

一生的哥哥，立刻感到不平起来。

“这就不是我能回答的了。上级任命他为副校长，我们只能服从。”巴定国说。

“可我听他一个老乡说，他初中都没有毕业。”盛强说。

“是。人家也没说自己上过高中、大学。他的简历中只有个国内的 MBA 学位和美国一个什么莱尔大学的博士学位。”

“莱尔大学的博士学位，花钱就可以买到。”

“你怎么知道？”

“我们那边很多人都从那儿买文凭。我认识好几个，有做房地产的，做投资的，还有做家具和做活鱼生意的。”

“嘿嘿。”巴定国干笑了两声，没再回答，哼起了戏文：“取天水多亏了那子龙老将噫……”

这时汽车终于驶过百多米长的被小摊和三轮小吃车包围的路段，来到火锅大学北面的一条街上。这条街比马路宽，路两旁停满了车，北侧是一个新开发出来不久的住宅小区，靠近火锅大学的南侧，是一个接一个的饭馆，共有几十家，聚齐了东南西北的各种特色风味菜系。此时虽然已近深夜，但仍然霓虹灯闪烁，相当热闹。不时有吃饱喝足的人上车离开，也有站在路边打车的，还有三两个醉汉，正被人搀扶着在路边嚷嚷着。

在巴总管的指引下，汽车停在中间一个饭馆前。盛强准备下车，总管却拉住了他，对他说：“兄弟你别急，我跟你唠叨两句。”

盛强停住已经迈出去的右腿，重新关好厚实的车门，侧身看着巴总管。巴定国说：“其实你大可不必来见麻方德，他只是个教授委员会的干事长，以杨副校长的身份，他几个电话就搞定了这件事。要是他的威望不够，李校长那儿也是一句话的事。麻方德再怎么自大，也是归他们管。我不知道他们这是出于什么考虑，让你到这么一个地方来见这么一个人。”

“没关系，没关系，”盛强连忙说，“这毕竟不是学校的公事，领导不好强制人家。我亲自登门，理所应当。”

“那好吧，既然你这么上心，兄弟，我呢，就不上去了。我不太想在这种场合见到这姓麻的，因为他准是叫了一大帮杂七杂八的人在一起喝酒。我在这儿等你下来。麻方德他们就在这饭馆的二楼，你不用进入一层的大厅，直接从这个楼梯走上去，到二层就能找到。这会儿估计只有他们一桌了。”总管伸出手指，从盛强胸前伸过去，往玻璃外指了指。

“我看明白了，我自己上去。”盛强说着，下了车。他想巴总管可能跟这个麻方德有什么过节。秘书已经站在车外，在等他的眼色。盛强朝他示意了一下，秘书让司机打开后备箱，抱出一箱茅台酒来。

巴定国已经从车的另一边下来。“你要带上去送给麻方德呀？”

“别的也没什么好拿的呀。”盛强说。

“没必要，兄弟，他这样的，喝普通烧酒就可以了，你不能高看他。”

“那好，听总管的。”盛强说着，于是让秘书只取了两瓶拎上。

旁边，总管却打起了电话。“喂，麻教授，还喝着呢？你劲头真足啊！是这样，有个盛强董事长，为他哥哥的事儿想麻烦一下你……杨校长跟你说过了啊？好，他刚从李校长那儿出来，找你去了，应该快到你那儿了，你这大教授可得给人家面子啊！好，喝好啊！”

总管挂了电话，朝盛强使了个眼色。盛强便带着他的秘书，踏上马路牙子，走进楼去。透过玻璃，可以看到这是个小馆子，一层的店面不到十张桌子，此时已经临近收场，只有临窗一桌还坐着一对小情侣。盛强按照巴总管的指点，径直沿楼梯上到二楼。楼梯相当狭窄，地毯脏兮兮的，似乎很多年没有清洗过。偏偏前面有个喝多了的男人，正扶着栏杆往上走着，似乎要不是这栏杆，他随时可能摔倒。盛强快速地评估了一下这饭馆的档次，怎么也想不明白一个教授为什么能在这样的小店喝到这样的时刻。他们耐心地跟在那人后面，上到了二楼。

二楼大厅的七、八张小方桌上已经没有客人，只有里侧一张大圆桌还围着一桌人。还在楼梯的拐弯处就可听见他们的声音。涮锅子的热气加上烟雾，使得这一桌人看过去影影绰绰的，定睛一看，这一桌十人左右，老的老，少的少，有男有女，有坐着的，有仰着的，还有站着的。走在前面的醉汉也是这一桌的，他并不知道后面有人，自顾往一张空椅子上坐了上去。

盛强的秘书上前，道：“请问，麻教授是在这儿吗？”

离得最近的一个男的回头看了看，朝正首一人努了努嘴，“啊，那就是！”

秘书提高了嗓门，道：“麻教授您好！”

南面，靠墙壁居中的一个五十七八岁的男子抬起头，目光从烟雾中扫了过来，说：“老杨介绍过来的吧？”

盛强上前，说：“是的，打扰您了，麻教授！”

“坐吧。”那人说，同时吩咐坐在下首的人，“让服务员加两副餐具。”

盛强迟疑了一下。对方居然直愣愣地坐在那里，身子都没动一下。他不知道是杨副校长和巴总管的面子不够呢，还是自己现在的模样让人轻视。这家伙居然还让人加餐具。

“不了，不打扰你们的雅兴了！”盛强说。

“让你坐你就坐。”麻方德并不看盛强，而是看着桌子上的残羹剩菜说，“有什么事坐下说！”

与此同时，一个男人在喊服务员。喊了两声，见没有动静，他便尖着嗓子大声武气地高叫道：“服务员！服务员！服——务——员！”

“来了来了！”一个姑娘甩着湿淋淋的双手，慌慌张张跑了上来。

“再加两副餐具！”有人吩咐道。说话之间，已经有人在麻方德身旁加了两把椅子，盛强于是坐了过去。他的秘书眼见有几人抽烟，便从兜里掏出一盒烟，一一给人敬烟。老板的习性他了如指掌，他知道，盛强平时不抽烟，下属也没人敢在他面前抽烟，但在对外交往中，对方抽烟他也能够接受，有时候甚至还可以陪着对方抽上几支。

趁着摆放餐具的工夫，盛强把麻方德看清楚了。他长着一张长脸，肌肉黄而紧实，眼睛细长而冷漠，烟不离手。他问盛强："你喝点什么？白的还是啤的？"

"客随主便！"盛强说。

"那就啤的吧。"麻方德说。他吸了口烟，对盛强说："介绍一下，这是刘总；这位，马主任；那位，张教授；那个美女，咱们学校王处长。都是我的朋友，剩下的，是我的几个学生。"

盛强一边听着，一边跟麻方德提到的人点头致意。然后，麻方德这才对众人说："隆重介绍一下：盛总！我们学校盛楠老师的兄弟，大老板！"

"幸会幸会！"盛强朝众人拱手道。

可是忽然，麻方德高声吼道："你刚才干什么去了？嗯？"

盛强愣了一下，顺着麻方德的目光，他才发现，桌子对面原来不知道什么时候进来一个年轻人，瘦高瘦高的，正在寻找着桌子上哪儿有空位。被麻方德这么一吼，他相当紧张，似乎想说什么又说不出来，便僵僵地站在了那里。麻方德的目光像一道愤怒的光一样，越过桌子，越过烟雾，越过众人头顶，直射此人。

“你长本事了啊？打了你几次电话你都不来。”麻方德大声训斥道，“想跟我叫板是吧？跟我叫板你还嫩了点！”

桌上的人全都不说话了，看着那年轻人。坐在那年轻人面前的两人，也扭头看着他。年轻人进退两难，垂着两手，惊惶而又胆怯地看着麻方德，脸上浮起一种奇怪的笑容，似笑非笑，似哭非哭。

“你就站在那儿！站在那儿看着我们喝！”麻方德一声断喝，结束了训话。

盛强十分惊讶，没想到一个当教授的，竟然在公共场合如此粗暴地训斥一个年轻人，而这年轻人居然毫无反抗之力。果然，伴随着麻方德的训斥声，这倒霉蛋真的就站在了酒桌之外。刚开始他是站在两张桌子之间，后来他往旁边移了两步，靠近墙壁，这样，有人要外出或者服务员上菜的时候，他就不会挡道。选好站位之后，他不像刚刚上来时那么喘了，气息均匀，但耷拉着脑袋，哭丧着脸，噘着嘴唇，一副受气包的样子。

在旁人零零碎碎的介绍中，盛强才慢慢弄明白，原来这个年轻人是麻方德的研究生，麻方德让他来喝酒，他却拖拖拉拉，这个时候才来，所以麻方德要罚他站。

眼看局面被控制住了，麻方德才转头对盛强说：“你那事儿不难。你哥哥是个好人，我们可以去送送他。”

盛强凑近麻方德，轻声对他说：“咱不白麻烦大家，凡是去参加追悼会的教授，每人一个红包，您看行不？”

“在那种地方搞这个不好。”麻方德也轻声说，“这样吧，我给你组织十个人，都是各专业分会的召集人，红包你回头私底下给他们送过去。”

“那就多谢麻教授了！”盛强说。

“倒酒！”麻方德喊道。立刻就有一个坐在麻方德斜对面的年轻女人站了起来，提着酒瓶挨个儿倒酒。这女子三十出头的样子，颇有几分姿色，盛强禁不住多看了两眼。麻方德吸了口烟，对盛强说：“我的博士生。”

倒酒的这会儿工夫，桌面上的气氛重新活跃起来，似乎没有人记得桌子旁边还站着一个人。盛强却为这年轻人着急，心里说，不让坐就转身走啊，大踏步扭头离开，难道你不知道这是在侮辱你吗？你看起来将近一米九的身高，怎么是个软骨头呢？

眼看每个人的杯子里都倒满了酒，盛强端起自己的那一杯，正准备敬麻方德一杯，不料麻方德却朝他摆了下手，示意他停止。

“这样啊，”麻方德把左手中只抽了半截的香烟摁灭在一只装了些菜的盘子里，端起杯子，说：“又来了一位新朋友——”

另一边，刚开始被介绍叫刘总的人打断了麻方德的话，说：“麻教授，整两句！”那个扶着栏杆上来的被介绍是马主任的男人也有些迷糊地附和着说：“你整两句，整两句！”

于是，麻方德脸上浮起笑容，说：“好，那就整两句！”他停顿片刻，“欢迎新朋友，不忘老朋友，谁要不喝酒，就不够朋友！”

“好啊！好！”众人喝起彩来。盛强端起杯子，以为要干杯了，不料麻方德继续吟诗一般摇头晃脑地道：“酒是粮食造，越喝越可靠，酒是粮食精，越喝越年轻！干杯！”

一片吆喝声中，众人胡乱地碰了一番杯子，全部一饮而尽。

趁着这刚喝完一杯的短暂空隙，还没等那几口劣质啤酒完全流到肚里，盛强又凑到麻方德耳边说：“您也知道，我这两天正是忙的时候，就不多打扰您了，您慢慢喝，回头我哥哥的事儿结束后，我再单独请您喝一场。”

“那好。”麻方德倒也爽快，并站起来准备送盛强。

“诸位，实在是特殊时期，不便久留，你们慢慢喝！尽兴！”盛强环顾一圈，抱拳道。他一使眼色，秘书把拎上来的装有酒的袋子放到了麻方德的脚边。

“你还客气啥呀！”麻方德说，“那我也就不久留你们了！”

两个坐在外侧的显然是麻方德学生的人起身，把盛强他们送到楼梯口。到了一层，盛强一使眼色，他秘书走到吧台，把麻方德他们的账结了。

巴定国还在车上等着盛强。“不好意思，”盛强对他说，“让您久等了。”

“没事没事。”已经在打瞌睡的总管说，“那二傻子又行酒令给你听了吧？”

“是。”盛强笑道，“什么结识新朋友，不忘老朋友，念了几句。”

“就他他妈废话多！”总管说，“什么酒是粮食魂，越喝越精神，酒是粮食造，喝了要抱抱……大半个火锅大学都听过他那一串串屁话。”

“走，”盛强对司机说，“咱们送巴总管回家！”

第四章　参会

星期六的早晨，路上行人还不多，盛强和他的秘书已经出现在火锅大学西南角，来查看昨天谈及的火锅大学那块地皮了。这些年，盛强在许多方面都有了改变，包括他的性情，但有一点始终未变：那就是每当有新的商机出现的时候，他都会精神抖擞、不知疲倦，以最快的速度扑上去，经常把对手远远地甩到身后。他想正是因为财富对他的吸引力依然强烈，他才觉得自己还没有老。他和他的秘书最早进入宾馆的餐厅，很快吃完了早点。他放下筷子的时候，他的工作助理随即向他递上了一份报告。这是关于火锅大学家属院南墙外那块地皮的简要报告，有文字，有图表，还有这块地周边的地产、商业、生活配套情况。盛强一边喝茶，一边翻看报告。一杯茶喝完，报告也看完了。

当餐厅开始有其他客人进入的时候，盛强带着手下起身离开。他们驱车来到火锅大学家属院的南墙外。昨天晚上他让司机绕了一下，从这儿驶过，不过时值深夜，完全没有看出名堂。现在，在过往的汽车的隆隆声中，在不期而至的火锅城秋冬特有的雾霾的笼罩之下，他算是看清楚了：这块地位于火锅大学家属院和它的南面的翠竹公园之间，从前他在这里打拼的时候，这儿还是一片杂乱无章的平房，中间夹杂着几块菜地和火锅大学半死不活的几个校办企业。难怪自己没有印象，他想。过路的人一般都不会想到这块地居然属于一墙之隔的火锅大学。现在，火锅大学显然是明白了它的商业价值，与翠竹公园方面明确了边界，让它把占用的地腾了出来，清理掉那些私自搭建的房屋，用围墙圈了起来。

盛强仔细观察着周围的一切，还带着他的秘书和助理走到西侧的过街桥上去俯视。他从多个方面权衡这块地，包括这儿的人气、交通、地势、风水，还展开手里的火锅城地图，估算这地方的将来。直觉告诉他，这是一块宝地，虽然小，但只要拿到手，就很有文章可做。他们走下桥，沿着围墙往南走。围墙很高，一直往南延伸了一百多米，但始终无法看到里面的状况。从目前来看，这一带比较冷清，路西是拓宽的马路，中间多出一个高架桥，竖在路边的广告牌表明，这是在修建轻轨。路东侧是一道围墙。围墙先是砖墙，继而变成了铁皮，围墙的下部有道缝隙，有狗和猫从那缝隙进出。再往前走，他们看到了一扇铁门，从里面反锁着，但没有关严，留下一道手掌宽的缝隙。盛强凑过去，看到里面有几栋简易平房，一群人站在房子前面的空地上，正在听一个人讲话。听不太清楚他们讲什么，但是忽然，他们喊起口号来，还拍巴掌、跺脚。他们喊口号的声音让人觉得有些异样，显得相当亢奋。其中有女人的声音，亢奋得都变了腔调，听起来不男不女的。秘书肯定地说，这帮人是搞传销的，可能觉得这儿比较隐蔽，暂且在这儿栖身。

往前又有两个铁门，同样是上着锁，有缝隙，但里面没有人，也没有房子。显然，火锅大学把这地整理得差不多了。走到围墙的尽头，往东一拐，路边又热闹起来了，商店开了门，小饭馆正迎来了第一批吃早点的人。盛强带着秘书走进一家店里，每人要了一碗羊肉面。这是火锅城的特色，近年被一部纪录片介绍，名声大噪。面是本地的土面条，比一般的面条宽，颜色有些发黄发黑，但有一股特有的面香，煮熟后加一大勺炖了一晚上的产自北部山区的山羊肉，再加上葱花，香喷喷，热腾腾，一碗下去酣畅淋漓。虽然刚刚在宾馆吃过早点，但老板带头走进去，秘书和助理们也都不吭声，坐下吃面。他们已经习惯老板的无序。老板有时候的确像个大公司的董事长，有时候他的习性、爱好又和街头小店主毫无二致。

吃完出来，盛强继续往东走，在前面不远处进了翠竹公园的南大门。这是盛强十分熟悉的一个公园。当年他在这里打拼的时候，也时常走进这个公园。那时候要门票，一张票五角钱，现在，公园不收门票了，随便进。他们沿着一条慈竹相拥的道路往前走了约二十米，来到湖边的一个岔路口。这个路口状貌依旧：左边那一排沿湖的长廊还是老样子，里面依然是些老头老太太在唱京剧。胡琴的声音依然凄冽，与早晨热腾腾的气氛有些不搭调。从两丛不高的巴山竹之间，盛强看到了一个拉琴的老者。另外一个老头和一个老太太正在他对面的长木椅上整理东西，还没准备开唱。拉琴的老头瞅了一眼盛强，手下一抖，琴声更凄冽了，打得过重的松香立时便飘落了一小抹在他的裤子上。湖边的道路上，跑步的、快走的、溜达的混在一起，看起来通行比较困难。盛强选择了路后面一条小径。他知道，这小径沿着一条河流，可以通向东大门。这一路上尽是养护得很好的园林树木，香樟呀，楠木呀，金桂呀，全都十分茂盛。不时有人在树下锻炼。有站桩的，有踢腿的，有拍打树身的。有个老爷子，竟然把腿抬得超过了他的头，高高地搁到了树杈上。

原来有一个儿童游乐场的地方，现在是一个小广场，栽植的全是银杏树。叶子已差不多掉光，露出一蓬蓬枝条，齐整整地扎向天空。树下有不少卖衣服和土特产的摊位，购买的人熙熙攘攘。在这儿，盛强的秘书差点走丢了。盛强打电话找到他，继续往前，往公园的东大门溜达过去。前方有几排由高大的云杉分隔出来的几块棋盘式的空地，空地上全是跳舞的人，有跳健身操的，有扭秧歌的，有跳探戈的，每一队都有几十上百人，不少人已经汗流浃背。盛强弯着身子，从舞蹈队的边缘折向北，沿着另一条河边的道路前行。翻过那座成半圆形凸起的拱桥，沿道路往东北方走，全是一片又一片的竹子。盛强都叫不出它们的名字，虽然他当年也曾无数次在这儿出没。这一带主要是唱歌的。他们将队伍散布在竹林中，其中声势最为响亮的是一拨带乐队的。他们的人数也最多，围着高处一个亭子。乐队就安置在亭子中，不但有电声合成器，有几把十分响亮的铜号，还有鼓和大镲。唱完一曲他们还要鼓掌喝彩，热火朝天。老远就能听见他们的歌声，压过了其余的几拨。有一个穿着白西服、打着鲜红领带、头发油亮地往后反梳着的男人站在亭子边缘一张凳子上指挥，当歌曲需要高音的时候，他自己也唱着，一手挥着指挥棒，另一手张开五指，在空中使劲攥着，艰难地往上升，仿佛要抓出众人身上所有的劲头。

这儿又有一条河。这条河从火锅大学流进公园的西边，从公园的东北侧流进城里；它从火锅大学带来一些垃圾，在这儿沉下一些，同时又携带了一些新的垃圾，然后再一股脑儿流入城里。再往前，盛强在另一座桥头左拐到了湖边。这儿的湖面变得开阔起来。湖水已差不多被排空，一些男人正在稀泥中采挖莲藕。他们把采好的藕放在爬犁似的木架子上，一堆堆往岸上送。湖边的长堤上，聚集了许多拍照的人，长枪短炮，一起对准采藕人。盛强站在岸边看了起来。他知道这藕的味道，因为当年他曾经在这儿偷采过。哥哥和他的朋友们都觉得公园里面的藕味道特别好，但他们是老师，偷采的事都是盛强一个人完成的。他一棵一棵地采，用衣服或者报纸挡住，从公园的铁栅栏中塞出去，藏在栅栏外的树丛中，最后一起捆在自行车后座上运回火锅大学的筒子楼里。

过了藕塘，前面又是几片空地，有一群抖空竹的老头，一群挥舞着羽毛球拍跳韵律操的妇女，还有一群挥舞着红绸跳舞的老太太。盛强看看表，没再停留，径直出了东北门，穿过马路，经过才艺大学的南大门，到前面的火锅大街往北一拐，走向火锅大学的东大门。

还在大门外，盛强就发现，火锅大学校园里彩旗飘飘，锣鼓喧天。几个巨大的气球在空中飘动着，下面各自拖着一条长长的彩带。正对大门的“神锅大厦”上挂着一道明晃晃的大横幅，上面印着一行大字：热烈祝贺第三届国际飘香学会议取得圆满成功！以前是没有神锅大厦这座高楼的，现在，它显然成了火锅大学的标志性建筑。这栋楼跟东大门里面宽大的广场连成一体，看起来十分气派。盛强今天上午的工作就是观看这个大会。他想借机了解一下哥哥为什么要排斥这些学术活动。既然自己想评教授，那为什么又不跟这些人打成一片。

迈进大门，只见北侧的空地上，一群打扮得花枝招展的老太太已经在热烈地跳着。她们至少有五十人，全都穿着一种传统式样的草绿色衣服，上面印着鲜艳的荷花，脚下是一双双红色的绣花鞋。她们个个都是浓妆艳抹，如果不是身材和姿势暴露了她们的年龄，外人根本看不出她们是一群老太太。几个老爷们儿站在传达室后面的栅栏边，很起劲地敲打着锣鼓，为老太太们伴奏。

神锅大厦北侧的台阶前，已经一字排开了几张桌子，后面竖有一块“报到处”的牌子，几个人正在摆放椅子和桌子等家伙什儿。广场上的人不多，只有一些来回走动摆放东西的人，应该是大会的工作人员。盛强没想到自己还来早了，于是信步往校园里面走去。在神锅大厦北侧的天桥下，他遇到了十几位靓丽的女学生，正款款走来。她们都有着相差无几的高挑身材，长相俊俏，每人身上都斜背着一条大红绶带。走近一看，才发现她们身上的绶带上印的也是祝贺飘香学大会成功的一些词儿。显然，这是一对为大会服务的礼仪小组，看样子都是从学生中挑出来的。

盛强来到神锅大厦的西面，沿着十字交叉的花园小径独自漫步。在火锅大学进出的那些年，哥哥住的筒子楼和这个大花园在他心中留下永远不可磨灭的印象，成了他心中关于知识和精神的化身，以至于这些年他每开发一个小区，都不知不觉有这个老校园和翠竹公园的影子。他会广植竹子，还多半都会栽几笼紫藤，并为它们搭上棚子，让它的藤叶爬上棚顶，覆盖成一片绿荫。这个花园很大，由三个并列的花园组成，是这个老校园里唯一没有折腾过的地方。这会儿，花园里少有人迹，盛强又走到紫藤下面的长木椅上坐了下来。他的秘书站在不远处的路边用手机拍着照。这小伙子聪明过人，跟了盛强八年了。现在他明白了，为什么公司的多个项目里，都有类似的这么一个花园，原来它的模板在这儿。

约莫二十分钟后，盛强起身，再次来到东大门。现在这儿人多起来了。那群跳舞的老太太大约是热完了场子，正在原地休息。接待处已经开始接待来客了。来客拿着会议邀请函，交钱，拿好收据。大门口不时有出租车放下前来参会的人，他们推着拉杆箱或背着背包，走进大门。盛强突然觉得有个巨大的亮晃晃的东西在扎他的眼睛，他抬头望过去，只见就这一会儿工夫，神锅大楼南侧靠近广场这整整一面墙，已经完全被红色包裹了——一道道鲜艳的条幅从楼顶垂下来，上面印着的全部是祝贺第三届国际飘香学大会圆满成功之类的词儿，发来祝贺的单位则五花八门，最中间的两道分别来自省里最有影响的两所大学——白菜大学和青菜大学。顺着目光，他发现路东，马路对面的一栋大楼居然也垂下了许多面条幅，定睛一看，也是祝贺这个国际飘香学大会的。这是家宾馆，但它和普通的宾馆不同：楼上挂着七八块不同的牌子，显然，是多个品牌在共同租用这栋大楼开宾馆。

这真是相当特别。谁也说不清为什么这栋大楼不干脆就是一家宾馆，而要分包给不同的宾馆。从招牌看，这些宾馆有的占一层，有的占两三层。它们的广告牌高的高，低的低，参差错落地挂在大楼的外墙上，用的词儿都十分特别，比如：随到随开，随开随睡；近在咫尺的温柔；缓解学习压力的良方——开房！有一行大字让盛强立刻乐了，这是在大楼外的半空中，三楼与四楼之间的墙上，用很大的字体涂着的一条广告：扑克·牌九·包赢，下面有一个电话号码。它夹在上上下下那些用金属制作的宾馆招牌之中，互不干扰，浑然一体。令盛强感到不解的是，是什么人在什么时候用什么手段把他这个广告涂上去的呢？这栋大楼的拥有人是否发现了它？他们是允许它就印在那儿呢还是发现了但无法清除？

这个广告让盛强想起当年生意失败在社会上漂泊的那几年。那时候他认识的人形形色色，其中就有一个靠推牌九生活的人。那家伙瘦得跟鸦片鬼似的，没有固定工作，主要的生活来源就是打牌。他脾气很好，非常有耐心，随叫随到，而且每次都不会把对方往死里赢。他一边回想着这人，一边在广场上信步溜达起来。他时而看看报到处，时而看看那些从大门走进来的参会人，打量、琢磨着这些学者。他非常迫切地想弄明白这个圈子里的事情，但在表面上，这儿和任何一个街市、一个商场相比，没有任何不同，甚至也看不出这些人是有学问或者有文化的样子。

他忽然看到有一个摊位，注明提供导游服务，出于好奇，他过去攀谈起来。坐在摊位后面的是一个年轻妇女，她告诉盛强，陪伴火锅大学一日游，要发票四百，不要发票三百。这样的招数让盛强觉得新奇。不用任何成本，带带路、随便讲一气就能挣几百元，换成自己，未必能够想到这样的生财之道。摆摊人见盛强流露出了兴趣，连忙问他是微信支付还是现金，并转身叫来了导游。原来导游就是站在后面低头玩手机的女子，盛强跟她聊了几句，觉得她对火锅大学的了解还不如自己，立刻没了兴趣。

“您干吗还要找个导游？”秘书不解地问。

“想体验一下，”盛强说，“毕竟，这是学术会议。”

一个站在不远的精瘦汉子已经盯着盛强看了好几眼，这时候他轻手轻脚地走了过来，低声说：“朋友，我是这里的老人儿了，可以说是火锅通，我今天也提供导游服务。”

盛强看看这人，只见他长着一张细长的脸，白里泛黄，头发是典型的分头，从左往右梳着，就像一把松针斜铺在脑袋上。他带着笑容，但这种笑容比较古怪，里面夹带着拉拢、怀疑、厌倦，似乎还有几丝期待。盛强确信自己从未见过他。

“你可以吗？”盛强问。

“不讲价，陪同你到这个大会的开幕式结束，五百元。没有发票。”

盛强让秘书摸出几张钞票递给他。“我能看明白的地方，你就不必讲了。”

“懂了，”汉子收好钱，“你就叫我张主任吧。”

事实上盛强从来没有机会叫他张主任。后来想起这人的时候，他管他叫“火锅通”。

“你不会专门干这儿的校园导游吧？这儿一年到头也没几个客人。”盛强说。

“其实我也在参会，顺道兼职导游。”

“那你不怕耽误开会吗？”

“我开的是神仙会。”

“什么叫神仙会？”

“就是只跟着吃喝玩乐，啥也不干。连小组发言都免了。”

盛强立刻想起了自己老实巴交的哥哥，感叹道：“一行有一行的道儿啊！”

火锅通老练地笑了笑：“现在还不算热闹。需要我先带你逛一下校园吗？”

“不必了，你只给我介绍这个大会就可以。”

火锅通从他身后的背包里掏出一瓶水，打开喝了一口，确信盛强是真愿意听，才慢悠悠地说：“您即将看到的是第三届国际飘香学大会的开幕式。这是一个近年在江湖上算不上兴旺、但颇有特色的一个大会，由飘香学会主办，火锅大学承办。先说飘香学——这是近年在国内兴起的一门新学科，也是火锅大学的重点学科。目前火锅大学已经拥有一个飘香学的博士点、两个硕士点，有博士生导师和硕士生导师十余名。国内飘香学领域的几个干将，基本都在火锅大学。

该学科出版的专著已有十余部，发表的论文上百篇。飘香学大会两年一次，通常都在二线城市召开。”

“为什么要选二线城市？”

“作为一线城市的省城之类，对学者们是没有吸引力的。哪个省城他们没有逛过三次五次的？至于风景名胜地段，这两年，您也知道，上面管得严了，一般不适合大张旗鼓地举办会议。而二线城市，现在交通瓶颈已经打破，基本都通了高铁，又各有特色，对学者们的吸引力是不言而喻的。高铁再搞快点的话，以后会议的主战场将移向三线城市了。”

盛强点点头，“叫国际会议，真有外国人来参加吗？”

“以前的大会没有国际二字，”火锅通说，“因为前两届都没有外国人。这次就不一样了。组委会下了大功夫，邀请到了来自美国、韩国、印度、泰国的学者，据说还有两个黑人。”

“会议开多久？”

“本次会议，时间四天，今天上午是报到、开幕式，合影以后就吃午饭，由飘香学会举办欢迎午宴。然后，下午两点进行大会主旨发言，四点半分小组讨论，晚上七点，火锅大学招待各地来宾，吃全鱼宴。明天上午参观火锅博物馆，下午小组交叉发言，五点举行闭幕大会。”

“两天就闭幕了？还有两天呢？”

“后两天旅游。”火锅通说。他见盛强有些不解，补充道：“这已经不错了，去年我参加火锅创意文化产业论坛，三天的会，上午开幕下午就闭幕了。”

“剩下的两天就全玩了？”

“当然了。必须保证玩的时间，不然没人来，至于您是随团旅游，还是探亲、访友、购物，那就请便了。”

“参加这样的会议必须交论文吧？”盛强控制不住自己对论文的好奇心。

“理论上是这样。”

“写不出怎么办？”盛强马上想到要是自己这样的老粗，可就麻烦了。

“写不出？”火锅通十分惊讶地看了盛强一眼，“我还没听说有谁写不出参会的论文的。在火锅大学，我只听说过有人考驾校没过，还没听说有谁写不出论文的。”

但盛强还是觉得这是个难事儿。自己写一百字都能憋出汗水，写几千字则完全是无法想象的。“开一次会写一篇，这负担不小呢！”

“没有这么实在的。随便哪篇论文都可以用好几年，参加五次学术大会不在话下。稍微改头换面一下就可以。”

“人家主办方看不出来吗？”

“谁没事看这玩意儿？”火锅通有些不屑似的看看盛强，反问道。眼见盛强的确有些门外汉的味道，他才继续说：“这种文章，主办方大都只是象征性地收一下，假装通过大会征集到了一批论文，但这些论文并不会安排任何实际的用场。本次会议的论文提要，我刚才已经拿到了，它连格式都不统一。行宽、字体、字号，五花八门，啥样儿的都有。当然也不奇怪，因为这些杂事通常都是由帮忙的研究生在负责弄。”

“那参会的人花了单位的钱，怎么回去交差呢？”

“拿发票回去交差啊！”火锅通有些不耐烦地回答说。

这时一阵叮叮咚咚声响起来，老太太们又跳起来了。顺眼看过去，小广场上人来人往，赶集一般热闹。盛强没想到一会儿工夫，这儿聚集了这么多人。“开会的人这么多啊！”

火锅通瞅了两眼，淡淡地说：“你错了，这些人大都不是来开会的。他们只是被这个会所吸引，来这儿做别的事。”

盛强没有吭声，认真看起来。他在想，如果哥哥在的话，他会不会也来参加这样的会议。估计他多半不会，因为他以前曾经说过一句话：人多热闹的活动，往往都是很无聊的。反过来看，他要是也能多参加这样的会议，跟大家混在一起，可能早就评上教授了。

这时一辆二轮车驶了过来，几个学生模样的年轻人从车上取下一些“易拉宝”，一字排开摆在他们前面的空地上。盛强和火锅通只得退后，站在台阶上去。这下子他们看得更清楚了，整个小广场一览无余。这一溜“易拉宝”约有十几块，制作精良，上面图文并茂地介绍了火锅大学近些年的办学成果、学术成就，其中对火锅学科的介绍更是详尽。几个训练有素的学生志愿者等候在旁边，一旦有人流露出兴趣，凑过去，他们立刻提供解说服务。在这排“易拉宝”的旁边，设立了临时的饮水处，准备了矿泉水、热茶、咖啡和水果、点心；再南侧，是临时的医务点，桌子后面坐着两名穿白大褂的中年妇女；再往南，几个年轻人在给过路的人分发小册子。他们着装统一，男的清一色的黄西服、红领带，女的则是红上衣，黄裙子。他们后面立着一面横幅，上面印着字：火锅城青春旅行社。

人越来越多，其中还有车辆，它们是板车和货车、面包车。从这些车上抬下来各种各样的东西，摆放在报到处旁边的空地上，有鲜花、工艺品、成箱的酒、茶叶、点心、保健品。从一辆卡车上卸下来两个硕大的花篮，其中两个人正是昨天下午去火锅学刊时看到的，盛强明白了，原来这花篮果真是扎来送给这个大会的。然后从一辆面包车上，抬下来十几个很沉的纸箱，里面装的竟然是面条。

见盛强有些迷惑，火锅通解说道："这些都是兄弟单位送来的。除了花，全都是实在东西，用得上。"

"居然有面条？"

"也许面条厂的厂长是他们的学生呗！现在各种在职的MBA班，瞄准的就是大大小小的各种老板。去年我们校庆，有个毕业生送来了一千把雨伞，正好赶上雨天，很受欢迎。"

盛强看到，火锅大学方面对这次大会提供的服务非常细致。在报到处后面，有一堆统一着装的学生，佩戴着统一的胸牌，一旦有参会的人办完报到手续，就有一两个学生上前，接过他们的箱子和行李，领着他们往广场北边的火锅宾馆走去。

在他们站处左下角，台阶与楼外一根廊柱的空隙处，不知道什么时候多了一张桌子，后面的墙上贴了一张红纸，上面歪歪扭扭地写了几个字：宣传处。不时有人过来，亮出证件，取走一份打印好的资料，附带一个信封。

火锅通见盛强显出好奇的样子，立刻介绍说："专门接待记者的。信封实际是红包，里面装的是钱。"

"是嘛？多少？"

"不是八百就是一千。"

"不多啊！"

"这就够多的了，"火锅通立刻说，"他们什么也不干，白捡的这份儿钱。"

盛强笑了笑。他公司里专门有一个媒介部，就是负责接待和对付记者的。当地的，本省的，外省的，这些年他们没少接触记者。有的记者神通广大，甚至都能想办法见到他，跟他一起吃饭。有个女记者还嚷嚷着要给自己做个专访，持续发了好几年的信息。这种发给记者的信封，公司里也有，但是叫车马费。每年媒介部的预算中，都有车马费这一项。

这时候两个人，一男一女，男的五十余岁，女的四十出头，从广场上走上来，在盛强他们旁边，拿出一张报纸垫在马路牙了上，坐下了。他们打开印有飘香学大会标志的袋子，认真查看里面的东西。盛强斜瞥过去，也看清了里面的东西：一本会务手册，一本论文提要，一个会议牌，一个盒子——里面装着几支毛笔，本地特产，一块折叠在另一个盒子中的刺绣——也是本地特产。确信袋子里再也没有别的东西之后，那女的显出很失望的神情，嚷嚷道：“会务费那么贵，就这么点玩意啊！”那男的则附和着说：“早知道这样，还不如不来。”

这时候报到处忽然一阵喧哗，然后就见几个人抓扯了起来。周围迅速围过去一些人，就像突然聚集在一起的一小堆蜜蜂。从里面传出吵闹声和厮打声，乱成一团。人堆越来越大。一小队保安从校门旁边的传达室里跑出来，像泥鳅一样地钻进人堆，把人群分成几个小堆。打斗停止了，只剩下吵闹和咒骂。

盛强觉得十分不解，不知道大学校园里何以会出现这种只在市井上才看得到的场面。火锅通十分尽职，就在打斗刚起的时候，他就走下台阶，向人堆跑过去。骚动平息后，他迅速跑了回来，对盛强说：“事情是这样的：硒茶大学派人来送了两万块钱的礼金，被验钞机查出几张假钞，双方都不认账，于是扯皮了。”

盛强觉得很惊讶，连忙问：“这是学术会议啊！可以送钱吗？”

“咋不可以？送得越多才越好呢！”火锅通说：“你没注意看，刚才送啥的没有啊！工艺品，书画，土特产，烟酒茶，啥都可以。礼尚往来，大家都在一个圈子混，一直都是送来送去的。”

盛强再次看了看那堆还在不断增加的礼品，忽然想到农村办喜事，不禁哑然失笑。主办方似乎是刻意要把这些东西放在这儿展示一番似的，一直也不见收走。来宾对这堆礼品颇有兴致，不时有人举着手机在那儿拍照。

一个五十多岁、低矮但相当敦实的男子远远地打着招呼，走过来跟火锅通握了一下手，又迅速地离开了，因为不远处，正有另一个男的在高声呼叫他。看着他离去的背影，火锅通对盛强说：“这位是豌豆大学的周副校长，博士生导师。你别看他个子矮，能量很大，特别擅长跑课题，每年都能给豌豆大学弄回去很多项目，人称‘铁臂铜豌豆’。在许多学术会议上都可以见到他，相当活跃，人也不错，喝酒很实在。”

随即有两个妇女踱了过来，嘴里不停地嚷嚷着什么。盛强开始以来她们是在念什么经，等她们走近，才听出她们是在推销发票。“发票要吗？发票要吗？会议发票图书发票文具发票抬头可以开成您的学校，会议发票图书发票文具发票抬头可以开成您的学校……”

盛强和火锅通都没有搭理她们，于是她们就一直在旁边嚷嚷着，如苍蝇般的“嗡嗡”直叫。火锅通忍不住了，很不耐烦地朝站在他面前的妇女喝了一声：“不要，走开！”

不料那妇女不高兴了，竟然质问火锅通：“不要就不要呗，神气什么？你不就是个教授吗？”

火锅通想要发作，另外那个妇女也转过头来，怒眼圆睁地看着他。火锅通于是不理睬她们了，双眼直视前方，仿佛这两个女子只是两个木偶似的。

“咱们走走去吧，别光站在这儿。”火锅通对盛强说，“我可是收了导游费的。”

于是火锅通带着盛强，走进人群中。现在火锅通更像真正的导游了，一边走，一边为盛强提供讲解：“看到那边那一男一女了吗？西红柿大学的方教授，每次开会都会带着一个女弟子。有时是博士，有时是硕士，双飞双宿。”

盛强朝火锅通示意的地方看过去，果然看到一个身材魁梧的六十左右的男子，跟一个年轻女子走在一起。那女子手里提着两份会议资料，正一边听那汉子说话，一边好奇地打量着周遭。

“这个教授有名吗？”

“在社会上毫无名气，但在这个圈子里很有名。北方火锅学派的代表人物。”

“那女的肯定是有图于他。”

“那当然了。发表文章，弄课题，甚至以后找工作，都得倚仗他。甚至工作以后，她依然可能傍着他，为的是在这个圈子中混得更顺当。”

忽然有人将一本书递到盛强面前来，同时一个女人的声音在耳边响起：“请多指教！请多指教！”盛强定睛一看，两个女人站在自己跟前，一个五十多岁，一个三十多岁。

盛强愣了一下，因为自己根本不认识她们。但这一老一少两个女人仍然热情地说：“请多指教！请多指教！”那年轻的女子把手里的书捧得恭恭敬敬的，对盛强行着日本式的鞠躬礼。盛强只得接过书。只见这本厚厚的书上印着一行大字：黄河流域的香辣情缘。原来是本学术专著。

这时候从左前方走过来三个外国人。他们显然更抗冻些，因为这儿不少中国人外套里面都套着毛背心，他们中两个男的却还穿着单衣。

一老一少两个女人立刻满脸堆笑地朝外国人迎过去，仍然是嘴里嚷嚷着“请多指教”，同时手捧书本送给外国人。外国人客气地接过书，其中一个还向她们打听着什么。于是他们就站在那里，三个外国男人，两个中国女人，由年轻女人当翻译，欢快地聊了起来。由于周围人来人往，过往的人显得有些不方便，外国人就不时侧着身子给别人赔礼。

盛强看看自己手中的书，对火锅通说：“送给你吧，我也看不懂。”

他这才发现火锅通并没有接对方的书。火锅通一摆手，坚决地说：“千万别给我！你要是不想要，扔到前面的垃圾筒里。”

“这么厚一本，新书啊！”盛强说，“怎么也是花钱印出来的吧！”

“你放心，她们自己一分不花，都是用课题经费印的。”

“可人家明明说了是请人请教的。”

“指教个屁！”火锅通说，“你以为她真是请人指教？她们是有机会就钻，见竿就爬。每次有会议都拿着本破书到处送人，生怕别人不知道她。”

盛强回头看去，见那三个外国人已经走开了。请人指教的那两个女人又开始物色下一个目标。她们的手里居然仍旧拿着书。她们两人都没有背包，手中的书哪儿来的呢？盛强仔细一看，明白了，原来在她们左后方约两三米的地方，两个男学生推着一辆手推车，里面满满当当放着书，正是刚才那本《黄河流域的香辣情缘》。

拐过神锅大厦北侧，路旁出现一溜太阳伞，五颜六色。盛强有些不解，因为这是晚秋一个有些干冷的阴天。这排太阳伞下都摆着桌子，每张桌子前都围着人，相当热闹。盛强立刻想到了他经常参加的房交会——各式各样的顾客围着一家家房地产公司，不厌其烦地打听关于房子的每一个细节。

他看到的第一个摊位，是关于表格的，他们的标牌上写着“表格专家”四个字。盛强不明白，表格在大学里能有什么市场，就上前两步观看。忽然他就被镇住了，因为表格在大学里居然有这么多名堂。一大幅展开的“易拉宝”上，密密麻麻的宣传文字全是关于表格的，盛强大开眼界，立刻掏出手机，顺手拍下一张照片。只见上面印着：

本店精通各种表格，可代为填写制作：教学大纲、教学计划、教案、实践教学计划、上课日志、教学进度表、试卷A、试卷B、参考答案A、参考答案B、考场记录表、上课考勤表、打印成绩表，手写记分册、试卷分析表、期末成绩分析表、总成绩分析表、补考申请表、教学工作量核算表、听同行课记录表、接受同行听课记录表、年终考评表、科研工作量核算表、本科生课时核算表、研究生课时核算表、年度学术活动统计表、年度科研成果统计表、论文开题报告表、开题记录表、论文进度表、参考文献表、班主任工作日志表、班会记录表、毕业实习计划表、毕业实习总结表、实践项目检查表、项目立项申请表、项目进度表、项目中期检查表、项目结项统计表、项目结项评定表、教改项目立项表、教改项目进度表、精品课程立项表、精品课程验收表。

然而这只是部分，后面还有差不多一半的名堂。盛强立刻请教火锅通："怎么还有人专门做表格的生意？"

火锅通就在他的身边，紧紧伴随着他，马上回答说："这是学校的一家打字复印社在揽生意，他们精于帮老师们制作各种表格。"

"教书用得着这么多表格吗？"

"当然用得着。现在老师们每年都会花大量精力折腾这些表格。有些人实在忙不过来，于是，打字社的表格生意应运而生，而且买卖兴隆，远远超出了他们传统的打印业务。只要给钱，他们什么表格都可以帮你做出来。"

果然，几个老师模样的人正围着摊主在咨询。

"表格专家"的旁边，是一个算命的摊位。一块长方形的幌子从上方垂下来，像一道门帘一样遮住了大半个摊位，感兴趣的人要掀开帘子，才能进到摊前。幌子的宣传文字是用毛笔写的，上方是张牙舞爪的一行大字：来——来——来，国学大师帮您算！下面是一些同样张牙舞爪的小字：报上您的生辰，推出您的八字；报上您的姓名，推出您的运程；从手机号和笔迹中帮您测出玄机；左手周易右手星相学，瞧出您的过去未来！道尽您的前世今生！

盛强一边打量着这些文字，一边往摊前凑了凑。摊主正在工作，因为低着头，看不清他的面容。他戴着一顶鸭舌帽，围着一条围巾，正在给一个人解字。中间的一张纸上，有一个“佛”字，正是这位顾客刚刚写在上面的。那戴着鸭舌帽的敢情就是国学大师了，只听他正在跟顾客说：“你看，这个佛字左边是个人，右边像什么？像什么？仔细看，仔细看，像美元，对吧？”

盛强立刻笑了——二十年前他花十块钱在一个庙里听到过的解释，没想到今天，在火锅大学召开学术会议的会堂外，依然有人在耍着这样的把戏，而且居然还有生意。火锅通见他摇头，知道他这对个摊位没有兴趣，示意他跟过去，自己面前这个摊位才算热闹。

盛强走了过去。这家公司是搞企业培训的，摊位前一字排开，站着三个打扮得十分妖艳的年轻女孩，每人手里托着一叠宣传册，有人路过立刻塞上一本。

其实盛强早就听到这个摊位的吆喝声了。一个穿着一身鲜艳的绿色西服的年轻男子站在摊位前，正声嘶力竭地叫喊着：“我们的口号是：企业实战百分百！不是百分之八十也不是百分之九十，是百分百，啊，百分百！我们推行的是狼性文化狼性管理！我跟你说这个狼文化，它是目前世界上最致命、最高效、回报率最高的企业管理文化！它的核心就是团队、坚定、围捕、冷酷、狠毒！凡是经过我们培训的公司，它的员工都像打了鸡血一样对着困难嗷嗷直叫……”

盛强马上往旁边挪了两步，以至有一个发宣传册的女孩，想发给他一本，却没有够着，只好撵了两步才硬塞给他一本。作为一个搞企业的人，盛强对这些培训已经十分厌恶了。他公司每天都会接到无数个推销培训的电话，企划部还得安排两个人专门对付上门推销的人。这些人管自己叫“培训专员”，通常都由一个巧舌如簧的小伙子和一个有几分姿色的女孩组成，如果你跟他们交谈，他们都会告诉你他们都是 MBA 出身，以前是白菜大学和青菜大学，现在一般都是莫顿商学院或者达沃斯亚洲领袖班。

“你不喜欢？”火锅通在旁边问他。

“这是学校，怎么推销起针对企业的玩意儿来了？”

“这样的会议早就成了生意大会，就像年底的商品大集。现在不少老板在大学里出没，上这个总裁班那个精英班什么的，培训公司知道这一点，所以他们绝不放过每一次抓客户的机会。一次活动只要发展一个，他们就没白折腾。”

“这些摊位跟火锅大学一点关系也没有，学校怎么允许他们进来呢？”

“你以为他们随便就能到这儿摆摊呀？每个摊位都是交了钱的。”

接下来的好几个摊位，都是搞企业培训的。盛强冷漠地看了几眼，快速通过了。火锅通却在一个摊位前停了下来，还跟人家攀谈上了。盛强凑过去，原来是番薯大学的教授们，在这儿摆摊出让课题。他们把争取来的课题，以一定的折扣出让出去，自己挣点代理费。也有一个人拿着话筒在那里吆喝，但毕竟是学校里面的人，语气平缓多了，声调也不高，尽量不打扰到旁边的摊位。盛强听他在讲：“便宜了啊，便宜了啊，我们是正规的科研团队，争取的也是正规的课题。我们团队中博士以上学历的占百分之八十，还有海归。要是以前这种课题打死我们也不会出让的，可是现在，我们团队生病的生病，出国的出国，生孩子的生孩子，申请下来的课题一下子无法完成，只好以优惠价格转让。这都是好课题，肥课题，只要您的团队正规，把这些课题拿过去搞，搞出成果是没有任何问题的。课题转让了啊，便宜了啊！课题转让了，便宜了啊！”

火锅通看来跟摊主聊上了，盛强慢慢往前走着，差不多走了七、八个摊位，他才跟上来。看来他想去接那课题，但他的表情说明，生意没做成。他跟过来的时候，盛强正在一个摊位前，观看表演。这几个摊位也是搞培训的，但针对的不是企业，而是学生和家长，其中闹腾得最起劲的是一家叫“睿而卓教育集团”的公司。他们居然请了几个民间艺人来帮忙站台，有敲京韵大鼓的，有唱数来宝的，还有说快板书的。他们把这家公司的内容编成词儿，敲的敲，唱的唱，喊的喊，说的说，忙得不亦乐乎。这儿的围着的人也比前几家多，大都是学生。等艺人们暂停休息时，照例是一个西装革履、油头粉面的年轻人头戴着无线麦克风，站在一张椅子上，放鞭炮般崩出一串词儿来：“我们是江湖上著名的睿而卓教育集团！睿智的睿！而且的而！卓越的卓！我们提供一条龙的教育培训服务，从幼儿班到小学、到中学一直到老年！我们出版各种教辅材料，从小学到高中，不遗余力地助您腾飞！我们长期提供托福、GRE辅导，提供韩国语和香港话辅导，一向在培训界享有极高的声誉！我们也为正在打拼的社会人士提供服务，我们开设的精品课程已经遍及全国，比如卓越生涯规划、情绪管理至高法则、引爆正能量秘诀、从屌丝到精英的华丽转身！等等等等！最近我们刚刚推出一项优惠活动，您可以预存培训费，一万起步，上不封顶，我们将无限向您提供各种培训，培训结束，您的本金一分不少返回。这完全是现实版的天上掉馅饼！您的家人，不管是一岁还是一百岁，我们的培训项目就总有一款合适他！”

眼看有几个学生围了过来，推销者立刻将火力瞄准了他们：“各位请看大屏幕！这位正在上课的就是江湖上大名鼎鼎的考研圣手、我们公司的首席专家、人称‘包你过’的包大师！他是‘疯狂考研’项目创始人！他曾经创下一堂课上万人现场聆听的奇迹！他帮无数学子圆了考研梦，不少二本、甚至三本四本的年轻人都通过他的培训，考入了白菜大学和青菜大学那样的名校！今年的考研辅导班已经开始报名，培训地点将安排在著名的火锅体育馆！那儿可以同时容纳一万八千人上课！这是何等的盛况！想想吧：孔子当年才多少学生？他忙乎了一辈子才教了三千弟子，我们包大师，他一节课就有三千人！三千人，我告诉你，是三千人不是三百人！是三千人不是三百人！”

听众中忽然有个人发问道：“参加培训班就一定能考过吗？”

推销者圆睁双眼，居高临下地盯着提问者，声嘶力竭地高喊道：“包过，包过！这是包过的！”

然后他好像忽然卡壳了，再也说不出下文。原来刚才这一番吆喝让他嗓子出了状况。他半张着嘴，憋红着脸，出不了声。从不远处的墙那边，反射回来“包过！包过！”的声音，盖过了其余的摊位，持续在空气中回荡着。

再往前走，盛强的脚步在一个相当大的摊位前缓了下来。这是由三个摊位拼成的一个大摊位，被一堆彩旗包围着，定睛一看，彩旗上全部是一些世界著名大学的标识和名称。他们的广告语高高地印在上空的一道横幅上：留学航母——辉煌人生发动机！虽然自己的儿子已经在国外完成学业，但盛强每当看到留学中介，仍然抑制不住打探的冲动，以便检验当年送儿子出去时是否上了当。这个大摊位的生意看起来相当兴隆，前面不但有学生模样的人，还有些中年人和老年人。在一个临时搭建的小舞台上讲解的，却不是前几家那样的年轻人，而是一个老头儿。这老头儿长着一张酱紫色的大圆脑袋，脸上架着一副深色太阳镜，下穿背带裤，上穿白衬衫，打着一条鲜红的领带。这领带像条长蛇一样紧紧贴在他的大肚子上，而他整个人看起来则像一只肥厚的茄子。他的讲解也与众不同，是一半中文一半英文：“我跟你讲，年轻人一定要有一个 planning，有了一个好的 planning 你才会有一个好的 future。如果您的公子或者小组参加我们的培训，很容易就可以进入 Ivy League，以后，他的 salary 非常非常的 high！真的，我不骗你！”

五年以前，盛强是听不懂英文的，直到认识了一个做猎头的老女人。这老女人用自身经历向他证明能说一口英文有多重要，并且从西芹外国语大学给他请来一个年轻曼妙的女研究生当他的私人英语老师，盛强在半推半就之间，终于也能操上一口带椒盐味的英语，可以自己一个人出国了。

不过这老头儿虽然在讲话中熟练地夹杂着一些英语单词，但他的普通话都让盛强听得直起鸡皮疙瘩。他嘀咕道："这说的啥呀？呱呱呱跟鸭子似的！"

"难听是吧？"火锅通在旁边说，"这老头儿是个台湾人。"

"难怪。"盛强说。

"可你别看他普通话都说不利落，这才是真正的大骗子。"

"是嘛？他有什么能耐？"

"此人是江湖上大名鼎鼎的 Bruce Lan。叫他真名的很少了，人们一般叫他 Bruce Lan 或者蓝教授、蓝博士。他头衔很多，什么关系学大师，成功学大师，正能量精神导师，名片上印得满满的。他跟火锅大学合作办学二十多年了，从开始搞各种针对成人的函授大专班，靠卖教材和文凭捞钱，到后来搞 MBA，再后来搞 EMBA，这几年搞什么精英、总裁、 CEO、领袖之类的培训班。国内跟他合作的大学有十多所。生意红火那些年，他每年单从火锅大学就能挣几千万。"

"培训能有这么好的生意？"

“你可别小看这门生意。他跟火锅大学合作成立了一个商学院，叫算计商学院，全英文授课，学费只收美元，比白菜大学和青菜大学的商学院都贵，因为它除了火锅大学的文凭，还有一个美国的斯温德莱大学的文凭。”

“有美国文凭，难怪啊！”

“可这个斯温德莱大学事实上是不存在的。它没有师生，没有场地，是这老头儿专门注册来骗中国人的。”

“你怎么知道？”

“火大商学院的老许他们去看过。他们找了半天，还请了当地人当向导，真的连块牌子都没有。这才叫空手套白狼。”火锅通说。

“可今天他吆喝的是留学中介啊！”

“这是在校园里，他当然吆喝留学啊！”火锅通说，“他们是坏到了骨髓上的那种人，一亿也骗，一万、一块他们也骗。再说现在 MBA 之类的韭菜已经割得差不多了，下一茬韭菜必然是留学。”

盛强没再言语，自顾往前走去。刚才火锅通提到的“斯温德莱大学”像根刺一样扎在他的身上，因为他自己公司里一帮高管，前几年在花椒大学念的 EMBA，拿的就是花椒大学和这个斯温德莱大学的文凭。他自己都差点去了，只是高管们觉得老板不能跟他们一个层次，他才去白菜大学拿了个文凭。上完那个学以后，自己才明白，做房地产并不需要什么文化，也无需文凭，在班里认识的那些人精，也没什么意义，唯一的用处就是装门面。因此自己上学之后和上学之前没有任何两样，而手底下那帮人则不一样，学完之后动不动就喜欢操一些新词，什么感恩呀，孝道呀。他们还把这一套灌输给员工，以至于在年终总结大会时，员工们在辛苦劳作一年之后，还要站在台上对着下面的高管们大唱感恩歌。越是底层，收入越少的唱得越起劲。当时自己也坐在台下，顿时觉得这简直就是犯罪，后来公司就再也不准唱那些玩意儿了。

火锅通从后面看了看盛强。此时他确定盛强不是来开会的，就算蹭会都不太可能，因为这个人身上没有这个圈子中的人才有的任何一点特征。他很想问盛强到底是干什么的，可是此时一阵突如其来的喧哗与骚动把他们俩的注意力都吸引过去了。

右前方，一幢五层楼的楼顶上，一个女人，正站在屋顶的边缘，做出纵身往下跳的样子。人群惊呼着，齐刷刷地抬头看上去。只见那女人披头散发，情绪激动，大声喊叫着什么，但下面听不清楚。

人群跟约好了似的，忽然一下子安静下来，于是那女人的声音便高高地传了下来，只听见她喊道："……你这个王八蛋，你这个挨千刀的，想当初，我还在上学你就把我骗到手了，你告诉我你对我是真心的，可后来我才知道你他妈离过一次婚了。现在我稍微有点发福，你就又勾搭了一个妖精，还要将我扫地出门，今天你要不给个说法，我就从这儿跳下去！然后我变成鬼来缠你……"

火锅通像一条训练有素的猎犬似的，上前几步，进入人群中。不到三分钟他就折了回来，兴奋地对盛强说："西兰花美术学院一个教授的老婆。男的有了外遇，女的要跳楼。这男的结了两次婚，现在这个是他的学生，可是他最近又搞上了一个学生，于是现任不干了。"

"西兰花美术学院？"盛强啊了一声。

"对呀。"火锅通说，感到盛强的表情有点儿异样，"怎么了？"

"啊，没什么，我只是奇怪，西兰花美术学院的人怎么跑这儿来跳楼，干嘛不在自己学校跳呢？"

"造势啊！这女的肯定不是真想死。她跑这儿来演这么一出，显然是想逼迫那男的回心转意，同时利用这个大会人多，引起社会的关注，对她男人形成舆论高压。"

火锅通一边说着，一边留意着盛强。他发现盛强的表情有点不自然，正想打破砂锅问到底，观望的人群却纷纷后退，差点踩了他的鞋子。盛强也身不由己地被挤得往后退了两步。原来前面大楼的墙下出现了一队保安，他们变戏法般搬出一堆塑料布，然后不知道从哪儿扯来一根电线，三下五除二就将这堆塑料布吹成了一个巨大的充气垫。

一个队长模样的保安手拿喊话器，高声朝楼顶喊道："你跳吧，往正中间跳！"人群中也有些人跟着呼喊道："跳吧！瞅准了跳！"

楼顶那女人没想到下面的人如此迅速，一时竟然有点懵了，站在墙边踌躇起来。就在她犹豫不决的时候，她身后不远处，两个保安悄悄摸过去，然后忽然纵身上前，死死拽住了她。原来下面的人是在使计，以吸引她的注意力。

眼看跳楼不成，那女人发出杀猪般的嚎叫，一只鞋都被她踢了下来。但是火锅大学保安们处理这类事看来是相当专业，他们在楼厅咆哮着，将那女人捉拿下来。那女人哭喊着，声音很快小了下去，显然是已经进了楼中。人群往楼的北面移过去，准备看保安如何将这女人从大楼里弄出来。火锅通也跟了过去。

趁这工夫，盛强迅速回忆刚才那女人呼喊的那个男人的名字——那应该就是她的男人，然后启动另外一套回忆程序，把自己收藏的一些绘画上的签名与这个男人的名字进行比对。但结果似是而非，既不能肯定也没法排除。大约十年前，公司的公关部经理建议自己收藏一些绘画，她的理由是，投资这些作品有很大的增值潜力，另外，有些重要的关系人并不是每次都喜欢钱，有时候他们更愿意接收艺术品。这女人有空的时候总喜欢跟那些画画的人在一起吃吃喝喝，对这一行好像是很懂的样子。盛强觉得她说得也有道理，就同意了。所有的作品都是这位公关部经理去挑选购买回来的，除了少数展示出来，多数都还放在一个比较隐蔽而又很稳妥的房子里。自己完全看不懂这些作品，尤其现代风格的油画作品，但偶尔了解一下拍卖市场，收藏的这些画家的作品，价格的确都很昂贵。公关部经理已经在前几年离职到大理定居去了，她走后就没再买画，因为公司里再也没有人懂这些玩意儿。现在的问题是，如果自己收藏的绘画中，真有刚才楼顶上那个女人喊的那个男人的作品，那说明公关部经理没有骗自己，因为这男的既然能够频繁换老婆，说明他的画的确值钱。

想到这里，盛强给一个可以进到这间屋子的手下打了个电话。让他去检查一下安全措施，同时把某姓氏的油画家的作品拍几张照片传给自己。他想印证一下那个画家是不是刚才那女人骂的那个人。他在心里说：要不是刚才看到这一出，自己都快忘了在某间屋子里还藏有这么一批画，当初买下它们，前前后后也花了上千万呢。

这时一个男人踱到盛强跟前，对他做出欲言又止的样子。他的右手将一块纸板紧紧地贴在胸前，挡着自己的肚子，显得有些滑稽。盛强疑心他认识自己，正在回忆，那人忽然将纸板一翻，露出四个大字：代写论文，同时似笑非笑，十分暧昧地看着盛强。盛强觉得自己受到了调戏，冷漠地朝这人摆了摆手，转过身子。

盛强还没有完成这次转身，就听见一个脆生生的声音在他耳边响起：“盛总！”同时一股香水味朝他袭来。盛强一看，原来是昨天在火锅学刊认识的那个女子，她打扮得花枝招展，正睁着一双含情脉脉的杏仁眼，火辣辣地看着自己。

“您在这儿干嘛？”那女子问。

“我，不干什么。”盛强嗫嚅着说，“看看。”

“您不认识我了吧？我是雯雯！”

“认识，认识。”盛强连忙皮笑肉不笑地说。实际上盛强在内心鄙视自己的这种笑容，因为一旦浮出这种笑容，就说明自己内心涌起了某种坏水。

“您该不是又在买论文吧？哈哈哈哈！”她发出有些放肆的笑声。

盛强立刻判断出，雷子凤肯定是把两人的交易告诉了她，不然她不会这么快就知道的。但是盛强假装听不懂她的话，说：“什么买论文啊？我不明白。”

“没关系，您不愿意讲我不勉强的。说正经的吧，您公司要有什么演出，我们可以效劳。”

“我是小买卖，请不起你们这些大歌唱家的。”

“您就别谦虚了。您公司二十周年的庆典演出，算是在咱们这周边几省这几年最顶级的了。给您办晚会的周导演，那是我师哥。”

“是嘛？你认识周导演啊？”盛强说。他估计这女子昨天拿到自己的名片后，肯定是上网查了自己的情况。

“是啊，我们这边也有个团队。我还有好几个师妹，唱得也都挺好的。”

“好，下次有活动，我记着你。”盛强说。

“咱们加个微信吧！”

“好吧！”盛强把手机拿出来，打开跟雯雯加了微信。这时候前边忽然又出现一阵骚动，原来是一个男生正向一个女生求婚。这小伙子带了几个帮手。他们摆好阵势，拉起了横幅，眼看就要进入仪式。人们纷纷停下脚步，有的还举起了手机，准备见证这对年轻人的幸福时刻。但立刻有保安赶来驱赶他们。一个头头样的保安怒斥他们这是喧宾夺主。就在双方僵持不下时，另外两个保安引来了那支休息已久的老年秧歌队，他们敲起锣打起鼓，舞动红绸，将求婚仪式赶到墙角，再也无法吸引众人的目光了。

“保安太不近人情了，真是要命！”雯雯说。她的嗓门高了不少，以便不被老年秧歌队的声音完全压制下去。“本来很甜蜜的一刻，活生生被他们扼杀了。”

“保安们今天好像就是专门为这个飘香学大会服务的。”

“服务？他们就是嫌贫爱富！上星期，也有一对在火大门口求婚，男的带了辆劳斯莱斯摆那儿，在场的几个保安全跟着傻乐。”

盛强还没来得及回话，忽然有两拨人打了起来。双方参战的人有十几位，其中主要是男人，也有女的。他们挥舞着提包、椅子还有吃剩下一半的苹果，瞬间就把广场上的人群冲得四散奔逃。盛强要不是躲得快，差点就被一个男的绊倒了。有个男子被另外几人推搡，倒在他面前。他刚一退开，两个男的就冲了过来，对着倒在地下的男子一阵乱踢。倒下那男的敌不过，只得抱着头，在地上缩成一团。

盛强一直跑到路边，才算离开打斗的中心。地上有几本刚才被当作武器的书，崭新的，躺在灰尘中。盛强弯腰捡了一本起来，封面上一行大字：《火锅文学的惊呆情节辨析》。光看书名，盛强就知道这是自己看不懂的，但他还是将书上的灰抖落，小心地将它放在旁边的台阶边沿，希望有识货的人将它带走。

火锅通不知道何时已经返回站在盛强身边。他不待盛强开口，主动跟他解说起来：“刚才打架这两伙人，分别来自野葱大学和藠头大学，为照相争位置打了起来。”

“争位置？学者们还能为这样的事儿打架？”

“人少就没这事。主要他们来的人多，双方都是组团来的，阵容强大，谁也不让谁，所以动起手来了。”

“组团来？开会还用组团？”

“当然，两边至少都是一桌人以上。”

“干吗来这么多人参加学术会议？”

“快到年底了嘛，相关的课题经费要抓紧花。这样的会无疑是花钱的好机会。”

“刚才没伤着人吧？”

“应该问题不大。大家都是一个圈子中的人，晚上的欢迎宴会上，几杯酒一下肚，就一笑泯恩仇了。”

“喏，那儿有本书，还是新的，你要不？”盛强指了指他刚放过去的那本书。火锅通瞅了一眼，说：“谁要这玩意儿呀！”

“新的啊。”盛强说，“纸张还不错。”

“新的也没人看。”火锅通一脸不屑地说。

“没人看还印它出来干什么？”盛强想起刚才那本新书，火锅通也是一脸的不屑，便问。

“都是用课题经费出的，懂吗？这些书通常搞课题的人自己都不会看的。”

“那干脆不印不就得了吗？还省得浪费纸。”盛强还是一脸茫然。

“搞了课题就得见到成果，懂吗？有了成果就必须要印出来。”

“可印出来也是白印啊。”

“是，”火锅通有点不耐烦了，“火锅大学每个院、系的库房里，都堆着这样的成果。一堆堆的，全是新书，白送都没人要。”

“那搞这些课题干什么啊？”

“搞课题才能评职称当教授，才能涨工资才能吃香喝辣，懂吗？”

盛强有些生气了。他正色道：“我花钱请你当导游，可不是为了听你说：懂吗？”同时他也在心里鄙视自己。看来真是老了，有点迷糊，因为昨天自己问过三哥同样的问题，不过昨天问的是论文，今天火锅通讲的是著作。这么看论文和著作本质上是一回事。

火锅通立刻觉得自己有些失态，显出几丝尴尬。盛强继续说：“你们搞这些课题，明明知道没人看还印，这是多大的浪费啊！咱们国家有些地方还很穷的，我们公司都在——”说到此，盛强连忙收住了嘴。他本来想说，自己公司这几年也在扶持一个地方，给那儿建学校，盖医院。

“我，”火锅通有点语无伦次，“我没搞课题……真的。”

“可我看你像。”盛强厉声说。

“好啦好啦，请别生气！您为这么点小事生气不值得。”火锅通脸上浮起笑容，有些讨好地看着盛强。可盛强面无表情，假装看着远处。其实他是想借此掩饰自己刚才的口误，不想让火锅通知道自己是干什么的。

“其实我刚才没有走远，我是看你在跟那个小娘儿们说话，以为你在打她的主意，所以没好过来打扰。”

盛强有点另眼相看火锅通了，可他不表现出来。“你以为我没见过女人啊？”

“不是，不是这意思，”火锅通说，“你以前认识她吗？”

“认识。”

“可我看你也是认识她不久。但是她能上着杆子跟你说说话，想必你一定有什么来头。”说完，火锅通身子微微往后仰，有些审视地打量起盛强来。

“没什么来头，普通人。”

“那你了解这女人吗？”

“知道，她是火锅学刊的。”

“她根本不是火锅学刊的，”火锅通说，“她只不过暂时栖身于此罢了。这帮唱歌的小娘儿们，个个都梦想着当凤凰一飞冲天，只是不得已，她们才暂时栖身在火锅学刊这样的寒枝儿上。”

“你认识她？”

“算不上认识，但我知道她是火锅大学的毕业生。我知道她是哪种人。”

“她是哪种人？”

“她唱的也就是歌厅卡拉 OK 的水平，可是居然一直读到研究生毕业，获得了火锅唱法方面的硕士，还获过奖，而且还成功留在了火锅城。”

“这说明人家有能耐啊！”

“能耐！”火锅通冷笑两声，“玫瑰有刺，小心扎手。”

“有刺最后还不是被人采了吗？”

“那得有实力。这样的玫瑰，你没有个几千万、上亿的身家，是采不了的。”

盛强本来对火锅通有点厌恶了，听他这么一说，又忽然发现他倒真是一个够格的导游，于是话锋一转，说：“原来如此啊，我真得谢谢你！”

这时候人群又开始骚动起来——介于刚才打架那两拨人引起的纷乱刚刚平息，加上自己从前又在火锅大学出入过许多年，盛强禁不住对火锅大学的今天刮目相看。他后退一步，站上台阶，马上看清了：旋涡般旋转的人群中间，走来一个瘦愣愣的女子，六十多岁的样子。她戴着口罩，将大半个脸遮住，手里举着一块牌子，上面印着两行大字：悲情举报流氓教授马文远。她默默地、慢慢腾腾地走着，似乎也没有明确的方向，只是为了吸引人们的注意。她不时晃动手中那块牌子，以便让不同方向聚集过来的人们看清。看到有了一定数量的人在围观自己，这女子在腰间摁了一下，立时便传出一个声音来。原来她在腰间挂了一个自动播音器，内容也是事先录好的。只听见里面说：

“各位专家，教授们，打扰大家了，请大家听一听一个纯洁女子在火锅大学的不幸遭遇，给我评评理！当事人是我女儿，几前年她以 350 多分的高分从土豆大学考到火锅大学攻读火锅伦理学的研究生，不料遇到了流氓教授马文远。马文远以课题经费分成、毕业后留在火锅城为诱饵，将我女儿奸污，并生下一个孩子。可是孩子生下后，我女儿才知道，这个流氓教授不但有家室，而且还离过一次婚。听明白了吗？这个混蛋欺骗了她。他欺骗了我女儿！在我们全家人的奋起反击和火锅大学广大正义师生的强大的舆论压力之下，马流氓被迫接收了这个孩子，可是今年，我女儿从台湾游学归来，这混蛋居然把孩子以三万美元的价钱卖给了一个外国人，而今杳无音讯，大家说，这样的教授该不该死？”

这喊话器中传出来的声音愤懑而凄冽，传得很远，聚集过来的人越来越多。盛强身旁有两个年轻女子，听得津津有味。一个对另一个说：“这男的太坏了，怎么也不能把孩子卖了呀！”

这时火锅通嘿嘿干笑了两声，说：“光天化日之下，竟敢如此信口雌黄，不要脸呀不要脸！”

“人家宣讲的是事实，孩子就是被马文远给卖了！”刚才说话那女子立刻转头看着火锅通。

“我告诉你们：做了 DNA，孩子不是马文远的，所以他不认账。当时又找不到他那女徒弟，就交由一个外教收养了。”

“你倒是什么都知道啊！”盛强不无讽刺地对火锅通说。

“嘿嘿，这事儿在火锅大学几乎是人所共知。”

两个女子中一个身穿绛紫色风衣、圆脸短发的，白了一眼火锅通，说：“且不说孩子是否无辜，这个马文远敢做不敢当，出事后当缩头乌龟，就该口诛笔伐。”

火锅通脸上又浮现起那种不屑的神情。他说：“没有调查研究就没有发言权，马文远是和这女子弄出了事儿，但当初，却是这女子把他拖下水的。老马是个厚道人，他并没逾越规矩，非要说他有错，只能说他没有抵抗得了色诱罢了。”

“难怪火锅大学出这样的丑事，原来三观不正。”另一个女子说。她比她的同伴清瘦一些，个子也高一些，手里拎着会议资料。她说这话的时候，目视前方，似乎火锅通完全不值得她一看。

盛强看出来了，火锅通跟这个女子彼此认识，但又不是很熟。刚才这女子的话触动了火锅通。他右脸上的肌肉抽了几下，侧身看了那女子一眼，回过头，也是目视前方，看似自言自语、实则刻意提高了嗓门，说：“要说三观，哪所学校能跟你们娱乐大学比呢？女生挤掉师母嫁给老师，在你们那儿是一出连续剧，现今也没有收场吧？”

“是有这样的事儿。可当老师的要是正经点儿，做学生的能这么倒霉吗？”圆脸女子回答说。

“不对吧，”火锅通立刻反驳道，“如果学生自重点，不为了换取某些东西，硬往老师怀里扑的话，老师原本好端端的家庭，能破裂吗？”

清瘦的那个女子一直以为盛强跟火锅通是一伙的，这时她看出盛强并不想帮腔火锅通，气势便高涨了许多。她对自己和同伴说：“人以群分，物以类聚，为丑行辩护的人，只怕自身也是以丑为伍。”

“不管怎么说，我们火锅大学好歹没有你们娱乐大学那么多的外号，哈哈！”

清瘦女子哼了一声，拉着圆脸女子走开了。圆脸女子本来还想跟火锅通理论一番的，见同伴走开的态度很坚决，便没有坚持，跟了过去。

这两个女子走开之后，盛强还没有开口，火锅通主动向他介绍起来：“这两个女的，娱乐大学的教师，真是头发长见识短，居然颠倒黑白，为这母女俩辩护起来了。”

“她们刚才举报的这个马文远，可能也不是什么好人吧？”盛强问。

“男人嘛，有几个能挡得住送上门的年轻女人？”

“这种事吃亏的还是女方，毕竟以后还要结婚成家，坏了名声，怕不好办了吧？”

“错了，单就马文远这事，我非常了解，的确是那女的先勾引的老马。”

“为啥？”

“想占便宜呗！毕竟老马作为博导，也是很有一些能量的。”

“可我听到一些传闻，这种事事往往最后都是处分老师的呢。恐怕，老师的过错还是要多一些。”

“那你是不了解社会的发展，”火锅通说，“现在有些年轻女子，非常势利，尤其要有求于你的时候，她们什么都干得出来。以老马来说，他绝不是一个好色的人，完全是被这女的一步步拖下水的。”

“你怎么了解得这么清楚？”

“不用了解，那几年我跟老马一个导师组。”

这话让盛强不由自主瞥了火锅通一眼。他没想到这么一个鬼鬼祟祟的男人居然还是一名研究生导师。但他不动声色，继续着刚才的话题：“啊，那这个老马后来怎么处理的？”

“不划算啊！就为这么一个女子，他博导也当不了啦，被学校调到火锅博物馆，当了个普通的研究员。项目、课题啥的，也弄不着了，每年至少损失二十万。”

盛强没再接话。火锅通则意犹未尽地说：“关键你娱乐大学的人有什么资格评说我们？”

“娱乐大学怎么了？”盛强问。

“他们有二奶大学、小三村的外号，你想还能怎么了？”火锅通又是一脸不屑地说，“尽是些搞笑的专业，社会上流行什么他们设什么，为了迎合社会上的低级趣味不择手段。”

这时那诉苦的老妇人绕了一圈后，又走了回来。见盛强看着她，她立刻将那块举着的牌子降低了一些，以便让盛强看个仔细。盛强一看，牌子上除了那句显眼的两行大字，左下角还贴有一张照片，上面是一个西装革履的男人像，但被用红笔画了个倾斜的十字，就像从前法院张贴的死刑判决公告书。同时，喊话器也对着盛强广播起来。盛强身后的几个人，连同火锅通，也一起就近观看着这场表演。

忽然，从人丛中冲出一小队保安，以迅雷不及掩耳之势冲向这个女人，架的架，拖的拖，三下五除二就将她弄走了，动作之快，几乎让这个女人脚不沾地。保安们训练有素，身手利落，摘牌子，抢喊话器，动作一气呵成，这个女人甚至都没有来得及发出声响，倒是周围的人发出一阵惊叹。尤其刚从火锅通身边离开的那两个女人，站在不远处发出惊呼："天啦，他们要干什么？"

"干什么？飘香学大会的开幕式马上就要开始了，难道就任由她们在这儿搅局吗？简直是岂有此理！"火锅通没好气地说。

原来如此，盛强差点忘了这儿即将召开的大会——树上的大喇叭里，一男一女两个播音员正在声情并茂地介绍着这场即将召开的大会，将它称为学术盛宴，而刚才的这一幕幕闹剧，让他误以为自己是在赶大集。恍惚之间，他刚才一路逛过来的那些摊位，也跟大集上的摊位重叠交汇到了一起，卖肉的，卖粉条的，卖鱼的，卖干货的，取代了今天见到的这些摊位，给钱就能买到，交易方便。

一时间，周遭这些嘈杂的声音都远去了，盛强出神地打量着眼前这些既陌生又熟悉的景象，像电影的慢镜头一样。忽然，他在前方呆滞的人丛中看到了一张笑吟吟的脸，就像深秋里的一朵花一样。他立刻大踏步赶了过去，同时喊道：

“三哥，你也在这儿呀！”

那边，三哥也看到了盛强，径直朝他走过来。

“你跑这儿来了？”三哥老远就乐呵呵地说，“这有什么好看的？”

“感受下，感受下，”盛强说，“学到不少东西。”

“刚才跟你站在一起那个人呢？”三哥说着，四下张望起来。但是火锅通已经不见了。盛强四下看看，没找到他的身影。

盛强明白了，“耶哎，刚才还在这儿的。您认识他是吧？”

“我还想问你呢，你怎么会跟他在一起。”

“我请的导游。”

“什么？导游？”三哥叫道。

“是的，他承诺陪同我参观这次大会，直到开幕式结束。”

“谁告诉你他是导游？”

“他自己告诉我的。他问我要不要导游，我说要，他就站过来了。”

“你怎么请的他？”

“我给了他五百块钱。”

“他要了吗？”

“要了，当时就接了。”

“哈哈哈！”三哥大笑三声，“真是活见鬼！”

他爽朗的笑声引得旁边的人侧目而视。盛强被这笑声搞得有点摸不着门。对火锅通的身份更加疑惑了，“他到底是干什么的？”

“你觉得他像干什么的？”三哥问。

“我敢肯定他是这个学校的，而且他对火锅大学这个圈子很熟悉。”盛强说，“但他肯定是个落魄的人，眼下可能正需要钱，所以有机会就挣点外快。”

“你觉得他落魄？你知道他是什么人吗？”

“难道他，有什么来头吗？”

三哥说：“我告诉你，这人是火锅大学技术标准处的处长。中层干部，比很多教授都滋润。”

“不会吧，三哥？”盛强很惊讶。

“千真万确，”三哥说，“别看他其貌不扬，他在这院里混得好着呢！年轻的时候，他甚至是这个院子里最年轻的一个处级干部，相当风光。”

“就这号人？刚刚从我这儿挣了五百块钱的角色，混得比我哥哥还好？！”

“岂止是混得好，许多教授，恐怕他还不放在眼里呢！”三哥说，“现在你知道你哥哥为什么评不上教授了吧？”

“难道是被他卡住了？”盛强立刻警觉起来。

“那倒不是，”三哥连忙安抚盛强，说，“这个人没那么大的能量。不过我实在想不出，他怎么可能在这儿挣起钱来了。你他妈要挣钱跑远点啊！再说你是缺这点钱的人吗？

看来世道真是变了。”

盛强来了兴趣，“您给我讲讲。讲讲这是个什么样的人。”

“这个人可以说是火锅大学这片丛林中的一只老雀。”三哥说，“他的形状、羽毛、色彩、飞行姿势等都跟这片丛林高度吻合。他跟我们是前后脚工作的，只不过我们是从外面来的，他是火锅大学自己的毕业生。那时候年轻老师不多，都住在两幢筒子楼里，我虽然跟他不熟，但多次听别人提到他，因为他是我们那一批人中升得最快的。据说他上学时是个标准的庸才，但很善于搞关系，巴结上了他一个老乡。那老乡帮他留了校。不久后，那老乡当了副校长，他就更是时来运转了。当时有个夸张的说法——说他放个屁都要去跟他老乡汇报一下。这老乡是个女的。他是那么俯首帖耳，以至有人说他认了人家做干妈。是否有这回事，或者说那老乡是否认他做了干儿子，这个没人考证。但这小子的确是经常去别人家里，什么都干。有一次人家搬家——当时还没有搬家公司，这小子几乎是一个人承包了这次搬家，整整干了两天，还自备手套、垫肩，搬完后又自掏腰包安排乔迁宴。就这样，别人还是科员的时候，他当了科长，别人当上科长的时候，他已经当了处长。他是当时火锅大学最年轻的处长。当有人就这一点恭维他的时候，他那对小眼睛立刻就能笑出三道鱼尾纹来。他真的开始有了一些干部派头了，不但关心时事，还喜欢对筒子楼里的穷哥儿们嘘寒问暖。我就是这个时候认识他的。这是我见过的最早的鸡汤派人士。有好几次我见他专心地往本子上抄一些格言警句。那时候这小子雄心勃勃，私底下将他的事业追求定位为至少是副校长。但世事弄人，正所谓人算不如天算，这小子，他那个老乡退休后，他就没能再往上走。但他的级别又摆在那里，于是他就在不同的处级位置上来回干，从这个处到那个处，从那个处到这个处。一转眼十几年就过去了，学校好像实在想不出还有哪个处可以让他去干了，于是让他到图书馆当了馆长。他在这个位置上没干满一届就调走了，因为他上任以后，给图书馆采购了大量励志类图书、武侠小说、言情小说和格言大全，引起很多教师的不满。”

“然后他就当不成官儿了？”

“他的确闲了一阵子，在机关，但级别仍然是处级。又过了几年，学校开始搞教学评估，不知道是哪个头儿指出他有六亲不认的特点，而且对挑错查事儿有天生的兴趣，于是学校将他调到了新成立的技术标准处当处长。他在这儿干得风生水起，再度成为火锅大学的热门人物。”

“技术标准处？学校还有这样的部门？”盛强问。

“当然，现在都还在呢！就是设立各种岗位上的技术标准，就像车间里的操作手册一样，是专门为了对付教学评估的。”三哥说，“他一上任，就密集出台了许多规章和制度，将老师们工作的每一个细节进行规范，从备课到上课到批改试卷，都设计了相应的考核指标。但是他的这个部门，他那七八个年轻的手底下，全部都没有讲课的经历——基本都是靠关系进来的，这就使得他们设计的这些条条框框让大家无所适从，而且文件的格式也是五花八门，错误百出。老师们每学期要花大量的时间去填表，应对这些考核，像上紧了发条的木偶一样永远也停不下来。一时间怨声载道。”

“这么折腾，够老师们受的。”

“还不止这些呢！比如说，为了配合运行那些标准，加大抽查考核的力度和密度，他们还聘请了一些退休的老头老太太来进行协助。这些老头老太太过去大都没有当过教师，他们把老师们的工作视同为工厂上流水线的生产环节，捧着厚厚的材料去核实教学中的每一个细节，就像带着一把卡尺随时去测量某个零件一样。当时曾经发生过这么一件事：两个老太太被安排去听课，她们提出的问题惹恼了上课的老师，这老师一气之下，拂袖而去，结果是：三天后，学校处分了这个老师，理由是对抗检查。”

“不是说早就有句话叫尊重知识吗？这也太搞笑了！”

“他哪儿懂这个？他只知道有权就要用，并尽最大可能捞取好处。”

“这种部门有好处吗？”

“有啊。这个系统需要一个很大的网络平台，他就把这平台包给了他老婆三妹的孩子。这是个很小的公司，根本没有维护能力。这么做的结果就是，老师们经常登录不上去，打印不了，不知道为此耗费了多少无谓的精力，一到期末就饱受折腾。”

“这完全是瞎胡闹啊！”盛强说，“学校就没有人能管管他吗？”

“怎么说呢，可以说有人管他，也可以没有人管他。”

“这话怎么讲？”

“当时火锅大学的一堆校长副校长中，没一个是正经八百上过课的。”

“难道就任他这么乱搞？”

“一直到李烹当校长后，提出要把工作重点转移到教学上来，觉得他这套做法已经严重影响到教学，于是把他换了。”

“那他就当不了官了？”

“只是换了个位置，当调研员，级别还在，工资待遇也一点没变，而且他手里还攥着课题，都是肥课题。”

“对了，我好像听他说自己还带过研究生，难道他是教授？”

“他早就评上教授了。”

“他模样儿好傻啊，还当教授，笑死我了！”盛强笑道。

三哥也笑了起来，“前几年，他还非要带博士研究生。研究生院不让他带，他就去找李烹。他找各种理由证明自己完全具备当博导的水平。他甚至告诉李烹，说自己祖上是贵族，而贵族后代是一定可以带博士的。据说李烹听到这个也禁不住笑了，眼见实在缠不过他，就把他支到研究生院，说只要研究生院同意，自己没意见。于是他又专心去攻研究生院的院长老伍。开始老伍也不干。后来他说自己掌握老伍的几件什么事，老伍于是做了妥协，把他放进了导师组，让他过了把当博导的瘾。他对博导这个身份看得可重了！学生论文答辩的时候，他亲自制作海报，特地把指导教师一栏中他自己的名字用很大的字号，别的导师和学生的名字则用小字号，这样从远处看过去，路人只看见他的名字。人们管这叫作突出导师海报体，被学生传播到别的学校，当作笑料，他还组织人追查呢。”

“现在呢？”

“现在带不带博士不清楚，但硕士肯定还带着。”

“跟他能学到啥东西？有人考吗？”

“肯定有人考啊！”三哥说，“很多年轻人并不在乎能否学到东西，在乎的是文凭。”

“这个人真是让我大开眼界。”盛强说，“素不相识，却跟我讲了这么多火锅大学的事儿。我想他绝不是为了那五百钱。”

“不奇怪。他是火锅大学倾诉派的代表人物。”

“倾诉派？”盛强问，“这是个新学科吗？”

“不是，这是火锅大学这个院子里的一个新词，”三哥笑了，“形容专门喜欢找人发牢骚的这类人。火大很有这么一些人，尤其是家属院一些退休的老头老太太，而这家伙是其中的卓越代表。基本上只要一下班，他就四处找人倾诉，以此为乐。”

“他都倾诉些什么呢？”

“火锅大学的事儿啊！当然主要是丑事儿、怪事儿、烂事儿。他大半辈子都在火锅大学，这院子里的事儿，没有他不知道的。”

“他为什么要讲这些？”

“他觉得火锅大学亏待他了啊！”

“就他这傻样儿，得了这么多好处，还嫌学校亏待他了？”盛强再次感到疑惑不解，“再说，一个老爷们儿，成天跟人说长道短，不无聊吗？”

“哎，他这种人，没什么爱好，也不看书，下班后待在屋里又闷得慌，又不想加入广场舞的阵营，所以每天吃完饭后就在路上四处溜达，遇到合适的人，就倾诉一通，发泄发泄。”

“难怪。有时候我并没有问他，他自己主动就讲开了。”

“对他来说，你是一个很理想的倾诉对象。”

“为什么？”

“首先，你既然进了这个院子，跟这学校多少有点瓜葛，但你又肯定是个局外人，所以他才愿意跟你叨咕。如果你跟这儿一点关系也没有，他是不会向你倾诉的，因为你毫无兴趣；反过来，你要是火锅大学内部的人，有五年以上的工龄，或者像我这种虽然不在火大，但对这个圈子相当了解的人，多半也不会对他那些唾沫星子感兴趣。只有两种人是他的潜在听众——刚来的新人和跟火锅大学有点关系的局外人。据说有一年，他在路上遇到一个新来的博士，立刻将人家拉到路边讲起了火锅大学的陈芝麻烂谷子往事。这年轻人不清楚他的来头，不敢得罪他，站在那里听他叨咕了三个多小时，差点被尿憋死。”

“天啦，没想到我居然也成了他的猎物，好晦气啊！”

“也说明你身上有善良和宽容的一面，不然他不会朝你下手。”

“早知道我应该反过来找他要五百块钱。”盛强说，“他把我当了半天的垃圾筒。”

“他不是灾星，也不是演员，他就是个符号，传送着他们这类人的各种隐讳的追忆、不满和失落。”

“总之是件悲哀的事情。一个人在大学里待了几十年，看起来还跟傻子似的，身上一点知识分子的气味都没有。要我说，这种人根本就不应该到大学里来。”

“可惜啊，很多人已经没有你这种朴素的认识。傻不傻已经没人在乎，能钻营，有好处就是大爷。”三哥感叹着说。

盛强的目光突然被一个身影所吸引了。这人骑着一辆老自行车，从前面熙熙攘攘的人群中穿过。此时聚集到礼堂前准备参加飘香学大会开幕式的人越来越多，有的谈笑寒暄，有的凑在一起用手机合影，这个骑车的人得不时拐一下车头，绕过路上的人。他的神情与周围的人迥然不同，一丁点也没有受到这场学术盛宴的影响，相反，他既像无动于衷，又像带着些许鄙夷。

盛强总觉得这个人很面熟。他忽然想起，这是他哥哥的朋友，当年对他也十分关照。他连忙拍了一下三哥的胳膊，问：“那是不是郁大哥？”

“哪儿啊？”三哥顺着盛强手指的方向看过去。

“那边，槐树下面，骑自行车那个！”

“郁秦松呀？可能是吧。”三哥说，“隔得太远了，看不清楚。”

“郁大哥！”盛强甩开嗓子，高喊一声。可是他的声音淹没在周遭嘈杂的各种声音中，远处骑着自行车的人，已经消失在一幢房子的拐角，显然是没有听到。

喊声惊动了旁边的人，他们打量着盛强。盛强情绪有些激动，指着那远去的背影对三哥说：“我敢肯定那就是他！”

三哥说：“应该是吧，他可能路过。”

“三哥您帮我联系一下，郁大哥，还有王大哥，当年他们对我太好了。其实我一直没有忘记他们。可我现在连他们的电话都没有。麻烦您一定帮我联系上，拜托了！”

“你放心，我一定帮你联系上。”

这时候对面不远的火锅会议中心门口开始热闹起来。有人拿着喊话器在人群中走动，提醒大家，大会的开幕式马上就要开始了，请嘉宾们入场。人们三三两两，漫步走上台阶，往会议中心里面走去。几声鼓响，老年秧歌队又舞了起来，他们手中的大红绸子在空中飘着，四周立刻弥漫起庙会般热烈的气氛来。

有熟悉的人从旁边走过，朝三哥打招呼说：走，进去吧。盛强这才想起三哥到这儿是来参会的，于是催他进场，但是这时，三哥看到，在不远处站立的一堆人中，火锅通正不时朝这边观察着，同时又躲躲闪闪，似乎是不想让三哥和盛强看到他。在三哥的提醒下，盛强也看到了火锅通。

“他准是想等我走开之后，再来跟你瞎侃。”三哥说，“今天我就不进去了，看看能憋死他不。”

“您进去参加开幕式吧，别耽误正事。”盛强说。

“这种会本来就是混场合的，哪来的正事？”三哥说，“我就在这儿陪你。”

这时，原本杂乱的人丛中，忽然出现了一个旋涡般的中心，不少人的目光，都往这中心看过去。一时间，甚至老年秧歌队那动地的锣鼓和鲜艳的服装都逊色了不少，原来人丛中出现了一个美人儿。以盛强见多识广的眼光来看，这都算得上一个美人儿。美人儿穿着一件旗袍，身材几乎比周围的男人女人都要高，颇有鹤立鸡群之感。旗袍的底色是黑色的，上面绣着一只五彩斑斓的孔雀，孔雀的头在她的胸前，艳丽的尾部羽毛则一直延伸到她的膝盖。她优雅地信步走来，神采飞扬，一边走，一边跟人打着招呼。

美人儿看来也是这个圈子里的熟人，而且人缘很好，所以她一出现，杂乱的广场上立刻有了亮点，一大堆平淡无奇的面孔中立刻有了一抹生机。不断有人上前跟她合影，所以她是走两步，停一步。她显然是面对镜头的行家，动作娴熟，姿容得当，跟她合影的每个人都满意而归。

“这是明星吗？”盛强问三哥。

“没错，她是这个圈子里的明星。”三哥说，“她外号

‘学术之花’，目前在勺子大学任教。”

“学术之花？”盛强问，“学术界也搞明星制了？”

“你没觉得这一上午尽遇到些灰头土脸的人，很乏味吗？这不，学术界这几年也流行明星效应了。就这个学术之花，很少有人知道她的真名实姓，甚至都不知道她在哪所大学谋职，但都认识她，因为火锅学这个圈子里的会议，她几乎场场不落。”

“那不成为了会议专业户了吗？”

“还真让你说着了，不过这不叫会议专业户。叫会虫。现在学术圈很流行各种会议、论坛，有一批长期混迹于其中的人物，很是涌现了一些能手，什么会议大叔，会议精，论坛哥呀，等等。学术之花还不算狠的，她只不过是扎眼罢了。石榴大学有一个年轻的小哥，创下一年参加一百多场论坛的纪录，号称论坛达人。你打开他的微信，全是一个接一个的论坛、会议。他的微信签名是：我不在论坛，就在赶往论坛的路上。”

“这些人是教师吗？”

“是呀。”

“那他们到处开会，课怎么办？”

“调时间嘛。或者换人上，反正哪个单位都有几个老实人。通常这些干活儿的老实人职称都不高，就专心上课。聪明人则满世界溜达。”

“就算课有人代上，单位就不管吗？成天跑来跑去的。”

“单位？现在单位都鼓励大家出去开会呢！”三哥说，“因为隔三差五的学科评估，其中有一项指标叫‘声誉指数’，主要就是看你这单位在同一个学科中的活跃程度。所以本学科的学术会议，必须经常派人去露面。”

“可是，”盛强说，“这会开多了难道不腻味吗？”

“腻味是肯定的，但要有甜头的话就另当别论了。”

“什么甜头啊？”

“现在搞会的这帮人，都通晓吸引力经济，他们会私底下给一些名角出场费。”

“出场费？”

“对呀，比如说这位学术之花，绝对就是给了出场费，她才来的。而且主办方肯定还要求她，来了之后不能老实巴交地开会，要闹出点动静。所以她才明星般地走来走去，打扮得跟朵花似的，走到哪儿都是一通猛照。”

“敢情她是到这儿作秀，过明星瘾来了。”盛强笑道。

“也不全是，还是有点用的。她每次参加会都不忘发微信，无形之中也起了宣传的作用，因为在火锅学这个圈子，她的确算个角儿。学术之花并不只是靠姿色混场合，她可是正经八百的海归，一口伦敦腔。现在学术会议流行请老外到场装门面，你不准备几个能熟练操一口洋文的，老外多寂寞啊！”

这时学术之花几个人已经走到盛强他们正前方来了。她银铃般的嗓音清晰可闻，操一口标准的普通话，抑扬顿挫，似乎是受过播音训练。盛强仔细打量了一下，其实这女人长得并不算很漂亮，但很会打扮，个儿高，身材好。虽然她穿着高跟鞋，但盛强以行家的眼光估计了一下，即使光脚，她身高也应在一米七五左右。她四十岁出头，保养得很好。四五个人跟着她。他们没有踏上会议中心前的台阶，而是往西侧的水池那边去了。那儿有假山和几丛长势茂盛的植物，他们走过去，背对着池子中的假山和假山上的潺潺流水拍照，兴高采烈。

随即，从“群英楼”那边陆续走过来一些人，三五成群，边走边聊，气氛融洽而热烈。这些人显然都是本次会议的贵宾和重要人物，刚刚在室内用完茶饮。盛强看到，李烹也在其中，正陪一个男人说着话。李烹今天西装革履，他陪同的那人则穿着一件藏青色夹克。李烹表情恭敬而诚恳，整个人的注意力都集中到这个男人身上。他们在路上停住了脚步，好像是在等什么人。此时广场和道路上站满了人，有的走动，有的拍照，有的站着交谈。在不远处的人丛中，盛强还发现了陶玉彬。他跟另外几个人走在一起，有男有女，正一边走，一边愉快地交谈着。盛强下意识地移动了下步子，这样，如果李烹和陶玉彬他们不是刻意寻找的话，很难在人丛中发现自己。三哥似乎明白了盛强的用意，干脆侧转身，几乎是背对着广场。

忽然，盛强看到了令人惊讶的一幕：只见刚才跟李烹说话的穿藏青色夹克那个男人，趁李烹跟旁边人说话的间隙，身子一闪，两步抢到花坛边，动作麻利地对着下面的冬青擤出几团鼻涕，随即，快步站回原地，同时将擤鼻涕的手在裤腰上抹了几下。他动作之麻利娴熟，背对着他的李烹甚至都没有看到。

三哥也看到了这一幕，摇头苦笑。

“认识吗？”盛强问三哥。

“不认识，看样子是省里来的。”

会议中心前聚集的人越来越多。从西边的小径上过来一行人，居中的是一个脑门发亮的高个儿。他们没有顺道踏上中心的台阶，而是在一个年轻人的引领下，朝李烹站的地方走过去。这年轻人显得有些面熟，盛强定睛一看，原来是李烹的学术秘书。秘书还隔老远就大声呼喊李烹。李烹转过身，迎上两步跟亮脑门握了手，随即就拉着他返身走向穿藏青色夹克那人，作了介绍，于是这两人热烈地握上了手，寒暄起来。

随着一抹亮色的移动，“学术之花”领着几个年轻女人过来了。李烹朝她们吆喝了两声，招了手，于是她们走过去，跟藏青色夹克和亮脑门握手谈笑。寒暄之后，几个女人将藏青色夹克、亮脑门和李烹围在中间，举起手机，合影、自拍、互相拍，又忙乎了好一阵。学术之花穿插于领导和学者们之间，神采飞扬，热情地跟熟识的人打着招呼，同时她的嗓门也不似刚才那么清脆了，声调低了许多，似乎是怕抢了在场重要人物的光芒。拍照的间隙，旁边几个女人仔细揣摩起她身上的旗袍和孔雀来。

两个戴着工作牌的男人手提喊话器，开始催促人们进场开会。见喊话的效果不佳，他们从中心高高的台阶上走下来，像牧羊人赶羊一样驱赶。但与其说是驱赶，还不如说是邀请，因为他们的语音平和，脚步温柔，脸上带着近乎央求的热情。藏青色夹克、亮脑门和李烹一行率先踏上台阶，往会议中心里面走去。后面陆续有人跟上。以学术之花为首的一拨女人，一边叽叽喳喳地谈论着生活中的喜悦，一边也跟了上去。在人丛中，盛强和三哥看到，陶玉彬他们一行也跟了上去。

但是礼堂前的小广场上仍然留有不少人，或站在那里聊天，或闲逛。拿着喊话器的两个男人穿来穿去请了好几圈，他们仍然没有进到会议中心的意思。盛强催促三哥，说："您也进去吧，既然来了就别耽误会。"

"我今天不进去了。"三哥说，"你放心，会议一点也不会耽误，空着的座位，他们会用学生坐满。"

果然，手持喊话器的两个男人已经不再朝广场上的人喊话。他们像变戏法一样，从中心东边的小树林里带出一支队伍，约一两百人，往中心里走去。三哥说："看吧，这就是。他们都是火锅大学相关专业的研究生，早就来了，在树林里玩手机，抢红包，就等着最后填空位。"

"填空位？"

"对呀，空着的座位会被他们填满，这样录像下来会好看一些。"

盛强于是明白，广场上剩下的这些人是不会进礼堂了。但是人还真不少。有些人还拎着刚才在签到处领的资料袋，显然，他们就是来开会的。

盛强问三哥："这些人明明是来开会的，怎么不进去呢？"

"不一定进会场才算是来开会。"三哥说，"这些人没有走远，意味着有些活动他们会参加的，比如中午飘香学会举办的欢迎宴会。但是开幕式，嘿嘿，就免了。"

"啊，在等饭。"盛强打趣道。

这时盛强忽然在斜对面的人丛中发现了火锅通。他正坐在花坛的边缘。只见他东张西望地四下瞅了瞅，从口袋里摸出一个东西来。那东西白生生的，盛强凭着他那一点五的视力看过去，那居然是一支注射器。

"哇！快看，三哥！"

说时迟那时快，火锅通左手里已经变戏法般地多了一个药瓶。只见他十分麻利地将瓶嘴敲掉，将药水吸入注射器里，然后撂起自己的衣襟，"啪"一针朝肚皮上扎了下去。没错，火锅通手里捏着一只亮生生的针管，正在扎自己的肚子，专注而熟练。

见盛强很是惊讶，三哥说，"别大惊小怪的，他有糖尿病，每次吃饭前都要注射药物。"

"原来如此。"盛强说，"看来他是肯定要参加中午的宴会了。"

"肯定的。"三哥说，"但凡酒局，只要有人请，他场场不落。"

这时，那两个手拿喊话器的人仍然在努力着。他们举着话筒，眼观六路，从前面走了过去，被电流放大了的声音跟不远处那些摊位上传过来的喇叭里的声音、交流声交织一起。

“请大家抓紧时间入场，会议马上开始！请大家抓紧时间入场，会议马上开始！”

第五章　访友

因为三哥要在中午的聚餐上会见几个老朋友，盛强于是回了宾馆。午饭后，他躺在床上想休息一会儿，但没有睡着。他又一次想起了往事：那是火锅大学筒子楼一间普通的房子，跟哥哥的房间隔了几间屋子，住着火锅大学两位年轻的老师郁秦松和王汉柏。盛强每次到哥哥那里，逢到赶不上车的时候，常常到他们那里借宿。哥哥跟他俩是很要好的朋友，他们常常在早晨一起跑步，中午一起去食堂，晚饭后一起散步。他们经常在一起讨论问题，探讨国家的未来。三个人中，盛楠性格宽和，喜欢诗歌和朗读，郁秦松善思辨，喜欢哲学和美术，他们还都共同喜欢音乐；王汉柏对这些东西兴趣不大，通常都是当听众。盛强已经记不得郁秦松是教什么的了，但他记得王汉柏是体育教师，平时给火锅大学的学生上体育课，课余还经常带着几个体质出众的学生在操场上训练，有跳高跳远的，也有扔铅球跑跨栏的。他虽然不太善于聊天，但操场上的事他全都懂。此外，盛强记得最清楚的是，王汉柏做得一手好菜。这和他人高马大的身材很不相称——王汉柏身高一米九，是个标准的北方大汉，但却是个手巧的人。盛强是第一次看到一个人做菜之前会有条不紊地把姜、蒜、香菜、辣椒什么的切成很规则的丝、粒，齐整整地装在盘子里，然后再收拾别的菜。每每有聚会的时候，炒菜的一定是王汉柏。这之前盛强一直觉得哥哥做的菜就是最好吃的，可是认识了王汉柏，他才知道，世界上果真有厨艺这么一个行当。

那些日子很快活，给盛强留下了许多温暖的回忆。郁秦松他们屋子里有一张用来放东西的高低床，由于盛强的借宿，他们把东西都归置到下床，在上床铺上被褥。刚开始，盛强生怕打扰了他们——哥哥也是这么吩咐的，所以他每次去都是小心地敲门，走路轻手轻脚。他基本上都是十点以后才到他们那儿，这时候，郁秦松一般坐在桌子前看书写东西，王汉柏呢，要么坐着抽烟，要么喝茶，要么就是在泡脚准备睡觉。盛强到来之后，他们通常都会放下手中的活儿，跟他聊一会儿。有时候如果大家都不困，他们就会向盛强打听社会上的事儿，听盛强给他们讲见闻。那时候盛强有一句口头禅：我没什么文化哈！因为他总是担心自己在这些文化人面前闹出什么笑话，所以时常都用这句口头禅来铺垫，把退路找好，可郁秦松和王汉柏跟别的人不一样，他们似乎很喜欢盛强那副文化不高的样子。盛强跟他们在一起比跟哥哥在一起轻松多了。哥哥老挑他的毛病，指出他这儿需要改进，那儿需要提高，而郁秦松和王汉柏则总对他说：别听你哥瞎说，你挺好的。

逐渐熟悉之后，盛强再到火锅大学时，如果赶上哥哥嫂嫂不在，他就直接去郁秦松和王汉柏他们的屋子。他跟他们一起去打球，一起去食堂吃饭，有一次，他还陪同王汉柏去相亲。每每需要花钱的时候，盛强都是抢着掏腰包，因为他俩和哥哥一样，都是靠死工资过日子。不过按照郁秦松和王汉柏的逻辑来看，盛强毕竟是老弟，花钱的事儿轮不到他，所以每次付账的时候都免不了一番拉扯。每到这样的时候，盛强都暗自告诉自己，如果自己哪一天有钱了，一定要经常来请他们吃饭。到学校外面好一点的馆子里。请他们喝酒，不喝八毛钱一扎的散啤酒，喝商店里那种码得整整齐齐的瓶装啤酒。

那段时间，王汉柏盯上了学校后面一个校办工厂院子里的木头，想弄点木材留着以后结婚时打家具。他零零碎碎弄了一些，放在一个隐蔽的简易库房里，在一些跨栏和跳高垫的后面。自从盛强知道他这心思以后，他积攒木头的速度就快了好多，因为盛强干这些事是一把好手。只要赶上有闲暇的夜晚，盛强都会主动提议：走，王哥，弄木头去！但是几次之后，王汉柏有点害怕了，因为原本顺手牵羊的事，盛强干起来几乎是明火执仗；他原来计划用两年左右的时间，一点点积攒木头，现在可好，他在库房里腾地方的速度都赶不上木头增加的速度。每次假装散步，只要四周没人，盛强通常都是挑上一根好木头，扛起就走。这种时候王汉柏总是提心吊胆，生怕被人拿住。他们有时候扛，有时候拖，有时候抱。最紧要的是翻越工厂与学校之间那堵墙，盛强总是铆足劲儿拖，在墙面上擦出一道深深的印痕，以至第二天王汉柏要悄悄去抹平那印痕。有一次看中的一根木头太重，只好两个人抬，他们走一段，停一停，观察观察，再走一段。当终于将木头弄到那个库房外之后，两人坐在木头上，在那个月明星稀的夜晚，各自点了支烟，畅谈起未来的生活来。王汉柏的理想就是尽快找个老婆，然后过日子，但是当时学校的年轻女人们流行的是找一个戴眼镜、夹着几本书匆匆赶往图书馆的人，所以他显得有点困难。盛强呢，王汉柏问他的理想是什么，盛强看着远处天空上的星星，想也没想就说：发财。

弄木头的事，他们一直瞒着盛楠，因为盛楠肯定不会允许他们这么干。几年后，王汉柏结婚的时候，已经不时兴自己打家具了，他也找不到场地和木匠来处置这些木头。他以很低的价格把木头卖给了学校的木工房，这时候盛楠才知道，因为通常，哥儿几个谁发了一笔小财照例都是要请客的。仔细算来，盛强在他们那里借宿，前前后后差不多两年，再后来，盛强换了个工作，离火锅大学比较近了，而且弄了个摩托车，就很少在火锅大学借宿了。但是他只要到学校，都要顺便看看他们。那时候盛强挣的钱已经比他们多，所以每次过去，盛强都要尽可能把哥哥嫂嫂和郁秦松、王汉柏叫到一起，由自己请他们吃饭。后来盛强虽然离开了火锅城，但郁秦松和王汉柏像盛楠一样惦记着他，在他做生意失败陷入人生低谷那几年，有几次，他们还托盛楠将自己家中多余的东西带到盛强家里，给盛强的老婆孩子用。再后来，盛强有了钱之后，一直想着哪一天一定要去好好地酬谢这两个老哥，可是谁知道，这一拖就到了现在。

中午分手的时候，盛强让三哥帮自己联系郁秦松和王汉柏，希望在晚上请他们吃饭。下午两点多，三哥打来电话，说联系上郁秦松和王汉柏了，他俩听说盛强来看他们，都挺高兴，但两人都没有时间吃饭，只能晚上到他们家里去相见。三哥还说，自己临时有点急事，会让林迟霜来带他前去。盛强于是改变日程，约了自己生意上的一位朋友，简单吃了一点晚饭，就在宾馆等着，同时让司机去接林迟霜。

七点多，林迟霜到了宾馆。一进门她就说："本来你三哥要亲自带你去见郁秦松他们的，毕竟你们几个都是老爷们儿，在一起也好乐一乐，可他临时有事要出去一趟，只好让我来陪你。"

"其实你们把郁哥他们的电话告诉我就可以了。三哥已经陪我一上午了，不好意思再占用你们的时间。"

"那哪儿行啊？"林迟霜说，"你好不容易来一趟，得有个人陪着。"

"三哥要去哪儿啊？远吗？"

"他去趟酒城。"

"酒城？"盛强说，"五六百公里呢！"

"也方便，高铁两个多小时就到了。"

"怎么忽然去那儿？这地方我很熟悉，在那儿弄了好几个项目。"

"哎，也没什么大事，是去帮他外甥办点事。"

"什么事儿？需要我帮忙吗？"

"去帮他外甥找工作。"

"我在那边认识不少人呢，没准儿能给帮上，您千万别客气。"

"你可能帮不上，"林迟霜说，"他外甥准备要进一个学校。"

“哪个学校啊？我认识他们管教育的副市长。”

“真的呀？那你真可能帮上呢！”林迟霜说。

“这孩子什么情况？您给我讲讲。”

“老喻就这么一个外甥。这孩子一直挺争气的，也懂事。他学的是艺术，毕业以后就工作了，但单位不好，成天就是在办公室里混着，专业也快荒废了，于是他就想进他们当地的酒城大学。这学校当时还叫学院，没有升大学，请他去讲了一学期课后，觉得他可以进去，但他必须得有研究生学历，于是他就辞了职，后来考上了白菜大学的研究生。等他读完研究生出来再去的时候，酒城大学却说研究生已经进不去了，他们门槛高了，必须是博士。去别的学校碰运气，也是非博士不要。这孩子想干脆回原单位，结果人家早就满员了。他在家里待了一年，把国内这个专业的博士点都过了一遍，决定既然要上，就干脆出国，正经八百地学点东西。然而他父母不干，怕他读博士把钱花完了依然没有个好着落。为此他舅舅专门赶去参加他们的家庭会议。老喻让他老姐把家底全部露出来，一算，供这孩子读博士没问题，就竭力劝说他们。这孩子于是去了法国，待了几年，读了博士，拿到了学位。回来后他又去酒城大学，心想这次总算可以了吧？谁知道，等了半年又出情况了，人家说，他必须得在核心期刊发表三篇以上的论文，这可把他难住了。老喻疑心他们这是借口，因为这孩子科研成果不少，上研究生时就跟他导师做过好几个课题，在国外也发表了一些文章，怎么就不行呢？前不久他托人约了两个酒城大学方面能帮上忙的人，准备过去拜会一下，今天中午，人家回话说，约上了，于是下午老喻拎了一箱酒就赶过去了。”

“听您这么一说，这孩子这种情况还真得进大学才行。不然白学了。”

“可不是嘛，越学越专，只有进学校才没白忙乎这么多年。”

“您也别急。看喻哥到那边是个什么情况。需要帮忙的话，您随时给我打电话。”

“那太感谢你了！还是你能耐大。”林迟霜连忙说。她把话题收了回来，“不说这个了。老喻告诉我，郁秦松和王汉柏听说你来看他们，可高兴了！”

“这么多年都没有来看过他们，真的很惭愧。”盛强说。

“这不来了吗？过去的事就别提了。”

“郁哥王哥他们，很忙吗？”

“倒也不忙，只是不赶巧。郁秦松是晚上有课，没时间吃晚饭，王汉柏呢，他在郊区一所足球学校当教练，要傍晚才能赶回来。”

盛强的手下送来了茶点，两人边喝边聊。电视里的新闻联播结束后，盛强说：“咱们过去吧。”

“王汉柏这会儿多半都还在路上，郁秦松呢，要九点才下课，咱们提前十分钟过去就赶趟。”

“还是早点好。”盛强说，“要是万一堵车，让郁哥等我们不好。”

“看来你是迫切要见到你这两个老哥。”林迟霜说。不一会儿两人下了楼，坐盛强的车前往火锅大学。

“为什么你们学校晚上还要上课？”盛强问。

“自从扩招以来，教室不够用，有些课就只能排晚上了。十多年来都这样。”

晚上公路上十分通畅，他们很快就到了火锅大学。他们在校园中转了起来，围着一个花园走了两圈。这时候他们才发现，两人现在都有走路锻炼身体的习惯，林迟霜是身体不适合其他运动，盛强是没时间，只能尽量在晚饭后走路。平时他手下陪着他，一边走一边谈工作，今天有林迟霜陪着，他们都远远地跟在后面。

八点多的时候，两人来到了飘香楼，郁秦松就在这儿上课。盛强对这里的一切都感兴趣，左看看右看看。当年他在这儿出入的时候，还没有这栋楼。林迟霜带着他，沿楼前的台阶拾阶而上。这时一个五十岁左右的男人从台阶上匆匆走了下来，走向外面路边停着的一辆车，坐了上去。只瞥了一眼，盛强就认出了这个人，但对方显然没有认出他。二十年前，他就经常在校园里遇见这人。印象中这人总是去开水房打开水，而且经常是两壶，左手提一壶，右手提一壶。夏天他常常只穿一条大裤衩，上身裸露着，趿着一双拖鞋，看起来相当穷困。那时候哥哥他们也没什么钱，但不会像他这么穿着，所以盛强就记住了他。他看起来没什么大的变化，只是老了些。现在他应该不穷了，因为他钻进的，是一辆奔驰的越野车。

林迟霜带着盛强进了西侧的配楼。里面有个大厅。大厅的里侧，靠墙拉着一道绳子，上面挂着一些报纸般大小的纸儿，有几个学生正凑到跟前在观看。盛强瞅了一眼，是什么“火锅田野调查”之类的成果展览。

盛强的目光停留在大厅东侧一块大大的电子显示屏上，那上面正不停地滚动着播出一些红色的文字。他很想知道火锅大学都在干些什么事，可是他很快就没了兴趣，因为屏幕上显示的，全是有关科研项目和课题的介绍。他弄不懂这些事情，就像当年一拿起书就头痛一样。不过正当他准备移开目光的时候，忽然又扫了回去，停在屏幕上，只见屏幕上正显示出两行红色的大字：

普罗米修斯计划尼加拉瓜人才项目即将进入中期检查，请参与此课题的老师尽快提交汇报材料。

“我的天啦，尼加拉瓜，多遥远啊！”盛强叫道。

“怎么了？”林迟霜转身问道。

“还有个普罗米修斯，这是研究啥的啊？”

“啊，我也不知道这是研究啥的。”林迟霜看看屏幕，“估计是对外合作的科研项目吧。”

盛强还是没听明白，摸了摸脑袋。这时候屏幕上又播出一条字幕：

人事处通知：

目前，领军人才、中青年英才项目、青年创新人才、杰出海归人才、跨界人才、创新团队、双百人才计划、凤栖工程正在进行推送工作，请符合条件的申报者和申报单位，于下周五前将申报材料送到我处人才科。

“你们学校多少项目啊！随便一放出来就是一堆。”

“杂七杂八的项目反正不少，平时都记不住。”

“项目这么多，为什么我哥哥不弄上几个？”

“原来你在琢磨这事儿啊。”林迟霜停下脚步，压低声音，免得走过的人听到，“他要能跟着折腾这些项目，他就不是你哥了。”

“您的意思是？”

“能弄上项目的人，大都要有一个漂亮的履历，有岁数限制，还要求海归什么的，你哥哥以及我们这样的，基本上都弄不着这些项目。”

“你们踏踏实实地上课教书，难道不该鼓励吗？”

“火锅大学最不重要的就是教书上课了。再说项目也并不是鼓励，争取来后是要出研究成果的。”

盛强似懂非懂地点点头。两人走进电梯间。这儿有四五个人也在等电梯，有男有女，其中一个女的正在讲话，声音很大：“我早就不想给本科生上课了。那帮研究生我都忙不过来。手中这个课题，这帮学生一点忙也帮不上，完全靠我自己亲自弄。最近忙死了，下周要去杭州，再下周要去哈尔滨……”

盛强站在侧面，看看那女人，看看林迟霜，再看看那女人，再看看林迟霜。他发现，林迟霜尽管谈不上有什么气质，但至少看起来像个老师，而眼前这位，完全是一副家庭妇女的模样，她怎么混得那么好呢？又是课题又是会议的。她居然瞧不起她的学生，那她的学生得有多差劲啊！

林迟霜对此毫无察觉。她给盛强介绍道：“这栋楼，一到八层是教室，上面，九到十五层是办公楼。”

盛强回过神来，“这栋楼显然比你们的老楼强多了。你们为什么还在老楼呢？”

“因为我们学院不是重点学科，所以只能待在老楼里。那儿挤的，你也看到过，新来的老师连个办公桌都没有。这里面就宽敞了！中央空调，四季恒温。”

“你们学校怎么区别重点学科和非重点学科呢？”

“重点学科主要是要有特色，比如你上午去看的飘香学。”

“这个学科真有那么重要吗？”

“这就不好说了。一般说来，只要你能写出材料证明它重要，再疏通点关系，它就重要。基本都这套路。”林迟霜小声说。

电梯下来了，两人随着那几人走了进去。一路无话，盛强跟林迟霜在七楼下了，那几人继续往上。

盛强大步流星走出电梯间。他有二十多年没有见过大学里上课了，此刻他恨不得立即闯进一间教室，好好坐下听一回。林迟霜赶上他，拍拍他肩膀，轻声说：“老总，您走路轻点，教室里正上课呢！”

盛强放轻脚步。他们看到的第一间教室里，并没有上课。讲台上没有老师，下面零零星星坐着几个学生，正在看书。盛强仔细瞅了一阵，确信他们真的是认认真真地在看书。五个女生，一个男生，零零散散地坐在教室里，一个个全神贯注。原来听说现在的大学生都不爱学习，可这几位显然是在认真学习啊，盛强心里想。

“晚上有课的教室不多。”林迟霜说。她以为盛强是奇怪这间教室为什么没有上课。

左前方的一间教室里正在上课。一个三十多岁的女子正站在电子讲台后面，正在讲着什么。盛强小心凑到门窗边往里瞅了瞅。教室里大约坐了三四十个学生，他们沿着教室的两边和后部坐成一个倒立的U字形，前两排居中的座位上一个人也没有。学生很少有看老师的，大都在做自己的事儿，有低头看书的，玩手机的，也有打瞌睡的，还有一个看着天花板，显得心事重重。但那老师似乎并不在意学生的状况，只顾对着讲台上的电脑，不紧不慢地讲着。

这场景让盛强觉得很失望。刚才他还以为火锅大学的学生都是爱学习的，现在他觉得他们还是混日子的居多。林迟霜跟在他的身后，只是随便瞅了一眼。

教室门外的墙上挂有一块铝合金的牌子，制作得十分精良，上面刻有三个字：师情牌。盛强凑近一看，只见牌子下面有张纸，上面印着一些文字：

课程名称：比较火锅学。授课人：鲁梁教授（T三级）。鲁梁教授长期致力于东西方火锅学的比较研究，已经出版专著4部，发表论文20余篇，目前主持亚洲级课题1项，国家级课题2项，省部级课题2项，地、市级课题3项，区、县级课题1项，村级课题1项。

“我的天呢！这课题也太全了，从洲级一直到村级。”盛强小声感叹道。

林迟霜也凑了过来。“这个，”她说，“宣传用的，不能较真儿。”

“这种专业怎么可能跟村里发生关联呢？”

林迟霜有点懵了，“社区也是村啊。兴许他搞点调查什么的。”她说。

“为什么要挂这个牌子呢？以前好像从来不挂的。”

“对付检查。因为现在上边要求教授每年必须给本科生上一门课，所以挂这块牌子，说明这个教授的确给本科生上课了。”

“老师主要的工作不就是上课吗，怎么还要专门出个规定？”

“因为现在很多教授都在忙着搞课题带研究生，学校为了让他们不要忘记自己的身份，让他们或多或少要给本科生上点课。”

“可这明明是个老爷们儿的名字！”

林迟霜又有点懵了。她看看那牌子，瞅瞅教室里，再看看牌子，再瞅瞅教室里，明白了。

她说：“看名字这应该是个男老师，但他可能是出差开会或者搞课题去了，让别人在帮他上课。里面上课这位，也许是他带的研究生。”

“要找不到人替代怎么办？”

“怎么会呢？哪个教授没几个硕士博士？尤其有些博士，本身就是别的学校里的年轻教师，基本都是冲着文凭来读博的。帮导师上上课，他们乐意。要赶上教授人不赖的话还能分点课时费。”

盛强好像还是不完全明白，但林迟霜已经往前走了。他们到了过道斜对面的另外一间教室。这间教室不大，大约四十个座位，上课的则有二十几个学生。和刚才那间教室里学生的座位不同，这间教室的学生，几乎都坐在前排和中间，形成紧靠讲台的一个方阵。一个四十岁左右、戴着眼镜的小个子男老师正在上课。他站在投影屏幕和电子讲台的中间，聚精会神地讲着什么，学生们正听得入神。

“看见了吧？”林迟霜低声对盛强说，“这一看就是好老师，瞧学生听得多认真啊！”

盛强紧贴在门帘上，用手拨着门框，差点就要把门给抵开了。“这才应该是上课的样子。”他说。

“所以关键在老师。”林迟霜说，“学生都差不多。老师讲得好，要求严，学生就认真，老师不行，学生就混。”

“这老师看起来不富裕啊！”

“你怎么看得出来？”

“看穿着啊。”

林迟霜再次贴近门窗，看了看那正在讲课的老师。“哎，现在很多年轻老师日子都过得紧巴巴的。往往越是认真上课的老师，收入越低，挣的都是死工资。”

盛强迅速地估量了一下火锅大学年轻老师的收入，将它与火锅城的房价折算了一下，问：“他们买得起房不？”

“买不起！我们四十五岁以下的老师基本都没有房子。房价太贵了，老总！”

“那怎么办？住哪儿？”

“租房住。咱们学校的年轻老师一般都在卧虎庙那边租房子住。”

“卧虎庙？”盛强知道那地方，“以前都是庄稼地，火锅城的冬储大白菜基地，多远啊！”

“没办法，那边租房便宜些嘛。”

“住这么远，时间都花在路上了！”

“可不是嘛，地铁加公交车，到学校得两个多小时。我们教研室有个年轻女老师就住在那边，冬天上午有课的话，她凌晨五点半就得摸黑出门。”

“我们有罪。”盛强说，“我们挣得盆满钵满，老师们却买不起房子。”

他们继续往前，来到下一间教室的外面。这是一间较大的教室，里面坐了约五十个学生，几乎也是满满当当。上课的也是个男老师，四十多岁的样子。但和刚才那老师不同，这个人西装革履，白白净净的，一表人才。他正站在电子讲台后面，眉飞色舞地讲着什么。下面的学生也有低头开小差的，但多数人都盯着他在听讲。有几个女生甚至是目不转睛地盯着他，完全入了迷。不知他讲了句什么，学生们笑起来，全然不知道教室外正有两个陌生人在偷窥。

“这个老师不穷！”盛强说。

“你就知道钱。”林迟霜说，“咋看出来的？”

“他看他的手表和皮鞋。”

“我常在路上见到这人。”林迟霜说，“属于比较讲究的那种。”

“这小子肯定是弄到钱了。”

林迟霜再次往里面看了看，“你别总往钱上想。有些人天生就有一种气质，与钱无关。”

“有钱才能包装出气质啊！”

“真不见得。火锅大学老师中也有不少发财的，他们开公司，当律师，当顾问，做合伙人，搞演出。但有些人的钱你往往看不出来。你看他那样子以为他很穷，可是有一天你看到他开着一辆好车，有一套大房子，你才知道他其实不缺钱，只是天生一副穷样儿。”

“我懂，跟您开个玩笑。”盛强说，“不过看到这哥儿们红光满面的样子，而且把课讲得那么有趣，我都想当老师了。”

“你得了吧！”林迟霜说，“好好做你的生意。多给国家交点税。”

还没等盛强开口接话，楼道上忽然铃声大作。

“下课了！”林迟霜说，“咱们快找郁秦松去！”

两人继续往前。下一间教室是空的，里面黑着灯。再下一间，刚刚下课的学生从里面鱼贯而出，林迟霜挤到门口去一看，里面上课的却是个女教师。他们再往前。林迟霜从正往外走的几个学生之间逆行钻了进去，然后马上回头对盛强说：“在这儿呢！盛强，郁秦松在这儿！”

盛强连忙贴着门框挤进教室，看到郁秦松正一边跟林迟霜打招呼，一边在收拾讲台上的东西。他看到了盛强，停下手中的活儿，朝盛强走了过来。他的脚步厚实有力，把木质讲台踩得嘎嘎作响。

“郁大哥！”盛强喊道。“哥”这个词儿已经在他脑子里酝酿好长一段时间了。自从离开火锅大学以后，他再也没管人叫过哥哥。不管生意上有多大的交集，多重要的关系，他都是叫人家领导，或者老总。哥哥这样的称呼对自己来说相当神圣，只产生在那些特殊的年代里。再也不会有了。

此时郁秦松已经来到盛强身边。盛强热情地伸出手去，可是郁秦松直接给他带了个大拥抱。盛强顿时感到一股暖流传遍他的全身，紧接着，他鼻子一酸，流下了热泪。

“郁大哥，我可找到你了！我想你们啊！”

“傻兄弟，我们也想你啊！”郁秦松也动情地说。

见此情景，正往外走的学生们有些诧异，纷纷停下脚步。郁秦松朝他们挥挥手，说：“没事儿，啊，没事儿，我们是老朋友见面，大家赶快走！”

学生们于是往教室外走去。盛强平静下来，抢上一步拿过郁秦松的包，“我帮您拿！”

“现在上课简单，一个 U 盘，里面什么都有了。”郁秦松说着，将 U 盘从电脑上拨下，点鼠标关了电脑。旁边，盛强已经将他的讲台上的两本书和茶杯放入他的包中。

“走，咱们回家！”郁秦松说，“知道你来了，可不巧我今晚有课。”

“没想到您晚上还有课，好辛苦啊！”

“不辛苦，我们就是干这个的。”郁秦松说，“最后一个学期了，过完年我也退休了。”

这时盛强才看清楚，郁秦松这些年来变化不大。他和哥哥一样，保持着他们这个年纪的人不多的好身材。和哥哥不同的是，他一直戴眼镜，个子也比哥哥高些。不过仔细一看，岁月仍然在他脸上留下了痕迹。他的长方脸不如原来那般紧实了，肌肉有些松散，脸色也不如年轻时红润，此外，他发际线明显往后推移了不少，使他的脑门显得比年轻时更亮了。昨天看到他从广场上骑车驶过，他看起来相当冷漠，可是现在，盛强发现，郁秦松依然是热情的，脸上挂着兄长特有的关切。

学生们已经走完了，一个女清洁工从后门进去，拎着扫帚站在教室后面的空处看着他们。

“你扫吧，王师傅，我们这就走！”郁秦松一边穿着外套，一边对她说。

“不急，等您走了我再扫，郁老师！”那清洁工说。

三人来到过道上，一边说着话，一边到了电梯间。前面已经有几个学生也在等电梯，他们聊天的声音有点大，老远就能听到。郁秦松朝盛强摆摆头，就电梯间的喧哗向他表示歉意，盛强小声告诉他："没关系。"

他们三人站在那里，不再言语。背对他们的几个学生聊得正欢。他们是两个男生和五个女生，其中一个矮个儿的男生谈兴正浓，话语中还不时冒出一个英文单词。矮个儿背对着郁秦松他们，那几个学生以一种聆听重要人物讲话的姿势和方位成半圆形围绕着他，很认真地听着，仿佛他正在给他们讲课。另外那个男生则一边保持着聆听的表情，同时在查看手机。只听矮个儿那男生说："本雅明说：有时候远方召起的欲望并非是引向陌生之地，而是回家的渴望，而维特根斯坦也有过类似的质疑：上帝允许哲学家洞悉置于每个人眼前的事物。"

这时电梯下来了，他们先走了进去。郁秦松他们随后跟了进去。那矮个儿男生仍在侃侃而谈："其实存在的意义不但关乎人性，还关乎自由意志——"

一个女生捅了捅布道者，他侧过身，仰头看到了郁秦松，连忙叫了声："郁老师！"

郁秦松点点头，但并未看他，一言未发。电梯里立刻安静下来。然后一直到电梯停在一层，再也没有人说过话。门开之后，那几个学生跟郁秦松打了招呼，快步离去。

郁秦松对盛强说："见笑了。"

"没啥。"盛强说，"下课了还探讨问题，好学生啊！"

“啥好学生啊。”郁秦松说，“就是没教育好，不懂规矩。”

“最烦这种在大庭广众之下还谈学问的人。”林迟霜说，“毛病！”

郁秦松“哼”了一声，欲言又止。但是走了几步，他似乎还是不能对刚才的话题释怀，于是对盛强说：“说来惭愧，这是我的学生，本科时我当了他们四年的班导师。”

“难怪他有点怕你。”盛强说。

“我没把他教好。”郁秦松说，“因为我也没怎么管他们。这小子是到大四时要考研，我才开始注意他。我劝他别考，他答应了，可后来还是偷偷报名考了。”

“考研不是好事吗？您为什么还要劝他别考呢？”

“你不了解，我们这个专业，读到本科就足够了，根本没有考研的必要。甚至硕士学位也完全是多此一举，是当头儿的去跑点跑下来的，为了装门面。再说这孩子家里很穷，应该早点去工作挣钱养家而不是读什么研究生。”

“多学知识总是好事啊。”盛强仍是有些不解。

“这要看学什么，什么人学。就他这样的，且不说我们这专业值不值得再继续学，他本人也根本不是做学问的料。你别看他满嘴新词，好像多高深似的，其实这恰恰说明他内心的贫乏。”

“那他干嘛还非要读这个研究生呢？”

“因为他找不到像样的工作。他对出校门之后的压力感到恐慌，于是就想通过读研躲在校园里。对他来说，大学就是个避风港，待在这儿可以免除社会上的风吹浪打。一句话，好混。”

“我看他懂的挺多的啊！”盛强说。

“懂啥啊？啥都不懂！本科时我教过他，他字不会写，文章不会写，就是靠死记硬背上的研究生。硕士读完后他还想到北京念博士，但面试没通过，后来上了我们本院老刘的博士。”

“我看那几个女生对他还挺崇拜呢！”盛强说。

“这是几个硕士生。她们基本都是下面二本、三本考上来的，除了教材，大都没读过什么正经书，所以才觉得他了不起。他们有个读书会，今晚可能是这小子在跟他们侃。”

“研究生应该有自己的鉴别能力了吧？”盛强接着问。

“现在有些研究生还不如本科生。尤其我们这样的学校。许多研究生的阅读量少得可怜。他们学会了写论文，学会了使用关键词、内容摘要、参考文献、研究方法这些词儿，但就是不会写文章。”

“不过刚才那男生，”盛强说，“我看这人还厚道，也许做事会踏实。”

“他才不厚道呢！”郁秦松说，“没有才华又想走捷径，这种人不可能厚道。去年我们从美国请来一个教授讲课——其实也是从我们学校出去的，也没什么特别的，就是英文好一点而已，这小子，成天跟屁虫似的，一口一个先生，把他原来的几个师傅，包括现在正带他的老刘，全都抛到九霄云外去了。我听学生讲，他跟他们说，他在火锅大学读了十多年书，去年才遇到一个肚子里有点干货的，可他哪里知道，人家不过是把他当个小奴才，让他帮忙跑腿办事、做些勾当罢了。”

“我都听说过你们那位美国来的教授，有点故事。”林迟霜说。

“他呀，目的不纯，并不是冲着学问来的。现在这课题那项目，不就喜欢请这些二把刀充正神嘛！”

“就请不到好的教授吗？”盛强问。

“咱们学校的多数专业，国外根本就没有，所以也就不可能跟国际上一流的大学有什么交集，能到这儿来的，自然也就是些不入流的角色。”

这时候他们来到了飘香楼外。正前方，盛强的车就停在那里，司机和秘书站在车前，已经准备为他们拉开车门了。但是因为郁秦松是骑着自行车来上课的，盛强决定跟他走路过去。他做了个手势，秘书立刻闪了过来。盛强对他说：“你们回宾馆吧，把车也带走。完事儿后我自己打车回去。”

秘书明白了，转身上了车。他跟盛强多年，早就摸准了老板的脾气。他们是开着车过来的，头两辆车火锅大学方面还给办了出入证，可是昨天，盛强又忽然告诉他们，这样的车在校园里晃来晃去是对知识的不尊重，让车离他远点。

盛强执意要帮郁秦松推车，以体现自己小弟的身份。他们以散步的速度，边走边聊。时值夜晚，校园里的路宽阔幽静，但一到西门，路况就差了起来，下课的学生要从这儿出去，从外面夜市买了吃食回来的学生要进来，路上喧嚣而拥挤。出了西门，过路口往西，去往家属院的路上，道路两旁照样是各种摊位，把路蚕食得零零碎碎。摊点上小音箱里的广告声和学生们的谈笑交织在一起。空气中混合着不太地道的烤羊肉串、溜肥肠、臭豆腐和灰尘的味道。一辆汽车驶了过来。开车的人得把头伸出窗外估摸着，以免车胎轧到那些桌子旁边的小凳子。偏偏对面也驶来一辆车，于是就堵在路上了。一方的司机使劲摁喇叭，另一方的司机则将手从窗户伸出来，骂骂咧咧。周遭的学生不为所动，端着装有吃食的纸碟子在两车之间熟练地穿来穿去，个个都是一副司空见惯的样子。

“我的天啦，西门这一截路都成啥样了，也没人来管管！”林迟霜说。

“哪天不这样？”郁秦松说。他伸手将林迟霜拨在身后，走在前面去带路，可是他刚开辟出来一小截道路，立刻又被穿插的人给搅乱了。他只得转身回来，从盛强手中接过自行车。盛强多年不骑自行车了，推起来很不熟练，加上拥挤，那自行车便不听使唤，扭来扭去。

一直到过了眼镜店，来到理发店跟前，路况才好起来。盛强还认得这店，因为二十年前它就在这儿。现在它不叫理发店了，门脸也变得花花绿绿的，挂满了俗气的彩灯。当年盛强在这儿闯荡的时候，认得它的老板老孙。老孙是外地人，和气，很能吃苦，没事爱喝两口，是盛强认识的众多的小老板之一。盛楠他们在这里很多年都不认识这些人，而盛强只用了两三年，就和西门这条街上几乎所有的小老板和小店主混熟了，跟许多人称兄道弟。

进了火锅大学家属院，盛强边走边打量起这院子来。那天他刚到时，由于悲恸，他没心思打量这院子。现在他注意到，家属院基本还是他当年在这里出入的样子，房子高低错落，形状各异，外墙陈旧，道路杂乱，车辆横七竖八地停放着。

郁秦松带着盛强和林迟霜，来到西北角一个单独的小院子。这个小院子的几栋房子和大院里其他的房子不一样，式样美观，外墙贴的是清一色的米黄色墙砖。小院中一共三栋楼，成“品”字型分布，后面的两栋是高楼，前面，紧靠小院门口的一栋，差不多只有后面高楼的一半，显得很不协调。

林迟霜看出了盛强的疑惑，转身对他说：“这是教授院。火锅大学的精英们都住在这里。”

盛强再次以建筑行家的眼光将大小两个院子审视一番，说：“看得出，小院子里的这几栋房子是经过行家设计的。”

“可不嘛，住这儿的都是领导和教授们。”林迟霜说。

“但为什么三栋楼不一样高，令人不解。”

“这个呀，火锅大学特色。”郁秦松支好了自行车，走过来说。

“特色？”盛强又不解了。

“说来都是个笑话。”林迟霜说，“前些年呀，火锅大学为了体现出重视人才，决定盖这个教授院，建两栋高档住宅楼。房子盖起后，实际住进来的教授并不多，更多的是机关的头头脑脑们，所以两栋楼没够分，于是决定盖第三栋。但第三栋盖半截就匆匆封顶了，才形成这个两高一矮的格局。”

“为什么？钱不够吗？”

“钱够。上面给的是一栋高楼的钱。”

“那是？”

“一些退休的老头老太太出来阻挠，说这栋楼修起后会挡他们的阳光。”

“实际呢？”

“实际上根本挡不着。他们就是心理不平稳，因为这楼与他们无关了。所以他们开始践行自己的哲学：既然我住不上，你们也别想住上。”

“无理取闹，难道学校就没办法吗？”

“可不就是没招儿嘛。”林迟霜说，“有招儿的话，三栋楼就一般高了。”

“走吧。”郁秦松在前面喊，“这些不光彩的事儿还是少让盛强知道为好。”

三个人进楼，坐电梯上到第八层。郁秦松走在前面，掏出钥匙。门一打开，他的妻子就笑吟吟地迎了过来，嘴里说：“哟，稀客呀，盛强，快请进！”

“小慧嫂子，您好！”盛强连忙热情地回应道。

郁秦松的妻子小慧个子不高，比林迟霜和蔡晓都要矮，身材略微有些发胖，长着一张白皙的鸭蛋脸。她梳着很简便的头发，用发卡别着，中间可见丝丝白发。与此同时，盛强这才注意到，郁秦松也是黑发中夹着根根银丝。

郁秦松夫妇把盛强请到沙发上坐下。林迟霜也坐下了。盛强对房间略作打量，就看出这房子比哥哥嫂嫂家的房子大多了。客厅很宽大，但十分简朴，墙上空空荡荡的，没有任何修饰，家具也都十分寻常。

“您这房子比我哥哥家大多了。”盛强说。

“一百七十多平米。”郁秦松说。

“四室两厅呢！”林迟霜说，“气派吧？”

“不错，不错！”盛强称赞道，“教授就得住这样的房子。”

“你们家也不赖。”郁秦松对林迟霜说，“老喻他们所里，住房比咱们学校强。”

“差不多，差不多，也就比你们多十个多平米。”林迟霜说。

“所里人少，好办事。”郁秦松的爱人说。

“你们孩子呢？”盛强问。

“在美国呢！”郁秦松说。

“我记得好像是个男孩？”

“对，比盛楠他们女儿小一岁。”

“还在上学吗？”

“工作了。”郁秦松说，“在西雅图，当码农。”

郁秦松的妻子进厨房去了，在里面切什么东西。林迟霜也跟了进去。郁秦松见盛强一直在四下打量着房间，以为他是对这屋子有兴趣，便说：“弄得不好，随便弄了下，我带你看看吧！”

于是盛强起身，跟着郁秦松参观起他的家来。郁秦松一边走，一边介绍：“这是厨房，这是卫生间，这间小卧室，儿子回来时住住。这间是我们的卧室，那间是你嫂子的书房。这间，是我的书房，来，看一看。”

郁秦松推开房间的门，打开灯，盛强立刻便觉得眼前一亮。原来他看到的并不是教书人家常见的书房，而是一间画室。一间相当标准的绘画工作室。这房间正对房门的，是定制在墙壁上的整整一面墙的书架，上面放满了书籍，而门的后面，另一面墙，则是空的，中间有一张硕大的油画，静静地立在画架上。这是一幅尚未完成的作品，画面比人还高。画的是一大片杉树，这些树高大挺拔，气势昂然，阳光正从树梢间射进去，照得树叶和下面的溪流烨烨生辉。

盛强立刻被这画面吸引住了，全神贯注地盯着。自从二十多年前哥哥带他去参观一个朋友的画室，油画那种独特的画面感和油彩的气味就一直停留在他的脑海里。有钱以后，他还请人给父亲画过肖像，购买油画来装饰公司的办公室，后来还收藏了几十幅油画。但这些年自己再也没有进过谁的画室，因为自己对此是一窍不通的。

现在，盛强是真的被画面吸引住了。他看得那么入神，仿佛眼珠子都快掉出来了，这让郁秦松觉得很是意外。他打开了另外几盏灯。这是他画画时才开的灯。这些灯逐渐变亮，不一会儿，将房间里照耀得如同白昼，那幅大画也变得更为清晰起来。盛强觉得自己仿佛走到了深山一样，被一种异样的幽静和苍翠紧紧地攥住了，连呼吸都快了起来，以至于小慧推门让他到客厅喝茶吃水果，他都只是简单地应了一声。

“您在画画？”盛强问郁秦松。

“画着玩儿。”

“您居然有这样的爱好！”

“年轻时就喜欢。一直没有时间，这几年稍微闲了，把这玩意捡了起来。”

盛强这才忽然想起，当年跟哥哥去看人家的画室，正是郁秦松带着他们去的。那人是他的朋友。

“画得太好了！跟真的似的！”

“不行，我这是业余水平。”郁秦松说，“你坐着看吧，来，坐着！”

但是画前并没有椅子。只在房间的一角，靠窗户那儿，画的斜对面，有一个凳子和一个小茶几，盛强退到那儿坐下。虽然是斜着看过去，可画面似乎更清楚了，南方山地——应该是郁秦松的老家——的秋日景象出现在盛强眼前，他忽然也想画画了。他记得，大约五岁的时候，母亲从矿上的小商店给他带来一套彩笔，于是他画呀画，画满了好几个本子。画画的时候，他比做任何事情都快活，但是除了母亲，没有人知道他喜欢画画儿。父亲和哥哥都不知道。他想，如果不是那时候环境太恶劣，或者母亲早逝的话，自己说不定会一直画下去，成为一个终身画画儿的人。有种东西在他心里跳了一下：就在这一瞬间，他突然开始厌恶自己，厌恶自己的现在，厌恶自己的生活，厌恶自己的模样。

郁秦松以为盛强仍然沉浸在画中，对他说："不值得细看。我这，哎，完全是依样画葫芦。"

盛强发现茶几下面的隔板上有些书，便随手翻了翻，原来是几大本画册，是康斯太勃尔、柯罗、希施金、梵高和列维坦等人的作品。这些人里除了梵高，自己都没听说过。还有本书，名字叫《大自然的日历》。

"您专画风景画？"

"我都这把年纪了，起点又低，在绘画语言上不可能有什么进步了，也就是画画风景。边学边画，嘿嘿。"

盛强又被画册吸引住了。足足有五分钟，他没有抬起头来，视线停留在书上。郁秦松没想到一个商人还能如此入神地翻看一本画册，便不想打扰他。他转头看起自己的画来。刚才盛强一直盯着一个地方，这是一块树干的断枝部分，他疑心那反光白得有一点过。按理说盛强是不懂画的，可是他刚才为什么盯着这儿呢？郁秦松看看，想想，再看看，然后不由自主地拿起画笔，托起调色板，蘸了颜料朝断枝处点过去。

轻轻地点了几笔，郁秦松似乎有了新的发现。他转身，随手打开了放在北墙一个小书架旁边的音响，顿时，音乐响了起来，是一支长笛在吹奏，发出田园牧歌般的声音，随后，一个男人缓缓地唱了起来。

盛强仍然翻着画册，耳朵却被音乐吸引住了。这男人的声音清澈甘甜，像泉水一样，又像阳光一样温暖，富有穿透力。歌声与旋律充盈周遭，房间里的一切，似乎都飘了起来。这歌曲显然是忧伤的，唱的人似乎在倾诉着什么。盛强一句也没听懂，不过他知道，这是意大利语。从前哥哥也喜欢听这样的音乐。哥哥告诉他，不必去知道这些歌曲的确切意思，被声音打动就可以了，因为声音就像人的表情一样，可以传递出各种情感，而不必通过话语来解释。他的思绪顿时回到了二十多年前火锅大学的筒子楼。虽然自己没念过什么书，但那时候自己就知道，文化就是像哥哥和郁秦松他们这样的人，贯穿在他们的日常生活之中，他们看的东西，听的东西，他们说的话和与人相处的方式，他们的思想和情感。

一段歌声结束，那长笛声又飘了出来，盛强终于忍不住问："郁哥，这歌叫什么名字？"

"《燕归来》，一首意大利民歌。"郁秦松头也不抬地说。

这时候小慧推开了房门。"你怎么还画上了呢？"她说，"盛强兄弟是客人呀！"

"对呀，抱歉！马上！"

郁秦松嘴里应着，手和眼睛都没有离开画面。同时他回头关照盛强："稍等啊，一会儿！"

"您画这么一张画得花多长时间？"盛强问。

"像这幅，画了三个多月了，快完了。"

盛强见房间里只有这一张画，便问：“这是您的第一张画呀？”

“不，总共十多幅了，都放在儿子的房间里。”

郁秦松终于画完那个点了。他放下画笔，拿起一块毛巾擦擦手，朝盛强嘿嘿一笑。盛强放下手中那本画册，打开自己的手机，翻出下午刚收到的照片递给郁秦松：“您看这几幅画怎么样？”

郁秦松看了看。“在哪儿拍的啊？”

“我一个朋友家，他买的。”

“啊，还有人买这个。”

“您觉得这画，画得好不？”

“商品画，按套路画的。”

“值钱吗？”

“可能是一钱不值，哈哈！”

“真的？”

“真的。”郁秦松一边说一边往外走，“这种画一天能画好几幅。明显就是抄袭西方一些当代画家的作品。蒙外行的。”

盛强没有吭声。这正是他收藏的那些作品中的几幅，好像就是上午跳楼的那个女人口中提到的那个著名画家的作品。

两人来到客厅。盛强被小慧请坐到沙发上。茶几上摆了好几盘水果，用的都是精致的水晶盘子。看得出，小慧是特地为此作了准备的。水果中有来自美国的红提和来自南美洲的黑李。

“小慧嫂子您忙吗？”盛强问。

“我都退休两年了，不忙。”小慧说。

“你还以为只有你郁哥才会画画呢？”林迟霜说，“你小慧嫂子也在画。他们呀，是鸾凤同鸣，比翼齐飞！”

“是嘛？”盛强很是惊讶，“嫂子您画的什么画儿？”

“没你郁哥那么大的气魄。”小慧说，“我就是画些花花鸟鸟。纯粹是画着玩儿。”

“她画得挺好的，传统工笔花鸟。”林迟霜说，“你就让盛强看看呗，都不是外人。”

见盛强是真的兴趣十足，不是那种出于礼节的询问，小慧决定让盛强看看她的画儿。后来盛强才知道，她通常不愿意让人知道她在画画。即使本单位的同事，也没有人知道她有这个爱好。当然她也没邀请他们谁上家里来过。只有像林迟霜这样的少数几个朋友看过她的画儿。

小慧画画的房间比郁秦松的房间略小一些。她画的是国画，有几张随意贴在桌子上方的墙上，可能是最近刚画的，全是花，有的是花朵，有的画有树枝。这些画儿全部画在宣纸上。桌子上也摊放着一张画儿，用镇纸压着，静静地躺在毡子上。画面上是一丛芦苇和两只鸟儿。那芦苇好像是被风吹拂，正在轻轻摇曳，两只鸟则正呢喃交流着什么。

就如同刚才在郁秦松的房间里一样，盛强立刻被画面特有的秀媚气息吸引住了。

“好一对志同道合的夫妻，也许这就是所谓的精神家园吧！”盛强在心里说，“他们表面上和这院子里的多数人一样，每天柴米油盐，上课下课，可实际上，他们的精神世界既不在挣工资的教室里，也不在厨房里，更不在那些喧哗的广场上和旅游点。他们用自己的方式生活，既食人间烟火，又不流入俗套。”

桌子的左侧，也放有几本画册，盛强随后拿起来翻了翻。封面上印着作者的名字，分别是吕纪，恽寿平，郎士宁，余省。这些人中盛强只知道郎士宁是个外国人，跑到中国待了一辈子。这些画册里面的画面泛着历史的幽光，每一幅都栩栩如生。盛强屏住呼吸，翻了会儿，小心翼翼地放回原处。

盛强转过身，说：“小慧嫂子，了不起！你们这才是真正的生活！”

“哎，我们呀，年轻时也不知道自己该干什么，稀里糊涂地混了大半辈子，这都快老了，才来做点感兴趣的事情。”小慧回答说。

郁秦松也走了进来。夫妻俩看着盛强，脸含微笑。这刹那间，盛强在他们脸上发现了一种光彩——一种他们这种人才有的那种率性自然的光彩。他们不施粉黛，不倒饬，不装模作样，不讨巧，不趋附，全都是因为他们内心充盈持满，而这种充盈已经足以支撑他们平静的生活。

三人来到客厅。小慧说：“盛强快坐下，坐下喝点水！”

还没等盛强回答，郁秦松说：“别坐了。咱们得去王汉柏那儿。他还等着呢！发几次信息来催了。”

“老王不是住在那个足球学校吗？”小慧问。

“回来了。”郁秦松说，“好家伙，一听说盛强要来看他，立马就赶回来了。还做了菜等着咱呢！”

“那你们去吧，少喝点！”小慧说。

于是郁秦松和盛强赶往王汉柏家。估计他们会喝酒，而且时间也不早了，林迟霜就告辞回家了。

王汉柏住在盛楠他们家前面不远处的一栋楼里。这一片都是老楼，五、六层高，外面看起来就显得陈旧破败，进入里面，更是寒酸。楼中黑乎乎的，灯泡亮的不多，要借助手机才能走路。不宽的楼道上堆满了杂物，一堆堆，一捆捆的，有些已经积满了灰尘。墙壁上喷满了广告，有办证的，也有疏通下水道、中小学功课补习、取快递什么的。

盛强跟在郁秦松后面。楼道中的景象很是出乎他的意料。走到三楼的时候，他终于忍不住了，问郁秦松：“住在这里面的都是什么人啊，怎么还捡破烂？”

“这楼里啊？”郁秦松转过身，“这种老楼里基本都是老员工，大多数都是退休的教师。”

“有很穷的吗？”盛强指着面前的几堆老破烂。

“应该没有。”郁秦松说，“这里面虽然没有富人，但绝对没有缺钱的。大多数我都认得。”

“那还捡这些干什么？”

“这个呀，他就是心穷。不放点破烂在家门口，他心里不踏实。”

“要我说，文化人生活的地方绝不应该是这个样子。”

“文化人？”郁秦松笑了，“生活在大学里不见得就是文化人。有些人可能当了教授副教授，但他没文化。”

“不会吧？大学教授还没文化？”

“完全可能。教授们掌握的是知识，有知识不一定有文化。”

盛强还是没太听明白。他说：“这个我不太懂。我只是觉得，大学里不应该有这样的家属楼。实在太差劲了。”

“火锅大学家属院一直就很差劲。咱西边那个小院子，里面四栋楼，基本都是当年拆迁的回迁户，是原来这一片的农民，但那个院子比我们这个院子整洁、干净，也更有秩序。因为人家有管理。”

“不可思议。”盛强说。

他们边说边走，已经来到六楼王汉柏家门口。此时王汉柏正在家里边看电视边等他们。快到的时候，郁秦松故意把脚步踏得很响，但房门依旧紧闭，他只得上前敲门。

许多年以来，盛强都一直都认定，王汉柏一定是当今长得最像关公的那个人，不论是他健硕的身材，还是他的长方脸膛。他唯一欠缺的，是一蓬长胡子和一身古服。此刻，王汉柏一边认真打量着盛强，一边用他厚实的大巴掌握住盛强的手，说：“你小子，我还以为你把我忘记了呢！”

“怎么会呢？王哥。”盛强说，“我一直想着你们啊！”

“等你们半天了！”王汉柏说。

盛强站在门口，准备换鞋，王汉柏把他往里一拉，“不用换鞋，随便踩。”

盛强这才发现，这家门口果然没有拖鞋之类。这房子跟哥哥家的房子差不多大，户型好像也一致，不同的是，地上没有铺地板，而是地砖。客厅显得有些凌乱，也有些旧，靠阳台的几盆植物，已经明显地枯萎了，尤其一棵“发财树”，一半叶子都黄了。

厨房门外有一张老式的圆餐桌，上面摆着一盘炸花生米和一盘泡菜。花生是紫皮花生，炸得金黄金黄的，火候是恰到好处；那一大盘泡菜则与众不同，里面有藠头、辣椒、仔姜、红白萝卜、豇豆段，五颜六色，很是好看。不用说，这一定是王汉柏自己泡制的。

“好家伙，好久没吃你的炒菜，肠子都快生锈了！”郁秦松看着桌子说。

王汉柏把盛强请到沙发前坐下。“先喝口水！”说着，他给盛强倒了一杯茶。

“嫂子呢？”盛强问。

“你嫂子上北京去了，女儿上个月刚生孩子。”

“你怎么不去？”郁秦松说，“都当姥爷了还不去看看！”

“那是啥地啊，挤得跟人孔似的，哪有俺们这儿带劲？再说我不是被学校捆住手脚了嘛！”

“听说您办了一所足球学校？”盛强问。

“是别人办的，我帮忙看学生，同时负责体能训练。”

王汉柏说，“你们稍坐一会儿，我炒一个菜咱哥仨喝两杯。”

这几乎是王汉柏招待朋友永远不会改变的模式，要制止他是徒劳的，所以郁秦松和盛强都随他了。王汉柏说完，进了厨房。盛强禁不住对这个资深大厨的好奇，走到厨房门口去观望。只见王汉柏很熟练地把铁锅架上燃气灶，“啪”地打着了火。趁蓝色的火苗舔着锅底的时候，他转身从搁板上拿过香烟，点了一支吸上。案台上，有一大盘切好的腊肉，刀板上还齐整整地摆放着切好的蒜苗。很快，铁锅热了，王汉柏把腊肉倒入锅内，伸手打开了抽油烟机。

郁秦松也凑了过来。他拿起手机对准厨房录像，同时说：“来啊，看看咱们火锅大学的神厨是怎么炒菜的！”

腊肉很快炒出油来。铁锅里发出动听的“吱吱”声。王汉柏操起锅铲，翻炒几下，把肉翻到锅沿的四周，露出锅底一汪翻滚的油来。此时腊肉已经不再是下锅前的片状，而是像枝叶一样蜷缩着，盛强知道，这正是地道腊肉的特征。这分辨真假腊肉的方法正是当年王汉柏教他们的。这时王汉柏已经从柜子里取出一坛子醪糟来。他将盖子拧开，用他宽大的左手托抓着，右手取过一只勺子，舀了一大勺醪糟放入锅中的油中，顿时，一股混合着腊肉和醪糟的香甜之味弥漫开来，弥漫了整个房间。

就这眨眼的工夫，王汉柏将火开大，杂耍似的用刀铲起蒜苗，三两下放入锅中，迅速翻炒起来。他使用菜刀和锅铲的麻利程度，是普通居家男人望尘莫及的，盛强差点叫起好来。同时他想起了当年在筒子楼那简陋的锅台边，王汉柏颠勺挥铲的身影。就在这一走神之间，王汉柏已经关火，盛出满满一大瓷碗蒜苗炒腊肉来。他自己似乎也很满意，一边将这碗菜递给门口的郁秦松，一边说："就这么简单！"

"酒呢？"郁秦松接过碗，问，"请我们喝什么酒啊？"

"酒马上来！"王汉柏说着，从厨房里侧的窗台抱过一个黑乎乎的大坛子放到案台上。他从柜子里拿出三个碗，把坛盖揭开，又从柜里取出一只小巧的葫芦瓢，从坛子里舀了酒倒入碗中。

盛强接过一碗酒来。这酒微微泛黄，在碗里荡漾着，有一股淡淡的清香味。

"他自己泡制的，全是中草药，没有动物身上的那些东西，可以放心喝。"郁秦松说。

"错了，这不是中药，而是用野生的刺梨泡的。"王汉柏说。

王汉柏又拿来三只空碗和筷子。三人来到餐桌旁边坐下。王汉柏说："以前是盛楠咱们哥仨喝，今天盛楠不在了，盛强代表你哥哥。这第一杯酒，先敬盛楠，愿他安息！"

说完，王汉柏神情庄重地用右手食指在酒中沾了一下，然后分别朝上、中、下三个方位弹了一下。几滴细微的酒珠在空中变得细碎，洒落地上。

然后，王汉柏端起碗，对郁秦松和盛强说："请！"

这一小碗酒足有三两，王汉柏一口就喝下去差不多一两。盛强也照那量使劲喝了一口，顿时，一股夹带着高粱酒的热烘火辣与刺梨的甘甜纯绵的酒气在他胸腔中扩散开来。

“吃菜！”王汉柏说。

盛强有很多年没有到别人家吃过饭了。第三次婚姻破裂之后，他甚至都没在自己家里吃过饭，顶多吃个早点，或者喝碗保姆给他炖的汤。他发现，不管自己吃过多少山珍海味，王汉柏准备的这三道菜都是顶呱呱的。他不想在两个老哥子面前客气，所以他不停吃菜，频频跟他们碰杯。

“好吃你就多吃点。”王汉柏对盛强说，“什么减肥呀晚上不能吃东西呀，都是哄人的。我的观点是，该吃就吃，该喝就喝，只要身体好，没事儿！”

“说得好！”盛强说，“这么多年了您身板儿还这么硬朗。您还每天都喝点酒吗？”

“喝！至少晚上都是要喝几口的。”

“火锅大学的酒仙！”郁秦松说。

“可是我是自己喝。”王汉柏说，“我从不参与那些酒局。火锅大学无聊的人太多了，有的甚至天天凑酒局。他们不是喝酒，是混时间。我是真喝。”

“您怎么跑到足球学校去了呢？”盛强问。他心想这两个老哥子肯定不知道自己也投资了一所足球学校。

“好这个。我干了一辈子体育，尽在大学上体育课了。你也知道，在咱们这样的学校，体育课那是边角料，可有可无的。前几年他们听说我长期兼着火锅大学男子足球队的教练，就来找我，我去那基地看了看，马上就同意了。这边呢，我去年已经办了退休手续，没事儿了。”

“听说您平时是住在那学校？”

“是，因为一百多公里。以前是周末回来，这半年你嫂子不在家，我常常两三周才回来一次。”

“您具体干什么？”

“我主要负责体能训练，专业课是退下来的职业球员在教。另外就是日常管理。”

“您辛苦了这么多年，其实该休息了。”

“闲不住。当然也是喜欢。要能发现几个好苗子，干起活来是很带劲的！”

“您发现了吗？”

“发现了。我们已经送了三个小球员到西班牙。”王汉柏有些兴奋起来，“我们以前那一套完全不对！我跟你说，以前那一套选拔球员的方式完全不对，选出来的尽是些他妈的田径运动员。现在我们才开始明白一点什么叫足球才华。足球才华。早点明白多好啊！耽误了多少孩子。”

这时王汉柏的酒碗已经空了。盛强也差不多快喝完了，郁秦松则还剩下半碗。

“咱俩再来点！老郁嘛，不劝他。”

盛强点头，于是王汉柏又去舀了两碗酒出来。

“人呀，”王汉柏说，“就得找到个自己喜欢干的事儿。你说我要不是折腾这个学校，成天待着还不闷死？”

“那是，您看郁哥，夫妻二人都沉浸在绘画之中。”

“就说你哥吧，他要是有个爱好，也不至于成天就琢磨着非要评教授。费老大的劲，到头来又想不开，何苦啊！”

“您的职称问题解决了吗？”

“我呀，也就弄了个副高。我们上体育课的，混到这分上也就到顶了。”

“您想得开。我哥哥可能就迷在这儿了，没开窍。”

“老王你这话不对。盛楠不是因为想不开，是咽不下那口气。”郁秦松说，“你知道他为什么一直评不上教授吗？”

“不说是科研成果不够吗？”

“瞎扯！”郁秦松说，“火锅大学的教授有几个人科研成果够？又有几个人、包括我自己，是真正搞出了成果？他是遭受不公了，你明白吗？”

“谁对他不公了？”王汉柏问。

“所以我说呀，你并不了解盛楠。虽然我们哥儿仨交往几十年了，可你并不了解他。盛楠这个人太单纯。这才是悲剧的原因。”

“咱不都是单纯的人吗？”王汉柏问。

“不是。拿你来说，你是忠厚朴实，是本性。你周围全是一帮搞体育的，虽然也有那么几个油子，但比较而言简单多了，大都保持了体力劳动者的单纯，而盛楠他们那儿就复杂多了。他是在体会了人世间的龌龊之后，还依然保持本性的单纯。至于我，我没有你俩那样的厚道单纯，我能与人交，也能与鬼处。我不勤奋，也远不如盛楠敬业，专业上也没有什么造诣，所谓的专著成果，也都是东拼西凑的，没什么成色，但是我四十八岁就评上教授了，一点也没吃亏。”

郁秦松说这番话的时候，王汉柏跟盛强碰了一次杯，喝了一口酒。随后他自己又喝了一口。他的脸上开始显现出特有的红晕，也就是二十多年前他被喻为“筒子楼关公”或者“火大关公”的那种红晕。他晃悠了几下脑袋，说：“听×不懂！听×不懂知道吗？你说话太深奥了。”

“盛楠是被包老头坑了，知道吗？老包，就住我们楼三单元那老东西。”

“就经常在路上穷溜达那个老包啊？”王汉柏问，“我说怎么看他总是不顺眼，一副不阴不阳的样儿，像个老太监似的。”

“你别看他现在阴司倒阳的，年轻时可坏了。”

“我听说盛楠被他坑过。可是这不是很多年前的事了吗？”

“一个坏人是足可以毁掉一个好人的一生的。”郁秦松说，“年轻的时候，这老东西是盛楠他们专业的所谓学术领头人，是当时他们学科唯一的教授。他为人很不地道，有过几件很不光彩的事儿，但一直把持着他们那个专业。以盛楠的性格，肯定是不喜欢这样的人的。别人都比盛楠现实，有的假装对这老东西顺从，有的则刻意迎合讨好他，只有盛楠，始终对他敬而远之。这样，一直到这老东西退休，盛楠都被他压着，职称上亏大了。等这老东西退休之后，他的徒子徒孙又上台面了。虽然表面上大家的关系还可以，可是盛楠不是他们那条道上的人，明里暗里都被挤兑，就这样，一步步，一年年，就到了现在这个样子。”

“妈的，好端端的学校就让这样的老鼠屎给带坏了！”王汉柏说。

“你们学校挺复杂吧？郁哥？”盛强问，“从前没踏入校园门坎的时候，觉得大学十分崇高，阳光普照，可那些年在你们学校进进出出，觉得大学里其实并不单纯。有些人甚至还不如社会上的人呢！”

“就是这样。”郁秦松说，“有些人比社会上的人还差劲。”

“按理说不应该啊，毕竟，”盛强想了想，“大学嘛！”

“火锅大学，哎。”王汉柏欲言又止。

“火锅大学怎么了？”盛强问。

“火锅大学就不是个地道的大学。”郁秦松说。

“为什么？”

“它上面有一个火锅委管着。它老是把火锅大学管着，用它那一套很扯淡的条条框框。它总是揩火锅大学的油水，什么都想刮一层下来。他们很多人的三亲六戚都被塞到了火锅大学。每次新校长上台都说要让火锅大学早点腾飞，可是有火锅委这张网缠着套着，火锅大学永远也别想飞起来。”王汉柏说。

“那就难办了，毕竟，教育还是挺专业的一件事，要明白人才能干。”

“哪有明白人呀？说出来你都不相信，三年前李烹当校长之后，提出的口号是要把工作重心转移到教学上。可想以前都是搞的些什么名堂。”郁秦松说。

"真是稀奇，难怪我哥哥评不上职称了。"盛强说。他关注的还是哥哥的职称，"依我看，职称这事儿，凡是这种老老实实干活的人，只要课上得好，干到一定的年限，学校自动就应该给他职称。如果他的什么科研成果不够，那可以比别人晚几年给他职称，该是副教授就副教授，该是教授就教授。不能让别人来评。如果这些评的人本身就不地道，那不就明摆着要被欺负吗？"

"是你说的这个理儿。可惜你不是我们校长。"郁秦松说。

三人沉默下来，默默喝酒。过了一会儿，盛强说："哎，我哥哥也是，评不上就不评了呗，咱有钱，什么样的生活不能过？干嘛非跟这个教授较上真儿？"

"盛强，说到这儿我得批评你了。"王汉柏一仰头，喝光他碗里的酒，"我早几年就听说你发财了，为什么不来看看你哥哥呢？他连个车都买不起。我们哥儿仨，他最穷。老郁不用说，早小康了，我呢，除了工资也能挣点外快，就盛楠，一直靠那点死工资过日子。你嫂子身体又不好，是个老胃病，你侄女一直在念书，前几年才毕业，家里就靠盛楠撑着，他能不去争那个教授吗？能不在乎吗？"

他话还没有说完，盛强已经低头不语。不一会儿，几颗浑浊的泪珠顺着他的脸颊流下来，滴在胸前。他咬着嘴唇，一言不发。

"行了，汉柏你别说了。"郁秦松说。他站起身，从茶几上的纸盒里扯过几张纸来递给盛强。

王汉柏拍拍盛强的肩膀，“我这人说话直，你别介意啊。还能喝不？”

盛强没说话，点点头。

三人又喝了一阵。接近十二点的时候，郁秦松和盛强都醉眼蒙眬了，王汉柏则是红光满面，笔直地端坐在餐桌前，似乎是刚刚热完身，正在等待一场酣畅淋漓的大酒。

“今天咱们就到此为止。”郁秦松说，“已经喝不少了，再说这不是喝酒的时候。”

“好，以后我经常过来，多陪两位哥哥喝几杯。”盛强说。

王汉柏兴犹未尽，但却不愿意打断他们的提议。火锅大学已经没有他所向往的那种酒风了，养生正在将痛饮从字典中抹去。他喝光碗里最后的几滴酒，站起身，咕哝道：“好吧，再好的宴席也有收场的时候。”

三人穿好外衣，来到外面。盛强搀扶着郁秦松走在前面，王汉柏跟在后面。他们出了楼，左拐往南去往家属院的大门口。

路过一个小卖店时，前面的遮阳棚下面有一个男人正在哭闹。他显然是喝多了，瘫倒在栏杆边，手里拎着一瓶啤酒。另一个人抓着他的手，拖死狗一样往外拖，但却拖不动。只听见这人正在哀嚎：“我他妈混成什么样了啊？嗯？”

这男人苍凉的声音在夜色中回荡，没有人回答他。旁边那人看到盛强他们三人走过来，俯下身去哄劝醉酒者，试图平息他的情绪，但后者似乎反而把这当作一个宣泄的机会，更大声地吼叫起来："谁能明白我的酸楚呀？我都混成啥样了啊？"

三人没有停步，径直走过去了。盛强问："这人怎么了？"

"没怎么，就是退休了，心情不好。"郁秦松说。

"他没评上教授吗？"

"他早评上了！课题也都搞了不少。"

"那他哭什么？"

"也许是退休了不好玩了呗。"郁秦松说。

"我看就是有病！"王汉柏说，"都想占着茅坑不拉屎，这学校不就垮了吗？"

这时盛强忽然看到路旁一栋平房的墙壁上用喷笔喷着一行大字：唐登科教授，我与你恩断义绝！这种喷笔通常是那些办假证的人使用的，现在却用到了这儿。它的字迹像刚学写字的小孩子的，歪歪扭扭，颜色鲜红，在路灯的映照下十分显眼。

王汉柏瞅了一眼，说："这他妈唱的又是哪一出啊！"

"师徒反目，在现在的学术圈中不算稀奇。"郁秦松对盛强说，"肯定是今晚刚喷上去的，下午我路过的时候还没有。"

一阵冷风袭来，枯叶飒飒飘落。道路两旁，树丛后边的排排窗户，大都已经灭了灯，勤劳的火锅大学的老师们已经就寝了。在岔路口，走在前面的郁秦松没有往右，往自己家的方向走去，而是左拐，继续沿着大路前行。他要把盛强送到家属院的大门口，在那儿打车离开。

在道路东侧的人行道上，他们又遇到了一个人。这个晚归客形色匆匆，拎着一只公文包，一看到郁秦松和王汉柏的身影，立刻想躲开，但他又不能抬腿越过栏杆进入到花园中去，所以他佝偻着身子，尽可能贴着栏杆往里走。郁秦松看到了他，往马路边移了两步，错开道路。盛强不认识他，见郁秦松拐了弯，他也跟着变换了路线。跟在后面的王汉柏却站住了，站在人行道的中央，问那人："你干啥呢？"

那人瞅了王汉柏一眼，没有吭声，继续低头前行。

王汉柏却不依不饶，继续问："你不认识我呀？"

那人加快步伐，想逃离这儿，王汉柏却喝了一声："站住！"

那人站住了，问王汉柏："你要干什么？"

"干什么？你不认识我们吗？"

郁秦松连忙返回，拉着王汉柏的胳膊，说："赶紧走！"

王汉柏却还在质问那人："干嘛躲我们？"

"赶紧走！"郁秦松拉着王汉柏，"一会儿盛强打不着车了。"

王汉柏转身，准备跟郁秦松往前走。那人也转身准备继续前行，同时嘴里嘀咕道："有病！"

"你说啥呢？"王汉柏大喝一声，挣脱掉郁秦松的拉拽，两步奔到那人面前，"你再说一遍！"

郁秦松连忙跟了上去。盛强也跟过去准备劝解。只见那人夹着个公文包，一手指着王汉柏：“你要干什么？”

盛强看到，这人眼睛里露出鄙视、厌恶和愤怒的光，从一副黑框眼镜后面射出来，投向王汉柏。王汉柏像篮球场上球员之间发生冲突时那样，双手下垂，不跟夜归客有任何接触，但上身紧紧顶着他，正在问：“谁有病？你告诉我谁有病？”

夜归客变得有些惊恐，因为王汉柏将他顶得就要仰靠在栏杆上。他将公文包举起来，挡住他的嘴和鼻子，仿佛王汉柏呼出的酒气有毒似的。他搞不清楚王汉柏是否会朝他下手，不知道如何对付这个门神一般挡住他去路的长身大汉。他微微抖动着身子。终于，他有些低三下四地喊了一声：“你要干什么？来人呀！”

这声音在夜幕中传得很远。不远处，大门口值更的保安缩着身子往这边瞅了一眼，没有任何举动。盛强还注意到，在整个过程中，郁秦松就站在旁边，但既没有拉拽王汉柏，也没有吱声，于是自己也静观事态。

就在夜归客的喊叫声刚刚结束时，王汉柏忽然伸出双臂，像抓一个稻草人一样将夜归客抓住，拎起来，然后猛地一扔，将他甩过栏杆，落在里面草地上一丛有些枯黄的迎春花上。

王汉柏拍着巴掌，好像手上有灰似的，同时发出“哈哈哈”的大笑声；夜归客则乱叫了几声，从迎春花上爬了下来，捡起他的公文包，一溜烟从草地上跑过去了，同时甩过来一句话："你等着，我跟你没完……"

郁秦松拍了王汉柏一巴掌，三人转身，继续往大门口走去。外面比院子里还要冷，风一阵一阵刮过。过往的汽车不少，却没有一辆空出租车。盛强知道，自己不打上车，他们两位不会回去的，就让他们站到一家眼镜店的门廊下，这儿风小些。同时他拿出手机准备叫车。

郁秦松忽然走过来，跟他说："别介意啊！你王哥并不是粗人。"

"我知道。"盛强说，"王哥绝不是粗人。"

"刚才这人不是个好玩意儿。"郁秦松说，"这小子，教授也评了，博士也带了，官也当了，钱也捞了——一句话，啥好处都得了，可他没有一点自知之明与谦卑。他把钻营得来的种种好处都视为是自己的本事，对我们这样的群众视若无物，所以你王哥，逗了逗他。"

"逗了逗他。"盛强笑着说，"我知道，王哥只是逗了逗他。"

再看王汉柏，正专心站在门廊边，认真地盯着驶过的车辆。不一会儿，一辆空车驶了过来，王汉柏连忙上前一步，招手引了过来。

"该走了，盛强，上车！"王汉柏说。

第六章　宴饮

为了确保有足够的教授们来为哥哥送别，盛强委托巴总管为他张罗一次宴请。巴总管对此高度重视，亲自邀请人，把宴请的地点安排在火锅大学南大门外的蓝海水酒楼。这酒楼虽然不在主路上，但地处火锅大学、才艺大学、才艺大学附属中学的交汇处，每日里歌舞升平，生意兴隆。

星期六下午五点，盛强以接巴总管赴宴的名义拜访了巴总管。巴总管跟郁秦松家一栋楼，但户型有所不同，面积似乎也比郁秦松家略大一些。总管的家里装修得富丽堂皇，一色的中式红木家具，几个柜子中摆满了文物古董。他对盛强的造访十分热情，指挥他老婆端茶倒水，忙得不亦乐乎。盛强小坐一会，发现总管家没有外人，才打电话给他的秘书，于是，秘书和司机送上去一个装水果的大塑料框子，里面是两箱茅台、两斤茶叶和几条香烟。总管推辞不受，盛强一再强调是土特产，总管才勉强收下。

临近六点，盛强和总管乘车来到蓝海水酒楼。下车后，总管站在旁边接起电话来。见他几句话说不完，盛强拿出手机看微信。忽然，一股似曾相识的香水味朝他袭来。他一转身，看到火锅学刊社的林雯雯正笑吟吟地站在他的侧面，正准备跟他打招呼。歌唱家也是刚从车上下来，她身后停着一辆橄榄石绿的卡宴，像一只刚刚被雨水淋过的大青蛙。

“哟，盛总，您这是要请谁吃饭呀？”歌唱家率先开了口。

“准备请你呢，我们的大歌唱家！”盛强说。

“您别逗了，我怎么可能有这样的荣幸？”

“肯定有人在我之前邀请你了，要不你把他推了参加我们的聚会？”

“小女子哪敢吃您的大餐？我倒是好奇，您跑这儿来都请谁呀？”

“火锅大学的领导们，还有几个教授。”

“真的呀？那可都是我的老师们。”

“那就请你参加吧。没准儿全是你的熟人。”

“算了吧，你肯定有什么大生意要谈，别影响你的正事。”

“没什么正事，就是普通的朋友聚会，一起吧！”盛强真想拉这女子参加。他预感到她对这样的活动是很有兴趣的。

这时巴总管打完了电话。“雯雯，跟盛董事长说话正经点。”他对歌唱家说，“你怎么也在这儿？”

“巴叔！”雯雯甜甜地叫一声，“单位有个应酬。”

盛强立刻明白，雯雯与总管是老熟人。

“又是你们那个雷社长把你拉上的吧？”巴总管仍在跟歌唱家说话，“这家伙，真把你当外交部长使了。社里一个月给你开几个钱儿呀？悠着点儿，别什么活儿都帮着干。”

“您放心吧，我知道。”雯雯说。她看看表，“我先进去了哈。再见盛总，回头我给你们敬酒去！”然后她像一朵花一样飘上台阶，进楼去了。

“认识了啊？”巴总管看着雯雯的背景，对盛强说。

“前天去火锅学刊社买版面时认识的。”

“挺不错的一个女孩。不像一般唱歌的那么浮。”

盛强想笑，但止住了。他说：“没想到火锅学刊还有个歌星。”

“也是个权宜之计。”总管说，“现在的歌舞团都垮得差不多了，哪里要得了那么多唱歌的？就这单位，也是费了老大劲才留下来的。好在她爸是做生意的，家里有钱。好歹先把户口留下来。如果是一般家庭，学完就得打道回府。要么就跑北京上海那边唱歌挣钱去了。”

“也是啊，搞艺术的还得待在大城市。至少也得火锅城这样的。”盛强说。

他们开始往饭馆里面走。盛强的秘书和司机跟在身后，每人抱着一个纸箱，里面装着晚上喝的酒，还有烟、茶什么的。酒楼到了晚餐的营业时间了，服务员们在过道上来来往往，正在做上班前的准备。这饭馆的大堂很小，只有七八张桌子，剩下的全是包间，一楼有七、八间，二楼有十余间。总管显然是这儿的常客，服务员们都谦卑地跟他打招呼，给他引路。刚上二楼，一个看样子是领班的女孩立刻迎过来，帮总管脱掉大衣，领着他们往里走。

走过一个房间的时候，总管忽然退后两步，推门走了进去。原来他看到里面是熟人，进去打招呼。借着半开的房门，盛强看到，三个男人正在茶座上打扑克，茶几上摆着一些钞票。总管与他们调笑了几句，走了出来，掩上房门。

“才艺大学的苗院长，吃饭来早了，先斗上两圈。”总管对盛强说。

走在前面的领班已经将房间的灯都打开了。这是蓝海水酒楼的一间贵宾房，有两张大圆桌和一个茶座，茶座旁边还有一张大案台，上面摆着笔墨纸砚。这张案台长约三米，宽约一米五，比巴掌还厚，是由整棵枫香树栽成的。这房间符合盛强的风格，因为他吃饭一向都喜欢安排在宽敞阔绰的房间。他四下看看，点点头。

“只给主桌摆餐具就行了，咱们今晚客人不多，就一桌。”总管对领班说。

“不，副桌也要摆两套餐具。”盛强说，“张道长师徒是吃素的，不跟我们坐一起。”

“那俩道士真来？”总管问。

“来。”

“我还以为你电话里跟我开玩笑呢！”总管说，“跟道士吃饭，我还是头一遭。”

“一直没时间请他们。今晚正好，一块儿下来了。”

“合适吗？咱这圈子，可都是俗人。”

“合适。道长师徒很开放，对什么人都不排斥。”盛强说。

客人开始陆续到来了。首先到来的是火锅大学的两个教授和三个处长。教授中的麻方德，盛强是见过的。随后来了李烹办公室的吴秘书。再后来来了一个美国人。这是个老头儿，背着一个双肩包，盛强开始以为他是找人的，但总管告诉他，这是他请来的客人，是一名行为研究专家。他们一行四人是到火锅大学进行学术交流的，校长李烹委托总管请他们吃饭，但那三人这两天旅游去了，只剩下这个老头儿在学校，所以总管干脆把他叫来凑一起了。

老头儿慢条斯理地给在场的每人发了一张名片，名片上表明他是美国一所大学的教授。盛强并没有听说过这所大学。老头儿自己说，这学校在华盛顿附近一个小镇上。盛强也不知道这个“行为研究”都是干什么的，老头儿跟他解释了几句，但他仍然听得云里雾里。

吧台边，盛强的秘书正在安排菜品。他熟悉老板的脾气，这样的宴请，用不着一个一个点菜，让服务员挑最好的菜下单就可以了，换成数目就是每人一个凉菜两个热菜。服务员很高兴客人如此干脆，立刻眉开眼笑地拿着电子点菜器出门安排去了。

随后又进来一男一女两个人。男的五十多岁，形质丰伟，气宇轩昂，留着一头长发，女的二十多岁的样子，推着一只旅行箱，好像准备去赶飞机似的。总管连忙对众人介绍说：“大书法家，发书大师盘龙！这位是他的助手刘小姐！”

麻方德自从这一男一女进来起，眼神就一直是斜的，这时插话说：“只听说过书法大师，还没有听过法书大师。”

“是发书，头发的发，也就是用头发写字。”巴总管说。

“用头发写字，敢情您那一头长发是用来写字的？”麻方德说。

被称作大师的男人没有吭声，也没有看麻教授一眼，只是掸了掸他衣服的前襟，好像那儿落了只蚊子似的。他穿着一件中式的对襟服，上面以暗纹绣着花卉图案，系着一条米黄色的围巾。今天并不冷，空调里还吹着暖风，所以他这条围巾显得有些扎眼。那女子的穿着也很时髦。盛强根据衣服的款式和材质大致判断出，这男的穿的是“古驰”的限量款中式男装，那女孩则从到头脚都是“迪奥”。

这时那年轻女子开口了：“我们盘龙老师是寰球书法家协会的执行主席，也是国内发书第一人。世界上很多博物馆都收藏有他的作品。”

麻方德眼见自己的好奇心没有取得对方的回应，就抽起烟来。他让服务员给他拿烟灰缸，服务员很委婉地告诉他，这屋子里不能抽烟。麻方德没有理睬，自顾点上烟吸了起来。他见地上铺了地毯，就取过一只茶碟，倒了些茶水在里面，用来弹他的烟灰。这时另外一个同来的曾教授从厕所里出来了，坐在麻方德的身边，麻方德于是旁若无人地跟曾教授谈起他博士的论文来。他们看来很想给这间紧挨着著名学府火锅大学的富丽堂皇的贵宾房注入一些学术的氛围，但没有效果。三个处长也不搭话，各自都捧着手机在看。

不一会儿，一个长着一张圆脸、厚嘴唇的胖子进来了。他站在门口，朝房间里侧的巴总管挥了挥手。总管看到他，向他指了指茶座上的一个空位。厚嘴唇走过去，才发现旁边玩手机的处长跟他认识。随即，他发现另外一个处长他也认识，于是与他们谈笑起来。这一角的气氛立刻盖过了大师那边。

盛强在总管的介绍下，正跟大师交谈。大师原本对他不冷不热，但总管的介绍让他立刻变得热情起来。他让跟随他的年轻女子打开一台平板电脑，让盛强看他的作品。盛强显然看不出名堂，但还是装作饶有兴趣的样子。此时他的心思主要在旁边这年轻女子身上。其实这还是个女孩，年纪不大，也就二十四五岁的样子，身材高挑，皮肤细嫩，五官相当精致。从身材来看，这是一个热爱运动的新潮女孩。盛强不太明白的是，这么一个营养充足、养尊处优、显然是见过世面的年轻女孩，怎么会跟这么一个大师在一起。难道是他女儿？可是又不像。

电话响了，秘书通知盛强，道长师徒已经到了饭馆外面。盛强立刻将电脑还给那女孩，出门去迎接道长。

不一会儿，盛强领着张道长师徒进来了。巴总管已经看出这老道士在盛强心中的分量，等道长一进门，立刻迎上前去。别的那些人，虽然没有起身，但也都向道长师徒投去好奇的目光。那美国老头儿，还特地站了起来，走过去跟道长握手，并喜出望外地说："This is my first time to have dinner with the Taoist! "

盛强的工作助理站在美国人的旁边，见道长完全没有听懂，在场的人好像也都似懂非懂，立刻担当起了临时的翻译。

张道长颔首微笑，朝众人拱手行礼，然后由盛强领着，走到旁边的桌子边坐下。看得出，他已经很习惯跟盛强参加这样的宴会。他徒弟也跟过去坐下。

盛强刚刚安顿完道长师徒，巴总管走过来，把正在接听的电话递给他，同时对他说："杨校长打来的！"盛强接过电话，客套一番，把电话还给巴总管。原来打电话来的是火锅大学的副校长杨安宰。他原先是答应前来参加今晚的宴会的，但学校临时安排他接待冬瓜大学过来交流的汤校长一行，他只能表示遗憾了。

巴总管收好电话，吆喝一声，众人陆续从茶座边站起来，朝主桌围过去。桌子上已经上了凉菜。这是一张十六人的大桌，众人都落座之后，仍然还有几个空位。盛强见状，低声问总管是否还有教授前来，总管悄悄告诉他："今晚来的就老麻他们几位。追悼会的事你放心，只要红包到位了人就会到，酒喝不喝无所谓啦！"

总管还告诉盛强，因为他擅自作主，把几股人马凑到了一起，酒桌上就不提盛楠追悼会的事儿了。盛强点头。这时候热菜陆续端了上来，酒也倒上了，巴总管清清嗓子，端起酒杯讲话。他迅速地将在座的人一一作了介绍，告诉大家为什么把大家聚到一起。他说人生短暂，友情可贵，如果不是因缘巧合，聚在这儿的就可能是另外一些人。他连珠般的妙语让人觉得动听，红亮的大脸膛让人觉得踏实，酒糟鼻则让人觉得可信。讲完后总管高举酒杯，邀合众人，一饮而尽。

叫好声中，有人对总管的安排表示赞赏和感谢，总管放下杯子，哈哈一乐："大家都是朋友嘛！"

这之前，盛强一直以为，总管是个仗义爽直、做的比说的好的人，现在他才发现，总管也是一副好口才，讲起话来逻辑清晰、用词准确、语气拿捏得恰到好处，与他自称的、外人也常常会顺理成章地认同的“粗人”有很大的区别。

总管主持的三杯酒一过，处长和教授们就分头来给盛强敬酒。他们是分两拨来的，处长们先来，教授随后。今晚因为要举行招魂仪式，盛强是不能喝酒的，这就引起了一位处长的不快。这人年纪不大，四十岁左右的样子，清瘦，戴副眼镜。但他虽然看起来文雅，却很有脾气，一看盛强不喝，自己也只是用嘴唇碰了碰杯子，还半嘲讽似的嘀咕道：“请我们喝酒你自己却不喝，真是大老板啊！”

巴总管眼观六路，明察秋毫，一边与人说话，一边盯着盛强这边。年轻处长的表现让他感到不快，他脸一沉。正好这位处长敬完盛强后端着酒杯从他身边走过，他拍拍他的肩膀，将他搂了过来，凑在他耳边说了几句悄悄话。处长听完，立刻转身向盛强走去。此时麻方德已经端着酒杯站在盛强面前，处长只好在旁边等着。他嘴里叼着一支点燃的烟，于是便迈着八字步，耐心地等待着，踏踏实实地抽了好几口。偏偏麻方德又行起了他的酒令：“酒是粮食精，越喝越年轻，酒是粮食造，越喝越可靠……”

盛强已经听过巴总管评价过麻方德的这几句顺口溜，但仍然脸挂微笑，听对方一字一句念完。不料麻方德行完了酒令仍然不着急喝，又跟盛强聊了起来。他还拉起盛强的手，仍然称他为“盛强老总”。处长站在麻方德侧后方，借这个机会，他从桌子上拿过酒壶，把自己的杯子斟得满满当当的。很难判定麻方德是没看到他呢，还是看到了但故意让他多等会儿。处长的表情是微妙的，他既要对盛强表现出尊重，又要试图就麻方德的拖延向盛强作某种提醒。盛强向处长做了很细微的表情，处长点点头，似乎是读懂了。

麻方德终于喝完归位了，处长这才走过来，毕恭毕敬地对盛强说："不好意思，我再敬您一杯！"说着，他跟盛强碰了杯，而且刻意要让自己的杯子举得比盛强的低。盛强也把杯子低下去，但处长比他还要低，而且态度十分坚决。盛强只得停住了。处长很认真地碰了杯子，抬头，举起酒杯，一仰脖子，然后倒握杯子，里面滴酒不剩。

随后酒桌上就进入了胡乱的敬酒时间，人们离开各自的椅子，端着酒杯，依次敬酒，一个都不落下。只有那个美国人在老老实实吃饭。面对着满满一桌子的山珍海味，他流露出孩童般的喜悦，而在场的其他人，都是一副无动于衷的样子。他喝了两杯白酒，就不再喝了，让服务员给他倒了红酒。他对中国人这些敬酒的礼节表示出很大的兴趣，别人给他敬酒的时候，他也热情地起身，微笑着听对方讲祝酒词儿，但他自己却没给别人敬酒。好像他暂时还没有学会这一套。他的认真主要表现在吃菜上。有时候他想吃一个菜，而那个菜恰好还没有转到他的面前，他就耐心地等着，等到不影响别人夹菜的时候，再将桌盘转到自己面前，用勺子舀到碗里，再用筷子夹起来送进嘴里，慢慢地品味。除非有人来给他敬酒，否则，他会津津有味地吃完夹到小碟子里的菜。

老头儿红光满面，是在场的人中气色最好的。与他交谈得最多的是发书大师的助手刘小姐。刘小姐显然很擅长与外国人打交道，礼仪上更专业，英文流利，谈吐之中对美利坚合众国表现出相当的熟悉。两人互相加了微信。

盛强见缝插针，不时走到张道长他们那一桌，陪道长师徒坐一会儿。大桌上的客人也有过去给道长他们敬酒的，每次，张道长都是带着他的徒弟站起来，听对方讲话，回礼。他们既不喝酒，也不喝饮料，喝的是豆浆，菜则全部是素菜。张道长告诉盛强，等一会儿吃饱饭，再敬一下他这些朋友，他们师徒就要先告辞了，去准备晚上的招魂仪式。盛强点头，给他们师徒斟满了豆浆。他是站起身来斟的，以示恭敬。

宴会进行还不到一个小时，一个处长已经走过来跟盛强道别。他没有喝酒，因为他担心领导晚上可能还要找他，他得随时待命。盛强起身，将他送到外面的大厅，再由自己的秘书送他出楼，并到饭馆外面的车里取一份礼品。

回到房间的时候，盛强忽然发现里面多了几个人，围着大桌子站着，各自端着酒杯。巴总管见盛强回来了，连忙把他拉过去，原来是隔壁房间里的人来给他们敬酒来了。领头的是一个身材魁伟的汉子，长着一张圆而亮的大脸膛，巴总管介绍说，这是火锅大学说唱艺术团的团长。这人立刻看出盛强对自己不甚了解，迅速自我介绍起来。他的口头表达能力比巴总管还要强，普通话相当标准，抑扬顿挫，风趣幽默，所以几句话下来，盛强就听明白了。他称自己为不算老的老干部，先后服务过五任校长，始终是个副处级干部，但他本人并无怨言；以前他领导着几十号专业演员，现在则带领着几十号退休的老头老太太；他马上也要退休了，对权力和金钱已经不再恋栈，只希望开开心心地过好每一天。他反复强调做人重在“开心”。但巴总管却不失时机地补充说：“可是你早就正处待遇了啊！”

“那是，就这点小待遇谁他妈还能给我减掉不成？”团长以一种类似小品演员般搞笑式的腔调说。

盛强去找自己的杯子，同时向团长解释他今晚不能喝酒。团长立刻打断说，到这儿的人没有不喝酒的。他那气势似乎非要让盛强喝一杯不可，但巴总管跟他使了下眼神，他就不再坚持了。盛强以为，这人跟大伙儿吆喝了几声，讲了几句祝酒词儿，喝完杯中的酒之后就会告辞，可他没有。跟他同来的一个年轻人又给他的杯子中倒满了酒。他走到桌子的里侧，跟曾教授和一个姓冯的处长聊上了。

盛强看看表，再次走到张道长身边，低声问他要不要先走，张道长却说，怎么也得给大家敬一杯酒再告辞。盛强知道张道长一向都是严守礼节的，便不再言语。道长告诉他：“你放心好了，时间我把握着呢，来得及。”

没想到团长聊起来没完没了。他感叹自己在火锅大学干了三十多年，始终就是个副处级，而不少小年轻现在都是正处级了。曾教授站着，挽着他的胳膊跟他说了好几句看起来很动听的话。“你这是安慰我，我懂！”团长说，开怀大笑起来。美国人有点懵了，看着团长。他似乎是听懂了团长说的几个字，但却不明白他为什么发笑。

团长跟曾教授和麻方德他们喝完，又倒了一杯走向另外一位处长。这位看来跟团长很熟，团长跟他们没有过多寒暄，嘀咕一句“一切都在酒中”，一起干了一杯。

然后团长走向发书大师和他的助手。这次他完全是外交官的派头，热情而谦虚，仿佛他就是火锅大学的全权代表。大师和他助手刚才显然并没有仔细听巴总管的介绍，也没有旁听团长跟曾教授的抱怨，顺理成章地把团长当作一个重要人物了，甚至有些受宠若惊的意味。喝完后，大师还把自己的杯子翻过来给团长看，证明他是实实在在干了一杯，而之前他多半都是象征性地喝了一口。

“我们的外国朋友，大专家，欢迎你来到火锅大学传经送宝！”团长重新倒满酒，走向美国人。然后他字正腔圆地重新问候道：“My Friend！My Friend!”补上的这句问候让美国人很高兴，他站起来，举起自己的酒杯。团长却伸手拿过他的杯子，从身后那几个跟随他的年轻人手中接过一只空杯子，示意倒满白酒，然后递给美国人。“喝白酒嘛，你的那个，睡觉之前喝还差不多。”

但美国人不从。他拿过自己的红酒，说：“那个，不行，这个，好。”

“看来你还是不能入乡随俗。”团长爽朗地笑着，“好，为你的健康，干杯！”

然后团长微笑地扫视一圈，带着自己的几个同伴准备撤离，可他忽然迎面遇上了刚从外面进来的那个厚嘴唇。团长一把攥住他，“你小子，不老老实实喝酒，又给你小情人打电话去了？”

“没有，大哥，我上了个厕所！”厚嘴唇嬉笑着说。

盛强这才发现，厚嘴唇很少坐在椅子上，总是隔一会儿又跑出去，如此好几次了。团长要他喝酒，他却拍着自己的肚皮说：“最近胃不行，喝不动了。”

“别装蒜！”团长吩咐后面的人，“给他倒上！你小子就知道赢钱泡妞儿，弟兄们还要不要，我问你？弟兄们还要不要？”

“行了，大哥，我喝，行吗？我喝！”

厚嘴唇果然喝了一杯。这次团长没有干，喝了半杯。他对厚嘴唇说：“哥就不干了啊，占你点便宜。”

现在盛强以为，团长要告辞了。但是团长发现了坐在另一边的道长师徒。“那是？”他拍了拍巴总管，问道。总管正把厚嘴唇叫过去，在说着什么，听到团长问他，便转过头，凑在团长耳边说了几句悄悄话。

“那我得敬一杯！”团长听完，让人倒满酒，朝道长他们走过去。

道长正低头品尝刚端上桌的茭白杏鲍菇卷，只听见一男人在眼前朗声说：“两位道长，请允许我这个俗人向两位高人敬杯酒！”

张道长抬起头，看到刚才活跃在大桌子旁边的那个男人站在自己面前。从他一出现在房间里，道长就看出这是个混社会的老油子，年轻时多半是个绣花枕头，现在老大不小了，仍然属于穷极无聊之辈。行走江湖最好不要跟这样的人有什么交集，尤其自己又是一个尘世以外的人。所以他眼见这人折腾了一圈而即将告辞，便低头假装吃菜，没想到还是没有逃脱团长的热情。张道长站起身，端过自己的豆浆，说："这位道友，盛情领了，只是我们不能喝酒，谢谢你的美意！"

"请便，我先干为敬！能敬您这样的世外高人一杯，是我的荣幸！"团长说着，一仰脖子，又干了一杯。跟在他后面的几个年轻人，也象征性地敬了道长师徒一杯，然后才告辞。这一次他们是真走了，直奔房门。临出门前，团长还远远地跟巴总管对了下眼神。

盛强正想借这机会，让道长他们过来敬酒，但房门一开，醉眼蒙眬的火锅学刊社社长雷子凤端着一杯酒走了进来。雯雯和另外一个男的跟在他身后。雯雯提着一只酒壶，那男的跟雷子凤一样，端着一只酒杯。三人站在门口，笑吟吟地朝屋子里张望。

酒桌上有几人正纠缠着在一起喝酒，呆坐着的则几乎是齐刷刷地朝门口看去。表面上他们是打量这一伙来客，实则是盯着雯雯——这女子穿着一件乳白色的薄毛衣，身材曼妙，胸前戴着一条由铂金和翡翠制成的项链，金光闪闪。她的眼珠滴溜溜转着，将主餐桌从东到西成扇型扫视一遍。视线所及，沿途的男性全都是直愣愣的，遇到发书大师的助手时，四目交汇，碰撞出几点用肉眼完全无法察觉的火星，随即分开。

此时盛强正站在张道长身边，雷子凤一行刚进来的时候，他还以为跟在雷子凤后面的是什么明星，直到这女子转头看到他，朝他抛来一眼，他才认出这是雯雯。他来时在饭馆前遇到雯雯的时候，雯雯戴着一顶帽子，穿着一件风衣，而现在，帽子和风衣都不见了。那边，雷子凤用不太利落的普通话问道：“巴总管呢？巴总管在哪里？”

巴总管正跟盘大师手挽着手，以近乎喝交杯酒的姿势扭在一起。雷子凤一进来他就看到了，但总管却假装没看到他。这时听雷子凤叫他，作为资深戏曲爱好者的巴总管立刻拉起侯宝林在《关公战秦琼》中模仿老北京剧场中老太太的那种特有的有些夸张、令人莫名失笑的腔调应答道：“我在这儿呢！”

众人大笑，雷子凤也笑了。他看到了盛强，发现在旁边一张桌子上的盛强离他更近，便朝盛强走了过去。“盛总，我听说您来了，先敬您一杯酒！”

“哟，雷社长，幸会幸会。”盛强迎上一步，“抱歉我晚上还有事，没喝酒。”

“难得这么多兄弟遇到一起，怎么也应该喝一杯呀！”

“晚上要给家兄招魂。”盛强拿眼神示意了一下两个道士，“不能喝酒。”

一听到“招魂”这样的字眼，雷子凤粗糙的脸部肌肉愣了一下。他半张着嘴，含糊不清地咕哝了几下，盛强完全没明白他到底想说什么。他拍了一下盛强的肩膀，转身朝巴总管走去了。

巴总管已经跟发书大师分开，站立在那里等候雷子凤。听不清雷子凤在跟他说什么，但盛强凭着一个老江湖的本能，仅仅根据两人的神情就判断出，雷子凤似乎是有事求于巴总管。两人简短说完话，雷子凤一仰脖子，干了杯中之酒。他是那种用红酒杯子喝白酒的人，里面小半杯白酒足有一两。紧接着，雷子凤返身举起杯子，由雯雯再给他倒上小半杯。他举起酒杯——同时示意身后的雯雯和另外那个跟班，祝众人愉快，然后干了。

巴总管放下杯子，扯张纸擦擦嘴，拍了几下他的大巴掌，朗声说："各位，站在我们面前的这位，嗯，美轮美奂的小姐，是我们省的著名青年歌唱家雯雯！下面请她给我们露一手，请，雯雯！"

雯雯把酒壶交给同来的年轻男子，端着酒杯，开口唱了起来。她唱的是最近两年在邻近几省十分流行的《好酒歌》。这歌不但在电视节目里唱，也经常被人们拿来在酒会上唱，微信上还有一些业余歌手演唱的多种版本。专业歌唱演员的现场演唱显然打动了众人，雯雯才唱两句他们就喝起彩来。她的声音之明亮清脆，甚至让在场的人耳鼓发麻。美国人虽然听得似懂非懂，也合着节奏轻轻扣着巴掌。雯雯的歌声一落，众人一阵鼓掌喝彩，连两个服务员都被吸引住了，其中有一个本来是端着刚才撤换的一堆碟子准备要出去的，也暂时停住了脚步，站在房间门口听得入了神。

雯雯举起杯子对着众人晃了一圈，趁他们彼此碰杯的时候，闪身走到盛强身边，盛强用茶杯跟她碰了一下，赞美了好几句。眼见雷子凤已经转身往外走，雯雯一闪身，跟在雷子凤后面飘了出去，留下一股来自法国南部的熏衣草香味，让盛强多吸了两下；那边，喝完酒的男人们却还在寻找歌唱家。“怎么就走了呢？再唱一个多好啊！”麻方德则感叹道，“这是何等的功底，何等的艺术！啧啧啧！”

盛强瞅准这机会，想带张道长过去给大桌上的人敬酒，不料巴总管却站起身，领着好几人呼啸而去。总管在前，端着酒杯，后面跟着两个处长和麻方德、曾教授，鱼贯而出。大桌子顿时空下来。巴总管叫来的那个厚嘴唇仍在低头看手机，一边看，一边傻里傻气地笑着；发书大师和他的助手头对头，低声呢喃；美国人专心吃着饺子——这是服务员刚刚端上来的羊肉冬笋饺子，热气腾腾的，看起来很招老头儿的喜欢；这边，道长他们桌子上也上了一盘素三鲜馅的。盛强了解道长师徒的就餐规矩，他们是从不浪费的，所以饺子一端上来，师徒二人各持碗碟，分而食之。不同的是，大桌子上，美国人那边是蘸醋，道长师徒是蘸酱油。

还好，巴总管似乎知道盛强的心思，很快就带着队伍回来了。他径直走到道长他们那一桌，对盛强说：“烟草公司的向总在那边请才艺大学几个哥们儿吃饭，得去照应一下。没办法，这儿转来转去都是熟人。”

“道长他们——”盛强说。

“你不告诉我了吗？”巴总管打断盛强的话，说，“我知道，道长他们得先走，但道长礼数周全，走前要跟弟兄们打个招呼。”总管又转向张道长，“道长！怠慢了啊，咱们这些俗人，坐上酒桌就没完没了，把您给冷落了，我自罚一杯！”

张道长客套之间，巴总管已经自斟自饮，喝下一杯。然后，总管走回大桌，大巴掌一拍，喊道：“各位，兄弟们！今天咱们很荣幸地跟得道高人张道长师徒一起用餐，现在，就请张道长给咱们讲两句，欢迎！”

张道长师徒跟了过去。道长站立桌前，黑髯飘飘，犹如一棵茂盛的青松挺立在高低错落的杂木丛中，只听他朗声说道：“各位道友，我张太虚能与各位共餐，实在是三生有幸！无奈我法事在身，先行告退一步，请允许我以豆浆代酒，祝各位洪福安康！”

说完，张道长喝干了杯中不多的一点豆浆。众人也都端起了酒杯，有的真干了一杯，有的喝了一半，有的只是象征性用嘴唇碰了碰杯子。道长师徒也不计较，转身就准备离开，这时坐在下首的厚嘴唇却拍了拍道长的徒弟，说：“哎！”

道长的徒弟是个二十七八岁的小伙子，这时站定了，微微一笑，说：“请指教！”

“你们真的不喝酒？”厚嘴唇问。

“当然。”道长徒弟说。

“也不吃肉？”

“对。”

“那活着还有个啥意思啊！”

“这位道兄，”道长的徒弟说，“我们讲究的是修身养性，习惯了，习惯了。”

“会功夫不？”厚嘴唇继续问。

“不会。”

“真的不会？”

“真的。”

“那你会什么？”

“这个，小弟真没什么本领，让您见笑了！”年轻道人笑吟吟地说。

张道长折回身，对厚嘴唇说：“这位道友，如果不嫌弃，让小徒给你们表演个小节目助兴。”

“好啊！”听到道士要表演节目，餐桌上立刻有人鼓噪起来。只见那年轻道人四处打量了一下，略加思索，从吧台拎来一壶开水，又让服务员取来一个大碗。他将开水倒入碗中，然后站定，定了定神，捡起桌子上的一支筷子，缓缓插入碗中。随即，他松开手，那支筷子竟然直直地立在水里，像是被螺钉固定住了一样。

“耶，奇怪了！”众人赞叹着，全都齐刷刷地盯着碗里。片刻工夫，年轻道士将那筷子取出放好，朝众人拱手道：“献丑了！”

“慢着！”厚嘴唇将那支筷子取过来，用餐巾纸擦了擦，说：“还能再来一次吗？”

年轻道人看看厚嘴唇，再看看他师傅，然后说：“好吧，各位看好了！”然后他如刚才一样，将那筷子插向碗里。就在筷子快要站立住的时候，厚嘴唇却探下身子，准备朝碗里吹气。年轻道士反应敏捷，身子一转，伸出一只脚一靠，挡住了厚嘴唇，使他没能靠近。但是厚嘴唇准备吹气的意图还是暴露了，而且因为那口气并没有够着碗，显得有些滑稽。那支筷子再次稳稳地站立在了碗中央。

众人再次鼓掌，厚嘴唇却大声嚷嚷道："不行，再来一次，我给你倒水，服务员，再拿壶水来！"

这时巴总管说："姚校长，行了，道长他们还有事！"

张道长一直笑吟吟站在一旁。听巴总管这么一说，他再次朝众人拱拱手，向门口走去。盛强紧紧跟在他身边。年轻道人见状，迅速拎上他的背包，跟了上去。

巴总管也跟了出去。过了一会儿，他和盛强一前一后走了回来，显然是把道长师徒送走了。他们进门的时候，只见厚嘴唇一边穿外套，一边站在那里骂骂咧咧，原来他从自己衣兜里摸出一些鱼骨头和一团皱巴巴的、显然是用过了的餐巾纸。厚嘴唇将它们抖落在地上，自言自语地嘀咕道："这是谁干的？谁他妈干的？"

正好一个女服务员端着茶壶走过来，厚嘴唇便盯着她，质问道："谁干的？是不是你们干的？"

服务员一脸茫然地停在原地，连连摆头。因为茶壶有些烫，她一手端着把手，一手用一块垫子在下面托着，见厚嘴唇似乎不再怀疑她了，才走开。

厚嘴唇盯着他扔下的那些东西看了一会儿，忽然恍然大悟似的说道："准是那两个道士干的！准是他们！"

众人原本也有些纳闷，经厚嘴唇这么一提醒，才有人反应过来，彼此应和着，觉得多半是张道长或者他的徒弟在捉弄厚嘴唇。巴总管瞅了瞅地上的东西，说：“兴许你是在别的地方被人放的呢？”

厚嘴唇说：“不可能啊，你看这鱼骨头，分明是今晚吃的鳄鱼骨头！”

“那你看见人家往你兜里塞了啊？”巴总管说。

“要看见我就当场抓住他俩了！”厚嘴唇说，“但肯定是他俩干的。不可能有别人！他妈的，敢捉弄我！”

“行了！别嚷嚷了，光荣还是咋的？你自己不留心，谁知道什么人放你兜里呢？”总管把厚嘴唇问得直愣愣的，一时间竟然无言以对。

厚嘴唇嘴里模糊不清地咕哝着什么，白了一眼盛强，欲言又止。盛强不动声色，冷冷地扫了他一眼。厚嘴唇再看一眼盛强，悻悻地出门走了。

麻方德一直就斜眼看着厚嘴唇。待到服务员关上房门，盛强和巴总管重新落座之后，他才隔着桌子，大声说：“老巴呀，不是我说你，你怎么能把他叫来呢？”

巴总管略显尴尬。“也怪我疏忽。”他说，“他几次约我一起吃饭，我都没空。今天中午他又打电话给我，我就把他叫来了。谁知道他来这么一出。”

“这小子，这顿饭一分钟都没有老老实实地吃过，不是频繁出去，就是看手机。”麻方德说。

“他不懂事。”总管说。

“哪里是不懂事呀？是太懂事了！一句话，就是桌上没领导。不信你看他跟校长们一起吃饭啥态度。”麻方德说着，转头看着他左边的两个处长，似乎是在征求处长们对那他这句话的看法。两个处长不吭声，但都点头颔首，显然是赞同了麻方德的话。

巴总管像是喝多了一样摇了摇头，然后他像篮球裁判叫暂停一样朝麻方德做了个手势，麻方德于是没再往下说了。总管转身，对盛强说：“抱歉啊，这是我的失误。”

“这是什么人？”

“我们附中的校长。”

“校长？”盛强很惊讶，“我是好像听你在叫他校长，难道他真是校长？”

“真的，不假。”

发书大师听到了两人的对话，插话道：“我还以为他是个小包工头儿呢！”

巴总管做了个鬼脸，没有接话。他举起杯子，说：“来，大家喝酒！”

这次大家都没有站起来，各自将杯子在桌子上磕了下，举杯自饮。除了巴总管，谁也没有干杯。不料喝完之后，曾教授又提起了刚才的话题，他对巴总管说：“把附中交给这么个人，也不知道你们是怎么想的！”

“这可是领导们的事儿，跟我无关。”巴总管连忙说。

“现在补课成风！上课都不好好上，下课就把学生拉进补习班，哪有这么弄的？”曾教授继续说。

“现在附中老师挣的比我们多多了！”一个处长说，

“风气坏透了，他们成天就想着怎么多弄钱。”

“上梁不正下梁歪嘛！”麻方德说。

“补课可不只咱们附中。”巴总管说，“现在好些个学校都爱搞这一套。”

“反正不管怎么说，学校就不该整这么个人来当校长。据说他根本就没上过课。”曾教授说。

“上过，上过。”总管连忙说，“上得不好而已。人家是管理岗嘛！”

这时盛强见一个几乎从来没有主动说过话的许处长开口了。这人瘦黑瘦黑的，整个席间，盛强只看见他旁边的两位处长小声说过几次话，别的时候，他都是平静地听别人在说。不过过来敬酒的时候，他挺客气。

“哎，麻教授。”许处长说，故意把声音拉得有些大，“我怎么听说，上次你还准备去竞聘附中的校长？”

“有这事儿吗？老麻？”巴总管立刻接过话茬，说。

总管显然是话有中话，因为他话音一落，曾教授立刻“嗤嗤”地笑了起来。两个处长也意味深长地瞅着麻方德。

麻方德镇定自若，面不改色，深深地吸了一口烟，才说：“这有啥呀？这说明我这人真实，不装。”

“您现在这位置也很滋润嘛！”许处长说，“又是课题又是带研究生什么的，每年也不少挣。”

许处长一边说着，一边挥着手。坐在他旁边的曾教授把他的手拨了回去，白了他一眼，说：“那能跟附中校长比吗？老麻人家是算过账的，不说别的，就说每年入学，得有多少人求？现在不单火锅城，许多区县的家长，都找各种关系来，想把孩子送进附中。据说现在转一个学生老姚个人就得收二十万。再加上每年大大小小的工程，几千人的学生食堂，多大的油水啊！”

“得了，别说得那么龌龊！”麻方德打断曾教授的话，“我要干，绝不搞这一套！我是想保住咱们附中这块金字招牌！附中多少年了？上百年的名校了对吧？可现在都搞成啥样了？”

“信吗？”曾教授立刻反击，“你问大伙儿，你这话他们信吗？”

“不信！”大伙儿齐声回答，就跟约好了念经似的。麻方德见状，自我解嘲地笑道：“至少，我正高职称，也在管理岗位上干过很多年，比现在这小子强吧？”

“对啊，”许处长说，“您条件挺好的，可上次是怎么没竞聘上呢？”

“还不是上面没人，”麻方德没好气地说，“懂吧？”

“好啦好啦，这一页翻过去了，别说了！”巴总管抬头扫视一下餐桌，提高嗓门，“各位，继续，掀起高潮来！”

忽然有人在后面拍盛强的肩。盛强转头一看，发书大师正笑吟吟地站在他后面。大师不像刚来时那么一本正经了，一团和气，而且他直接称盛强为“兄弟”。

“兄弟，”大师说，“我给你一张表格，你考虑考虑。”

盛强起身，接过来一看，是一张协会的入会申请，顿时觉得莫名其妙。但是大师似乎早就料到他会迷惑，于是说：“兄弟我，是咱们这三省一市的才艺家协会副主席，才协特别欢迎像您这类有才、又热心公益事业的人入会。”

“我有什么才啊，兄弟？”盛强有些迷糊了，完全想不起自己有什么才。根据来而不往非礼矣的原则，他也称对方兄弟。

“你可以以诗人的名义入选。”大师说。

“诗人？我一个初中都没读完的人还能当诗人？”

“英雄不问出身。”大师说，“我看你就有诗人的气质。到时候我给你运作个理事什么的，对你经营企业大有好处。”

盛强有点不高兴了，“这么跟你说吧，不说你这给个诗人，就是人家大学请我当客座教授，我都没干。我就是个商人，不整这些虚头巴脑的东西。”

“弄个教授多好啊！很多人想弄还弄不到呢！你知道教授在社会上多吃香吗？”

“教授是一般人能当的吗？”盛强呼地站了起来，有些蛮横地面对着大师，“教授是一般人能当的吗？简直是岂有此理！”他伸出手，差点把手指伸到了大师的鼻子前去。

大师十分惊讶。他盯着盛强，本能地退后了一步。巴总管见状，立刻迈过来，挡在两人中间。“我说大师兄弟，你就别拉你那个会员了！盛强兄弟这么大个董事长，他怎么可能入你们那个协会呢？”

“我一番好心，也是寻思着给咱兄弟弄个头衔嘛。”

盛强仍站在那里，正准备继续训斥大师。在他心中，只有哥哥他们那样的人，才可以当教授，自己这般粗俗的人，即使是多在大学里走几圈，都是对知识和文化的不敬，可是这个家伙，居然怂恿自己弄个教授的身份，这等于辱骂哥哥他们啊。前几年火葱大学找自己捐了一笔钱，便准备给自己发个客座教授的证书，可是一旦想到这会亵渎哥哥，自己立刻便回绝了。

然而发书大师没有读懂盛强的反应，以为盛强是误认为自己会立刻找他要钱，便隔着巴总管对盛强说："不要钱！不要钱！兄弟你肯定误会了，咱们现在不收钱！"

盛强马上又要发作，巴总管只好把他拉坐在椅子上了。总管轻轻拍打着他的背，示意他别生气，同时他对大师说："盘龙兄弟，你今晚干啥来的？你别忘了你的主题呀！"

大师有点恍惚了。看来他是被酒精给冲昏了。巴总管指指门后的吧台，大师的行头就放在那台子上。总管继续问："你今晚干啥来了？"

"啊，啊！"大师嘟囔了几下，似乎反应过来了。

"练呀！"巴总管朝他喊道，"再不练客人都走完了！"

"嗷，嗷，瞧我这酒量，稍等，各位，稍等！"大师放下酒杯，一闪身进了房间西北角的洗手间。

吴秘书走到巴总管身边，对他说："我先去操场那边，万一张道长他们要协调点什么，我在也方便些。"

盛强也听到了，谢过吴秘书。巴总管见状，又叮嘱了吴秘书几句，于是盛强知道，是巴总管安排他先过去的，又谢过巴总管。

许处长也跟在吴秘书身后，准备先行告退。“别啊。”总管拦住他说，“盘大师还没表演呢！”然后总管压低嗓门，“黄校长的客人，你怎么也得给个面子。”

“大师他人呢？”许处长问。

“上厕所了，一会儿就出来。”

这时洗手间的房门打开了，大师大踏步踱了出来。他一边走，一边用两个手掌从他那大脸膛上刮了水珠往身子两侧甩，同时大声吆喝道：“各位，兄弟我今天有缘认识各位成功人士，心情十分的好，就想施展一下我的发书艺术给大家看，献丑了，请指正！”

大师的助手刘小姐，刚才本来坐着在安静地玩着手机，听到大师的吆喝声，立刻站了起来，走到吧台那儿，取过那只行李箱，“啪”地打开，变魔术一般排出一地的东西出来，有两大瓶墨汁、一个脸盆、毛巾、镇纸、饮料和一个小音箱。她将这些东西放置在一块红色的绒布上，然后，同样跟戏法似的，在地上铺了一块床单大小的白布。

桌子边，大师脱下自己的外套，取下脖子后面那个发卡，他那头原本马尾般扎着的头发便蓬蓬勃勃地散了开来。从后面看过去，他就像一个高大健硕的娘儿们。他弯下腰，用一根粗大的皮筋将头发重新扎了起来。皮筋处于头发的下部，扎挽之后，一蓬头发恰像一个软扫把。他蹲下，在布上试了试这扫把，似乎挺满意。与此同时，刘小姐摆好脸盆，将整整一大瓶墨汁倾倒了进去。

刘小姐打开那小音箱，戴上耳麦，开始讲解起来：“发书这门艺术，历史悠久，在毛笔发明之前，古人兴之所至，常以发而书。甚至在有了毛笔以后，仍然有爱好发书者，因为发书有一种独特的魅力，是笔类永远也展现不出来的。毛发受于父母精血，凝结五谷之精华、天地之灵气，是人精神与灵魂的延伸。古书记载，唐代大书法家张旭，就经常在酒后以头濡墨而书，史书上说他忽然绝叫三两声，满壁纵横千百字。好，请看，大师开始写了！”

果然，众人看过去，只见大师蹲在地上，右手握发，已经“刷刷刷刷”飞快地在白布上写下了四个大字。这字左冲右突，张牙舞爪，盛强完全没认出来，但站在他旁边的麻方德脱口念了一句，他才明白，原来是“厚德载物”四个字。

众人掌声之中，大师站定，伸了伸懒腰，好像对这几个字并不是很满意。他手里拎着一个塑料袋子，不写字的时候，那一大束沾了墨汁的头发便装在袋子里。这袋子显然跟随他有些年月了，他使用起来十分熟练，就像他身体上的一个器官一样。这当口，刘小姐不知道从哪儿弄出一块更大的白布出来，双手一抖一抻，已在地上铺开。这块白布相当阔绰，正好将两张餐桌之间的空地填满。

大师踌躇之间，音箱里，一个苍凉的男中音朗诵起诗来：“少年上人号怀素，草书天下称独步。墨池飞出北溟鱼，笔锋杀尽中山兔。八月九月天气凉，酒徒词客满高堂。笺麻素绢排数厢，宣州石砚墨色光。吾师醉后倚绳床，须臾扫尽数千张。飘风骤雨惊飒飒，落花飞雪何茫茫。起来向壁不停手，一行数字大如斗。恍恍如闻神鬼惊，时时只见龙蛇走。左盘右蹙如惊电，状同楚汉相攻战。湖南七郡凡几家，家家屏障书题遍。王逸少，张伯英，古来几许浪得名。张颠老死不足数，我师此义不师古。古来万事贵天生，何必要公孙大娘浑脱舞。”

刘小姐同时解说道：“各位贵宾，这是李白的《草书歌行》。从诗中可以看出，怀素是李白的书法老师。怀素也是一位发书大师，他的大半生都献给了发书艺术，以至后来，他头发都掉光了，又使不惯毛笔，就在芭蕉叶上写字。为此他种了几百亩的芭蕉。发书艺术传到盘龙大师这里，有一千多年的历史了。大师幼承家学，功底深厚，六体皆能。他不但能用手写，还能用嘴写，用脚写，年轻时就闻名海内外。中年以后，大师潜心钻研发书艺术，是发书这一脉当之无愧的掌门人，有‘亚洲发书第一人’之称！”

这当口，大师一直在写“龙”字。他写了多种字体的“龙”，一个接一个，密密麻麻地排列开来。其实这里面的许多龙字盛强并不认识，但他认出了几个龙字，所以他连猜带蒙，感觉那都是龙字。期间有人问大师为什么要写在白布上，而不是通常的宣纸上，大师没有吭声，只是看了看他助手。于是刘小姐解释说，这不是白布，而是一种用传统工艺制造出来的绢。她说：“古时候讲究的大师们，通常都用绢而不是宣纸。”

眼见大师一时半会儿写不完这张大绢，盛强把巴总管和麻方德叫到一旁，商量起哥哥追悼会请来宾的事儿。盛强心想，这才是今晚的正事啊！巴总管你叫了这么多人来吃饭，弄得这么热闹，要是把这事忘了，就纯粹是本末倒置了。但盛强还没有开口，巴总管却先说话了。

“兄弟你放心！”总管说，“你哥我没喝多，来前儿我就跟麻教授沟通好了，怎么安排这事儿。”

“对！”麻方德附和说着。

“我在餐桌上一直没提，因为这氛围不适合说这事儿。”总管说。

“我相信巴哥的号召力，只是，今晚来吃饭的教授，也实在太少了点儿。”

“教授去的多不多，不取决于吃这顿饭，懂吧？记得我一开始就跟你讲过的。”总管说。

“我懂，我懂。”盛强连忙说。他想既然已经委托给了巴总管，就得信任他，可是今晚一看这酒桌上的氛围，跟自己的事一点关系也没有，他心里又不太踏实。

“主要是红包。”总管低声说，“红包一到位，人自然到场。”

“红包都准备好了。按您的吩咐，我手下早就准备好了。”

说着，盛强给他的秘书打了个电话。秘书早就待命了，几乎是盛强把电话一挂，他就提着一个包走了进来。

“这样吧，我现在就把红包委托给两位老哥。按照总管大哥那天说的，请二十个领导和教授，我准备了二十五个红包。这事就完全拜托两位了！”

盛强把包接过来，递给巴总管。总管摆摆手，说：“我拿不合适。让麻教授拿着吧，毕竟教授们还需要他去联络。”

没想到麻方德摆手比巴总管还要坚决。“我更不能拿，”他说，“我平时是不沾钱的。连课题报销我都是让学生们去做。”

“这是课题吗？”巴总管严肃地说，“这不仅是把心意送到的事儿，也是面子，你不出面，人家能收吗？”

“反正我不拿。”麻方德说。

“反正您两位总得有人受累才行。”盛强说。他打量了一下麻方德，发现他那张僵硬的脸显得相当固执。

“老麻！”巴总管的嗓音大了些，“事到如今，这事还有推辞的余地吗？这事只能落在咱俩的头上，你说是你合适还是我合适？李校长怎么给你交代的？”

“好吧。”麻方德犹豫一下，接过提包。他对盛强说：“咱们说好的请二十人，你就给我二十份。”

“您都带上，人也都由您安排。原定的二十也行，还需再请的话您再加人也行。”

麻教授还在寻思着用什么东西来装红包，盛强一把将提包塞到他的怀中。“您连提包一起拿走，不就得了吗？”

于是麻方德这才彻底接过提包。巴总管伸出他的双臂，用他的两个大巴掌同时拍两人的肩膀，示意这事告一段落。

他们回到发书表演现场。由于房门半开着，又有小音箱传出的声音，隔壁吃完了饭的才艺大学的几个客人也信步走了进来，加上眼下正闲着的几个服务员，一圈人围着大师。看得最认真的是那个美国老头儿，他一边饶有兴趣地看着，用手机拍着照片，同时还认真倾听着音箱中那吟诗的男中音和那愈发激越的古筝声。旁边，麻方德和曾教授却在小声议论起美国人来。麻方德说，这老头儿就是来中国蒙事儿的，背着个双肩包在火锅大学转悠七八年了，一句完整的中国话不会说，曾教授却不同意，他说美国人用不着学中国话，因为不管他走到哪儿都有人点头哈腰地给他当翻译。

盛强不愿意听他俩对别人品头论足，可是又走不开。他一边听，一边打量着这美国老头儿。自己接触的外国人少，还真看不出这老头儿到底是来蒙事儿的，还是个真专家，只能看出，老头儿的胃口很好，是在场的人中吃得最多的。

此时大师已经写了几乎一整张绢的龙字，但在中间留了很大的一个长方形的空白。他看起来使出了很大的劲头，脸上渗出了汗珠。他的毛背心已经被他脱了扔到一旁，上身只穿着一件保暖内衣。但是这件绛紫色的保暖内衣看来质量很过硬，所以大师似乎仍然觉得热。不过他并未停止创作的步伐。当他终于用无数个龙字组成一个完整的长方形之后，他示意助手上前，用毛巾擦擦他脸上的汗水，然后，他一步踏到绢中，左手端脸盆，右手握头发，弯下他的虎背熊腰，“刷刷刷刷”写下一个硕大的、差不多与他身材一般健硕的龙字。

大师退出来，站定，大口喘着气。他的助手连忙将一瓶打开的饮料递过去，让大师喝了一口。众人本来准备鼓掌，但大师的表演似乎还没有结束。他左手端着那只只剩下一点点墨汁的脸盆，右手提着装有他头发的那个袋子，紧盯着地上的那个大大的龙字，好像在寻找什么破绽。众人屏声敛气，有的看大师，有的看字。这时刘小姐又在旁边点着了一支香烟，众人以为她是自己吸，不料她是帮大师点的。她张开樱桃小嘴，吸了一小口，确认香烟点燃，然后便递到大师脸前。大师咬住那支纤细修长的香烟，猛吸两口，忽然俯身饱蘸浓墨，在龙字的右下方重重地点了一下。

大师这才放下脸盆，朝众人颔首微笑。众人明白，大师的表演结束了，“噼里啪啦”地鼓起掌来。

赞美声中，麻方德忽然说：“繁体的龙字是没有这一点的！”

大师神秘地一笑，说：“这是一条公龙，所以——”

“所以什么？”

“所以它得有个东西！”

诧异声中，才艺大学一个留着络腮胡子、气质不俗的男人立刻大声说：“就是个龙××呗，我×！”

众人哄笑起来。哄笑声一直传到外面的过道上。美国人不明白众人在笑什么，但他心想这一定是个值得一笑的时刻，也礼貌地跟着笑了起来。他取过自己的杯子，高高举着，提议道：“干杯！”

盛强从门口闪身进来，也没明白大伙儿在笑什么，因为就在刚才，秘书将他叫出去，接张道长打来的电话。道长让他务必马上赶过去。盛强将巴总管拉到一边，说："总管我必须走了，张道长已经在打电话催了。这儿就交给你了。我留一个人在这儿，您有什么事就吩咐给他。"

总管应了一声，于是盛强带着他的秘书匆匆出门而去。

第七章　招魂

盛强走出酒楼，刚刚上车，他嫂子蔡晓就给他打来电话。

“弟弟，听说你晚上请了个道士给你哥哥做法事？”蔡晓问。

“是的，嫂子。”

“什么样的法事啊？”

“张道长说是招魂。”

“招魂？”蔡晓有些惊讶，“都什么年代了，怎么还有这样的法事？”

“有，嫂子。张道长道法高深，很擅长这个。”

蔡晓停了会儿，“在哪儿做这个法事？”

“就在你们校园里，嫂子。”盛强说，“地点道长都选好了。”

“校园里？”蔡晓显得十分意外，“你让一个道士在大学里做这样的事情，合适吗？”

“合适，嫂子。”

“学校方面允许吗？”

“允许，我都协调好了。”盛强说，“不扰民，道长找了个比较僻静的角落。”

蔡晓咳嗽两声，再次停顿了一会儿，“你对你哥哥的这番情意，嫂子懂。相信你哥哥也会懂，并为此感到欣慰，但这毕竟是在学校里，这些悼念的形式呀，嫂子希望你把握好分寸。”

“放心吧，嫂子，我会把握好的。”

蔡晓又叮嘱了两句，挂了电话。

盛强来到道长事先踩好点的地方。当时张道长认为这是一个理想的场所：开阔而幽静，位于校医院西边“兑金”的位置，可接引死者盛楠的魂魄，南北两面又分别有一片茂盛的槐树，可以让亡灵免受人间喧嚣之气的骚扰。正东面则是一块狭长的草坪，直通操场，雄鸡啼叫之后，朝阳将从那儿升起，阴魂们可以从容散去。

盛强急冲冲赶到约定的地点，这儿却完全不是他们踩点时的模样。他的秘书跟在他的后面。他们两人都坚信自己没有记错，也没有走错，但眼前的场景让他们无论如何也不能理解——因为这儿居然熙熙攘攘，相当热闹，人丛中还有着一支长长的队伍。这种排队的场景，盛强还是多年以前深夜买火车票时见过。他忽然有着恍若隔世的感觉。幸亏自己今天晚上没有喝酒。

两人呆站在原地。只见这长蛇般的队伍是从前面拐弯处一幢老楼里接过来的，蜿蜒弯曲，一直延伸到草地上，其尾部正好抵达原来准备做法事的地方。队伍中全是年轻人，看起来都是火锅大学的学生。他们多数都是站着，也有的坐在小凳子上，马扎上。甚至还有一张竹制的躺椅，上面躺着一个穿着一套运动服的小伙子，正悠然自得地玩着手机。队伍的东侧，靠近操场那侧的路边，停着两辆卖吃食的三轮车，此时已经开张，前面一辆卖的是煎饼果子，后面一辆则是酸辣粉儿。两辆车前都围着几个学生，老板正在忙碌着。几缕热气袅袅腾腾，在那几颗脑袋上空飘着。

“这是咋回事？”盛强脱口问道。

秘书清醒过来，几步跑到了队伍前，打听道：“你们在排队干什么？”

“报账啊！”有人回答说。

“报什么账？”秘书继续问道，但不再有人搭理他。

秘书退回来，向盛强汇报说，这些人是在报账，然后就不知道接下来该怎么办了。他本来是很擅长为老板救急的，可眼下他束手无策。

这时只听见一个喊话器在背后的空中“噗嗤噗嗤”地吹了几下，蹦出一个男人干巴巴的声音：“报账这个事，急没有用，关键是要有耐心。要吃透规章制度，熟悉公务卡的使用细则，同时把材料做到家，到了柜台上，才能一报即过，不然，柜台上把材料打回来，你们再重新拿回去粘呀贴的，就麻烦了。搞不好你排五天队也不一定能够顺利报销，于是又怪我们财务中心成心刁难大伙儿。最近几周火锅大学的核心工作就是报账，最累的是我们，因为所有报账的人都多少有点油水，而我们管账的，只能眼睁睁地看着。过手的票据成千上万，我们却一分钱的实惠都捞不着。现在都提倡将心比心，所以大家也应该理解一下我们财务人。如果不是学校要求课题经费统一放在财务中心保管，我们根本不愿意沾上这劳什子。”

盛强转过头，只见从左后方走过来四个人。提着喊话器的是一个瘦高个的男子。这男子的右侧，并排走着一男一女两个年轻人——在这两人的前面，走着一个身材高挑、穿着一件红色风衣的女孩儿。有些不可思议的是，这女孩手里高高举着一块牌子——像运动会入场时的引路司仪举的那种牌子。牌子显然是刚制作的，是在一块硬纸板上蒙了一张白纸，上面写着四个鲜红的魏碑体大字：报账顾问。她的红色风衣在这有些寒冷的夜晚相当扎眼，老远就能看到。

盛强更加疑惑了。只听见手提喊话器的人继续说：“各位同学不要沮丧!我们财务中心急报账人所急，想报账人所想，特地请了两位行家里手来给各位当顾问——这一对帅哥美女，是咱们乡土火锅学院叶教授的研究生。我们认为，这两位同学深刻地把握住了目前火锅大学的报账窍门。叶教授每年的课题经费近两百万，票据五花八门——说个不好听的话，其中还包括他夫人相当不专业的一些票据——请注意，他夫人不在咱们火大，也不在别的学校，在与教育八竿子打不着边的一个4S店做汽车贷款工作——然而，这两位同学每年都是一次报过，而且报完后账目上一个毛票都不会剩下。比如说上周三，叶教授得知账上还有八十三块五毛钱，立刻派他学生带了一张一百元的正规发票前来，将报销的钱一分不少地取走了。什么叫专业？这就叫专业！什么叫效率？这就叫效率！所以今晚我们特地将两位同学请来，对同样在熬更守夜为导师们报账的各位同学作现场咨询。下面咨询开始——稍等，咱们文明咨询，照样排队，目前是这位穿米黄色外套的女同学排第一名，其他请依次往后。”

此人话音刚落，立刻便抢过来七、八个人，在穿米黄色外套的女生后面排起队来。眼看长队伍中突然出现的这支短队伍很可能把自己包围，秘书赶紧从人丛中突围了出来，站到盛强面前。他显得茫然失措，近乎绝望地对盛强说："盛总，我们被他们搅局了！"

正在这紧要关头，火锅大学方面的吴秘书远远地骑着自行车，三拐两拐绕过人丛，来到盛强面前。他老远就叫道："盛总！盛总！"

盛强一把攥住吴秘书的自行车前把，跟看到了救星似的，"咋回事，吴秘书？我明明记得这是咱们选定来招魂的地方嘛！"

"这不是出了情况嘛，这儿临时改成报账地点了。"吴秘书说。

"半夜三更的咋报起账来了？"盛强说。

"哎，"吴秘书叹息一声，"我也是从饭桌上过来才知道的。原来学校今天接到通知，今年的科研经费，必须要在这月内报销完，几天后就要封账了。这不，教授们急了，纷纷指派自己的研究生们去报账。今天财务中心一开门就挤了个水泄不通，跟打仗似的。"

"那怎么跑这儿报起来了呢？"

"如此大规模的报账潮，财务中心显然不堪重负。据说下班的时候，报账的人依然排着老长的队伍。队伍从行政大楼里延伸出来，一直甩到南大门外的广场上。学校急了，紧急召开了一个校长办公会议，决定在火锅博物馆设立一个临时的报账大厅，所以这儿才一下子涌来这么多人。”

“这都十点多了，还报？”

“早着呢！这个点儿是晚饭后才启用的。”吴秘书说，“您没看这队伍还在不断拉长啊。现在财务中心连退休的职工都被紧急召来了，还从火锅会计学院抽调了一些人。就这么加班加点，估计也要两个白天两个通宵才能报完。”

“那不麻烦了嘛！”盛强惊叹道。

“不麻烦，张道长另外找了个地儿。咱们的人已经在那边。”吴秘书说。

“张道长不是说只有这儿才合适吗？”

“那边也不错。”吴秘书说，“也是张道长自己拿罗盘测了的。”

“快带我去！”

“您跟在我后面！”吴秘书说着，返身骑上自行车，往东面驶去。

盛强和秘书上了车，紧紧跟了上去。他们在火锅大学艺术中心南面那块草地上看到了张道长他们。草地与中心之间隔着一条河。这条河从城里流入学校，在学校转了半个圈，又流进城里；它从城里带来一些垃圾，这些垃圾有的被沉积在拐弯处，同时也有一些新的垃圾被扔到河里，然后又从另一边流入城里。

张道长已经排好做法事的案子，正往上面摆东西。他的徒弟在给他当帮手。林迟霜和三哥站在不远处。蔡晴和她儿子也到了，她儿子正好奇地打量着道长的那些玩意儿。还有几个人，有男有女，有中年人也有年轻人。盛强后来才知道，他们是哥哥不同时期的学生，都在火锅城工作，也特地赶了过来。火锅大学保卫部的刘部长也到场了，正打着电话。盛强知道，他是巴总管安排来的。不远处摆着一溜椅子，约有十来张，此时都还空着，没有人落座。椅子的后面，有一张方桌，下面放着几箱矿泉水。这些东西肯定是吴秘书和刘部长张罗来的。

盛强一边往他们走过去，一边对身边的吴秘书说："谢谢你了，小吴！"

"您跟我客气啥呢？"吴秘书说，"领导吩咐下来的事儿，咱就得把它干好。"

盛强心想，这年轻人挺懂事，一定不能亏待他。滴水之恩涌泉相报，这是自己当年在火锅大学进出的时候，哥哥多次叮嘱自己的。这些年，只要遇到帮助过自己和自己公司的人，自己都会加倍回报。实在忙不过来的时候，也会派手下人去登门感谢，有时甚至驱车跑几百公里。

保卫部刘部长比别的人最先看到盛强。他正好打完电话，几步就跑了过来。盛强热情地朝他伸出手，部长也伸出手来。匆匆握了一下后，他迅速拿出一盒烟来，取了一支递给盛强。盛强表示自己已经戒烟，于是他又放回兜里。这时林迟霜、三哥和蔡晴他们也看到盛强了，纷纷围过来。蔡晴把比自己高出一个头的儿子拉过来，让他叫盛强"伯伯"。她还告诉盛强，她爱人明天也将请假回来参加姐夫的葬礼。盛强跟他们一一打过招呼，走向张道长。

张道长将手中的一个木匣子放在桌子上，对盛强说："这地方居东，属木，木克土也固土；木之兽为青龙，主阴；阴为春，对应坚贞仁德，与令兄禀性相符，所以只需将供桌略作调整，把灵幡从杜巽位移到惊兑位，将做法时辰从亥时推至子时，仍可圆满。"

"一切听您安排。"盛强说，"您知道我对此一窍不通。"

"这样时间倒反而充裕些了。"道长看了看草坪外的马路，"但是我没想到这么晚了还有学生在路上溜达。"

"是啊，按说这个时候他们应该睡觉了的。"盛强看了看道长示意的方向，回道。

"您可能不知道。"刘部长跟了过来，对盛强说，"今晚我们学校艺术中心有一场活动，半小时前刚刚结束，我就是从那儿忙完了到这来的。"

"啊，幸亏结束了，不然的话可能影响我们。"盛强说。

"不过……"刘部长说，"听众并没有完全离去。我来的时候，看到一些学生陪同明星往转盘那边走过去了。我猜想他们是兴犹未尽，在恳谈。"

"你们请了明星？什么明星？"盛强问。

"挺有名，挺红的一个明星。"部长伸手到兜里掏东西，可是连掏了几个兜都没找到。"我记得他们给了我一张明星的名片呀，居然找不着了。"

盛强的目光却投向远处，艺术中心的西北角。从那儿的马路上走出一队人来。他们走得很慢，边走边谈笑着，好像兴致很高。因为隔得远，听不到他们说什么，但他们再往前，走到南侧的大路上，如果不朝东，往大门方向走去的话，就会走到这儿来。

顺着盛强的视线，刘部长也看到这队人了。“对，就是他们。”他说。

“该散了啊，怎么还在溜达?”盛强自言自语地说。他知道张道长做法事时周边是一定要安静的。这队人完全露出来了，约有三四十位，中间围着一个白色的身影，还不时有人对着这身影拍照。

张道长的徒弟本来拿了一把香在手里准备插在地上，此时也站住了，捏着香，看着那边。“火锅大学的学生精神真好，这么晚了还在散步。”他说。

“不是告诉你们有明星光临嘛。”刘部长说，“平时他们是绝对没有这么大的精神头的。夏天这个点儿都不可能有这么多人。”

“大家都停下手中的活儿！”张道长喊道。他对林迟霜和蔡晴他们说：“你们假装散步，往那边走，你们几个——”他指指盛强和刘部长等人，“你们就坐在这栏杆上，背对马路，假装是在这儿聊天的样子。”

众人立刻按照道长的吩咐行动起来。与此同时，道长朝他徒弟嘀咕一声，两人轻手轻脚，三下五除二就把摆好的桌子移到一丛月季花后面。这一丛月季花虽然开得不如夏天茂盛，但枝条茂密，俨然跟堵墙似的，将桌子完全挡住。说话之间，这一群人来到路口。他们像一群吃草的羊一样，缓缓地往东边大门方向移动着，但“羊群”靠近南侧的几人还是好奇地往这边张望着。因为那十余把椅子还摆在栏杆边，显得十分蹊跷。此外，他们还发现几个男人，有的蹲在路边，有的坐在花坛边的栏杆上，地上散落着一些东西。

就在两三个男生准备过来一探究竟时，刘部长迎着他们走过去，对他们说：“没事啊，我们要在这儿测量点东西。”

其中有个学生认出了刘部长，于是他们几人停下脚步，返身跟上了大部队，往东边的大路上去了。盛强听见了刘部长的话，内心夸赞起他的聪明来。

看到队伍再次像吃草的羊群一样不紧不慢地往东去了，张道长招呼一声，他的徒弟异常麻利地将刚才挪开的物品进行了归整摆放，别人都不太能够搭上手。众人眼见年轻道人的麻利敏捷远远甚于常人，都暗自有些惊讶。

在众人的注目之下，年轻道人拿出一把铲子，在栏杆边缘挖了些土出来，迅速地用矿泉水合了捏出一个长方形的烛台出来，并点上了一束香。然后他把几根不知道什么时候准备好的小竹竿绑在桌子上，取出一些符菉挂上。这些符菉上画着一些奇怪的符号，既像字，又像画，在场的人谁也不认得。三哥是在场的人中文化最高的，对道家方术也略知一二，他凑过去瞅了一会儿，好像看出了点门道，于是小声对众人作了些解释。据他介绍，这些符菉都是道士们事先用朱砂画在黄纸上的，画的都是道家神祇，有东方青帝、南方赤帝、西方白帝、北方黑帝、黑杀大将、朱雀大将、玄武大将等，画像下面的文字则是道士们才认识的咒，外人不明就里。

张道长从口袋中取出一把桃木剑放到桌上。然后他取出一个布袋子，打开口子，小心翼翼地看了看，将袋子放到桌子上，用剑压住。张道长一边做着这一切，一边抬头重新往东边看着，忽然，他的眉毛一沉，停下手中的活儿。

原来，刚刚过去那一群人，在前边不远的路口往南一拐，从草坪的南面又绕过来了。而且他们似乎并不像散步或者夜间恳谈，而恰恰是冲着这边来的。他们似乎很想来看个究竟。夜色中，众人的目光都有些迟缓，张道长却是火眼金睛，他能借助并不明亮的路灯，隔老远就能看清那些人的表情。他们虽然佯装散步，说着话儿，眼神却都朝这边瞥着，道长因此断定，他们是刻意绕回来的，而且其中一定有一个人做出了某种鼓动性的提议。

这些人越走越近，已经来到草坪的正南面。张道长意识到，自己这边就像一个搭台准备唱戏的班子，舞台前面没有人，却有人绕到了后台，正怀着不明意图进行窥视。众人也看出了这一点。果然，这些人停下了脚步，站在草坪南侧的栏杆边，朝这边打量着，有几位甚至举着手机拍起照来。

刘部长把盛强的工作助理叫了过去。他已经看出这位文雅得体的助理不但见多识广，而且十分干练，遇事有主见，一般的事情她就可以拍板做主。他们商量了一会儿，然后，刘部长朝那些人走过去。他隔着栏杆，站在草坪上，就像一位新闻发言人一样对他们说："刚才已经说过，我们要在这儿测量点东西。如果各位同学愿意配合，我们马上安排大家看电影。"

听众们沉默了一会儿。过了约半分钟，才有一个人小声、以夹杂着怀疑和期盼的语气反问道："什么片子？在哪儿？"

"东大门对面外的星光影院。"刘部长说着，伸手往学校东大门方向指了指，"我们刚刚打电话问过，那儿座位充足，今天放映的是正在热演的大片《跑车 2》。"

"万一没这么多座位怎么办？"另一人小声嘀咕了一句。

"包场啊！坐不下我们让他们加一场！这家影院有七、八个放映厅的。"

"凭什么请我们看电影？"又有个人问道。

"这不是有缘嘛！"刘部长说，"我们这儿有个善人，他算命说今天必须要做一件善事。这不忙了一天还没来得及做呢。正好遇到你们了，你们就成全他一下吧。"

一个声音在这群人的后面响起。是个女生的声音："需要什么样的回报？"

"看完后每个人在心里默念三遍'无量天尊'，这就是最好的回报。"刘部长说。

这些人看起来动了心，商量起来。刘部长听到，他们中多数人似乎乐于享受这场不期而至的电影的，但一个叫"星星姐姐"的人去留似乎成了他们能否成行的关键。多数人主张星星姐姐一起去，而一个嗓音浑厚的女声却表示反对。只听她反复强调：星星姐姐不能熬夜，她的保健医生说她必须在十二点之前睡觉，到哪儿都不能坏这规矩。

眼看他们僵住了，去留难定，刘部长隔着栏杆插话说："星星姐姐刚刚在火锅大学完成了一场十分重要的演讲，相当辛苦了，你们既然爱戴她，就要考虑她的健康。到了分手的时候了！而且以星星姐姐的身份，是不可能跟你们一起去看电影的，虽然她知道你们都是铁杆粉丝。往东大门走，在校门外送别星星姐姐，然后你们去看电影！"

这番话立竿见影，这群人马上停止了争论，来了个集体向右转，将队形调整为往东大门开去的态势。盛强的工作助理立刻指派公司的一个文员负责买单，走在这伙人的前面去。

刘部长所做的这一切，盛强都远远地看在眼里。他没想到这位瘦得有些文弱、戴着一副深度近视眼镜，而且据巴总管介绍是在他的提携和关照之下才勉强保住正处级位置的中年男人还能如此活泛地随机应变。回头得好好感谢感谢他。

张道长也看到了这一幕，站在那里点了几下头。当他确信那伙人走远之后，开始围着案桌清污除秽。盛强知道，这是每次法事之前必须有的铺垫。道长所要清除的污秽也不是灰尘垃圾之类，而是肉眼所看不见的不洁之物。只见他左手端着一个装有清水的小盆，右手捏着几枝柏树枝，嘴里念念有词，一边走，一边将树枝浸了水后洒在地上。旁人大都没有听懂他的经文，但从他的神情来看，想必这经文是十分庄严深奥的。大家都停止走动和说话，目光追随着道长的身影。盛强却听出来了，道长念的是《常清静经》。

盛强一边注视着道长，听着他熟悉的念经声，一边留意着那边马路上的状况。令他意想不到的情况发生了：马路上那群夜游客忽然分成了两部分，约占五分之四的多数往校外走去，另外小部分——约有七、八位却转身，返了回来。已经回到这边的刘部长再次走过去，试图阻止他们，然而他们不由分说，径直迈过栏杆，朝这边走了过来。就在刘部长的惊呼声中，走在前面的一个白衣飘飘、珠光宝气的女人喊道："盛强，我总算逮着你了！"

盛强一愣，随即目瞪口呆，这女人居然是他的前妻。他脑子像一台大容量计算机一样闪电般运算了一番，怎么也没有找到答案。

"你怎么在这儿？"盛强问。

"我还想问你呢？"那女子说，"我问你，你想躲我到什么时候？"

"什么叫我躲你？"盛强既感到丈二和尚摸不着头脑，又感到一股无名之火在心中窜起，"你知道我这儿在干什么吗？"

"我管你干什么？今天你必须给我说清楚！"那女子说。

"赶紧离开！"盛强控制住自己的情绪，低声喝道，"我现在没工夫搭理你，别找不愉快。"

一个壮硕的女子从来客阵营中闪了出来，对盛强说：

“盛总，你这么大一个老板，一个成功人士，老躲着我们小姐不见，不是办法吧？”

在场的人这时分成三部分，一部分是盛强的随从和张道长师徒，他们认出来人是盛强的前妻，是时下相当有名的电视节目主持人、影视明星“星星姐姐”，也都在纳闷她为什么突然在深夜出现在这样一个地方，而且不早不迟，偏偏在这样一个时候；另一部分则是火锅大学方面的一些人，他们都认出了来者是一位明星，但一下子还不明白她跟今晚招魂仪式的主角盛强有什么关系；第三部分则是一直随明星走过来的火锅大学的四五位学生，他们是明星的忠实粉丝，大明星主持的《青春好容颜》节目是他们每周必看的节目，他们完全不能理解这位心目中的女神怎么忽然会在这么一个地方跟这么一个其貌不扬的中年男人产生了瓜葛。

最感到吃惊的还是刘部长和三哥，两人如坠雾里。刘部长摸着自己的脑袋，怎么也想不明白自己为之服务了小半天的这个明星居然跟盛强老总如此熟悉，而三哥，他因为平时很少看电视，根本不知道来者何人。他的直觉是盛强这个有钱的老板遇到了情债，但索债人来得完全不是时候。

盛强扫了眼刚才说话的那个壮硕女子，流露出厌恶的神情，没有搭理她。这是星星的助理。他一直很不喜欢这个女人。他在心里骂道：星星走到今天这个地步，跟我离婚，都是你们这帮寄生虫害的。她都他妈的四十多岁的人了，你还一口一个小姐、小姐的，不拍她马屁你会死啊？你们还他妈的初中同学呢！

此时盛强的工作助理已经快步走到星星姐姐的身边，低声对她说："盛总的哥哥去世了，我们是到这儿弄丧事来的。"

"啊，是吗？"星星听后显得很是惊讶，欲言又止。她没有见过盛强的这个哥哥，但是在他们共同生活的几年中，她知道这个哥哥对盛强很重要。而且通过盛强零星的介绍，她对他这个哥哥颇有好感，并把盛强身上的优点都认为是他哥哥教育的结果。当他们吵架的时候，她经常会反问：你这么差劲，你哥哥知道吗？

见星星情绪略有平复，助理抓紧安抚她，希望她不要在这样的时刻跟自己的老板纠缠，把想说的事留到办完丧事以后。助理知道星星为什么生气，因为盛强虽然跟她离了婚，但财产分割一直没有完成。形成阻碍的主要原因是，盛强要求星星退出他下面两个公司的董事位置，星星不干，于是盛强强制收回了星星用来办公的一栋别墅，把她影视公司的员工赶了出去，让自己投资公司的人到里面办公；他们有一条街的商业门面，地处闹市，街名还是星星取的，正在招租，可是三个月前，盛强让人把这些门面的锁全换了，星星的手下再也进不去；星星有几位亲戚在盛强公司下面的饭店和宾馆里上班，一周之内，盛强让人把他们全辞掉了。

但是让盛强的前妻星星生气的，可不止这些。关于这一点，聪明的助理也有所察觉，但老板家里不该自己知道的，自己从来不去推测。

此时，盛强心里也正在对他这位前妻进行声讨：这桩他鼓足勇气才成就的、曾经轰动一时的婚姻，并没有带给他想要的，相反，自结婚以来，他的快乐比从前少多了。曾几何时，他以为娶了一个明星，一个有名的美女，他会脚下生风、意气风发，在生意场上如虎添翼，但事实是，星星婚后完全没有成为他幻想中妻子的样子。除了忙电视台的工作，将《青春好容颜》打造成了南天卫视最赚钱的节目，她还代言多种产品，从电器到家纺到游戏。此外，她做珠宝生意，投资影视公司，拍电影拍电视，大年三十都还在飞机上。当盛强指望她陪同他出席一个重要的商业活动时，她情愿坐三个小时的飞机去会见区区几百个粉丝；当盛强好不容易才有机会带着她去参加省里领导的私人宴会时，她在意的却是趁机找人家要批文。这样忙来忙去，一直到去年，盛强有一天突然顿悟到一个残酷的事实：自己不过是这位明星妻子的钱袋子，不过是一个永远在追逐她所理解的梦想的女人的长工，于是，他的耐心就像被铁钉刺破的车胎，瞬间就泄气了，对这桩婚姻不再抱希望。

明察秋毫的张道长正在念经。他不动声色，一边不让记忆受到打扰，以便准确地念出经文，一边思考着如何平息眼前的局面。星星来得可真不是时候！单凭这一点，张道长就相信，她前程莫测。虽然从未就盛强和星星的婚姻发表过看法，但张道长早就知道他们两人走不了多远。他认识盛强的时候，盛强跟第二位妻子离婚已经有一段时间了，正准备迎娶这位大明星。当盛强在一个秋天的雨夜带着星星到道观里拜访过道长之后，道长立刻明白，盛强这么做，一是出于对美色的贪恋，二是出于虚荣。婚后，盛强每年要给这位明星夫人上千万的零花钱，还要不停地在新公司里给她股份。她做珠宝生意赔了一个多亿，盛强得给她托底，收拾残局，而那几个靠追踪报道他们这类人吃饭的记者在媒体上报道出来的却是，她在生意失败之时是如何的励志与坚强。她把自己远远近近的亲戚安置了十几位在盛强的公司里，以至引起公司高管们的抗议。他知道盛强一直希望能跟星星生个孩子，这样，大明星就可能收回心来相夫教子，但盛强并不知道星星生不了孩子。星星的上一次婚姻也没有孩子。她的解释是，前夫把她骗了，所以她不想给他生孩子。他知道盛强是真心想跟星星过下去，星星也是，但他们双方都只不过把对方预设成了自己理想的配偶，而实际上，双方都不是。双方都忽略了自身的过往，都忘记了自己曾经在染缸中扑腾过而设想对方只是沾染了一些灰尘，掸抖几下就能回归洁净。

虽然洞悉这对时髦夫妻的内心，却一直没有点破，张道长认为自己这样做，并不是贪图他们的钱财，更不是虚伪，而是出于对众生深深的悲悯之心。这对曾经的夫妇，他们在追求财富和名利的道路上早已走到了他们的心灵所无法消受的境地，能够打动普通人的东西，对他们已经无能为力。不错，盛强和他这位明星妻子都是自己道观里主要的供养人，但自己之所以愿意接纳他们，并不是缺少他们那份钱，而是因为他们还没有堕落到不可饶恕的地步。他们的灵魂深处依然有几丝亮光。这亮光时常相当微弱，甚至会蛰伏不见，但它是清晰可辨的。对盛强来说，他是在完全没有准备、连自己都懵懵懂懂的状态下成的富人，他根本不知道如何面对这滚滚而来、源源不断的财富，所以他不时表现出种种暴发户的恶习和毛病，有时候甚至危害社会，但他内心依旧保持着几丝纯朴和同情心，比如说他对公司里那些厚道老实的下层员工，看门的呀，工地上值夜班的呀，保洁呀，通常都很客气，而且吩咐下面多给他们发钱，此外，他对教育一直都心存敬意，资助过多所学校，尊重他理解中的文化人。他的明星妻子，也是像他一样毫无准备，仅仅凭着想出人头地的愿望，稍微使了点劲，就被一股无名的时代大浪抛到浪尖，红了起来，连她自己都感到意外。从小学一直到初中毕业，她都不是学校里最出色的。高中的时候，她的理想是嫁给县长的儿子——尽管县长的儿子从来没有正眼瞧过她，可她后来嫁给了省长的儿子。尽管身处名利场中的中央，时时处于聚光灯下，但她总算还没有忘记过去。她竭力照顾自己的父母和兄弟姐妹，帮助她的穷亲戚们，在家乡修过两所小学和一所敬老院。她表面上风光无限，实际上已经在接受上苍的惩处，所以她拼命工作，以期用肉体的辛劳来抵消心灵上的锈迹斑斑。凭着某种深隐的直觉，张道长相信自己终归会拯救这对男女，尤其盛强，他会在六十岁左右的时候有一次劫难——肉体方面的，世上没有哪一家医院可以让他渡过这次劫难，只有自己一套独特的疗法可以让他逢凶化吉。这就使道长相信，自己接受他们的馈赠不但合情合理，而且心安理得，何况他收受的所有钱财都是用在了道观的建设上，或者施舍给了处于困顿中的人。至于自己，是早就用不着钱财的。

伴随着内心的这么一番波动，张道长把经文念完了。这时星星终于看到了他。其实就在刚才，当星星忽然看到盛强，冲过来准备跟他理论的时候，就感到气氛有点不太对，因为众人的目光都集中在树下一个人影身上。从他们恭敬的神色上星星已经感到此人不同一般，所以当盛强的助理上前劝解时，她转过身子，看到了正手执拂尘、挥洒清水念经的张道长，立刻就将自己的怒火压了下去。她是被盛强带到道观里认识道长的。从那时候起他们每年都要到道观里去一次，盛强会留下来待上几天，帮观里干活儿，甚至打柴、种地，跟道士们同锅吃饭，同榻睡觉，而自己也会象征性地帮道观搞搞卫生什么的。自从大学毕业以来，星星总共拜了差不多十位师父，有和尚，有会算命看相的老头儿，有会特异功能的无职业人士，也有带些神秘气息的上师。最迷恋师父的时候，她的话筒和水杯都请和尚开过光。她对所有的师父都很尊重，舍得为他们花钱，直到认识了张道长，她才停止更换师父，把道长奉为她今后唯一的人生导师。

看到星星很快平息下来，并向自己投来敬重的目光，道长知道这对曾经的夫妇今晚不会有问题了。而且由于星星的示意，跟她来的那几个人也安静下来。盛强自然也不吱声了。

张道长准备继续下面的程序。但此时在花园外，栏杆的外面，又多出一些围观的人，看样子都是火锅大学的学生，稀稀拉拉约有二十人。不知道他们是如何集结到这儿来的。

张道长叫过刘部长，在他耳边耳语几句。刘部长走开后，道长示意在场的人，或站或坐，不要出声。不远处，刘部长从一棵宝塔般的云杉下叫出来五个保安——原来他们一直静静地待在这儿待命。刘部长带着他们朝栏杆外看热闹的人走去，一边走，一边说："我们在上一堂实践课，请大家立刻离开！请大家立刻离开！这儿装有好几个探头，如果各位不离开，我们可以很容易查证出你所在的院系班级。你们如此围观，是纪律所不能允许的，将会受到处理。请立即离开！我是火锅大学的保卫部长，正在维持次序，请大家立即离开！"

他一边劝说，一边领着这几个保安顺着栏杆走过去，不一会儿便将这些人驱离了。

草地上，张道长操起那柄放在桌子上的桃木剑，念念有词，做起法来。众人没有见过这样的场景，全都屏声息气，在夜色中盯着他。只见张道长舞着剑，身形诡魅，既不像武术，也不像舞蹈，念的词儿众人也是一句都听不懂。过了一会儿，道长放下木剑，走向桌子，端起一碗清水来。

谁也没有注意这碗水是什么时候摆在这儿的。大家以为道长是口渴了要喝水，可是道长使劲喝了一口水，却没有吞下，而是朝天猛地一口喷了出来。这口清水在夜空中分外显眼，像一把被挂住了的雨伞，摇曳着，飘散着，似乎是落不下来。众人正在疑惑，道长再次捡起桃木剑，在空中比画了几下，叫了声："起罩，着！"

众人不明就里，但盛强和星星却听懂了。原来道长做法是在起雾。他们那儿的方言，是把雾称作“罩子”的。有时候山中突然起雾，小道士早晨开门时看到了，便会喊一声：起罩子了！

果然，片刻工夫，四围飘起雾来，先是丝丝袅袅，继而成片成块，最后，这雾竟然像有灵性似的，结成一个巨大的碗状的乳白色罩子，紧扣在大地上，将这一大片花园笼罩了起来。

在场的人谁也没有见过在这个时节起雾，不禁十分惊奇。他们甚至都想不起火锅城是否有过雾这种东西。“罩子”内迅速弥漫起一股神秘的气氛，把他们的注意力牢牢地吸引住了。张道长叫众人坐下，于是，众人在那两排长长短短、形状各异的椅子上坐了下来。

道长继续念经，仍然用的是方言。三哥通过偶或听清的字句，判断出这是《无量经》，但又不能完全肯定。后来他发现，张道长念的这套经文，与普通道士们念的经大相径庭，他在原有的经文中，融入了一些老庄的思想，去掉了其中浅显和迷信的部分。

道长念经的时候，他的徒弟燃起一对烛来。这是一对表皮发黄的烛，连同下面的竹竿有一米多长。年轻道人将它们用绳子绑在桌子两侧的腿上。烛燃起的火焰像大号毛笔的笔头，微微晃动但光焰紧实稳定。道长一边念，一边打开先前他用剑压着的那个布袋子，从中取出一个相册一样的东西来。他解开外面包裹着的一层布，又解开一层，取出这东西，原来是一面镜子。但是这是一面在场的人谁都没有见过的镜子：镜子呈长方形，它的边缘是一圈已经斑斑驳驳的铜框，镶嵌在里面的镜面既像乳汁一样模糊，又像玉一样清幽，以至众人以为这是块石板或者铁片，只是当道长将它竖起来的时候，从里面映照出来的烛光却又十分清晰，大家才明白这是一面镜子。

道长将镜子斜靠在那个布口袋上，以大约五十度的倾斜对着东方，亲自点燃三炷香，对着它拜了三拜，将香插在桌子前已经逐渐紧实的烛台形的香泥上。然后他对众人说："各位，这是一面古镜，是一面阴阳镜，它可以照人，照妖，照魂；可以照见过去、现在和将来。一句话，它沟通阴阳，连接生死。我要用它将逝者盛楠的魂召回来。在逝者显灵之前，你们也可以前来观看，但能否看出端倪，只看你有无造化。现在，请！"

这边，年轻道人已经拿着一把香，准备众人取用。盛强是见过这类仪式的，他先走上前去，取了一炷香，在烛上点燃后，双手合十，夹着香棍儿，围着桌子虔诚地转了三圈，恭恭敬敬地将香插在桌前的香泥上，退到一旁。接着，他的前明星妻子也如法献了香，随后，众人在三哥的带领下，集体进香。他们重新落座后，张道长站到桌子前，仔细朝镜子里看了一番，说："开始显现了，显现了，你们可以上来观看。只要有缘，你们每个人都能看到过去的自己，然后你凭着不背叛自己的名义起誓，你是真心实意前来参加盛楠先生的招魂仪式的，这样我才可能捕捉到他的魂魄。否则，带着一群假人与亡灵对话，天尊不会成全你我。”

众人注视着盛强，希望他像刚才那样领头，但盛强却沉默不语，好像身体不舒服似的。他的前明星妻子也是面露难色，犹豫不决。见此情况，三哥勇敢地走了上前，俯身朝镜中张望。他在镜子中看到了布满星斗的夜空。他十分诧异，因为这一片天空是被雾罩住了的，于是他转过身来，反观天空，果然，上空雾气弥漫，什么也看不见。他再次俯身到镜子前，这一次，他看到了一具面容，似曾相识。他摆摆头，定睛一看，那人原来是自己，只不过，那是多年前的自己，比现在清瘦得多。他很是疑惑，退后一步，再俯身观看时，镜子中什么也没有了。

随后走到镜子前的是林迟霜。她带着好奇、诧异与几丝恐惧走上前去，以为自己会在镜子中看到可怕或者怪异的场景。借着烛光，她清晰地看到了自己的脸庞——和她早晨在家中的镜子里看到的几乎一模一样，甚至，还略为雅致些。家里也许是光线太亮的缘故，让她觉得近年自己的脸越来越大，下巴开始发圆，而此刻，镜里的自己是端庄的，脸部轮廓比白天时更柔和。她觉得不太真实，于是眨了两下眼睛。镜子里的人也跟着眨了两下，分毫不差，于是她不再怀疑了。头像周围弥漫的雾气中好像有别的什么东西，她想凑近仔细看一下，却听年轻道人在一旁说：“宝像难得啊，没问题就给后面的人留点时间。”

林迟霜退下，一直站在她旁边的蔡晴走了上去。她只看到一团模糊的影子，就像是晨曦微露的窗帘外面，也像混混的水面。可是刚才，三哥夫妇显然是在镜子中看到了什么东西了的，蔡晴不甘心，掏出一袋手帕纸，取出一张来准备擦拭镜面。就在她手中的纸刚要触到镜面时，年轻道人哼了一声，朝她摆摆手，于是她只好止住。刚刚坐下的林迟霜看出了异样，也不管道人是否允许，便擅自走上前去，俯身查看起来。镜子中与刚才迥异的景象令她大感不解，但她觉得，眼前的气氛既不允许她发话，也不允许她过多地逗留，她只好拉着蔡晴走回来，十分不解地坐在椅子上。

这期间张道长一直低眉颔首地念着经。年轻道人看看下面坐着的人，示意他们接着前去观镜，可是他遇到的目光全都躲躲闪闪的。这些人既像是不敢，又像是觉得自己不配上去观镜。当他的目光与星星的目光相遇后，后者犹豫片刻，站了起来，走上前去。

从前大明星听盛强说过这面镜子，知道它颇有法力，但自己从未见过。因为她去道观的次数并不多，张道长平时也不轻易请出这面宝镜。现在，她以一种气度不凡的姿态站在桌子前，微微倾着上身，打量着镜中的景象。镜子的正中有一张脸，既像是自己的，又不像。脸的周围，装饰着异常繁琐的图案，有枝条和树叶，上面还生活着一些动物，树丛的后面，好像还隐隐排列着建筑物和村镇。紧接着，她看到了一大片树林，看到了树林中有一条公路，上面正行驶着一辆模样古老的汽车，然后，在另一边，“刷”地垂下一道帘子，上面闪电般跳出一行行字幕来，但看不清内容。

大明星立刻被一种神秘的气息攫住了。她又看到了大海，看到一个人——那人依稀就是自己，正从一个高台上往水中跳，落下的过程中还做出了一串眼花缭乱的动作，十分优美，技巧高超，把自己都迷住了。可是她还没来得及欢呼，大雨倾盆而下，把她体内的寒气都浇了出来，她不禁打了个冷战，感到周身寒冷刺骨。她努力让自己清醒过来，步履踉跄。她的助理三两步赶上去，扶住了她。

星星这才发现，这周遭的现实中，并未下雨。她还想看，她的助理却往外拉她，想让她离开这面镜子。年轻道人看着她们，一言不发。

盛强看着这一幕，五味杂陈。他见识过这面古镜的法力，知道它今晚又显灵了。张道长的经文，他虽然听不懂，但他大概知道，道长此时念的是《观心经》。这部经最神奇的作用就是恢复羞耻心。他曾经在道观里看到有人在道长的诵经声中观看了古境之后，痛哭流涕，甚至抽搐，不省人事。星星被扶下来之后，坐在她原来坐的椅子上，蜷缩着身子，好像是胃痛的毛病又犯了。盛强看出来了，她恍惚的神情表明，她一定是想起了什么往事，正陷入到深深的悔恨和自责之中。她的确是个少见的美人儿，但她平素的样子勾起的只是男人的征服欲和占有欲，只有当她思索、忧伤的时候，她的美才真正显现出来。

随即，盛强内心里生出巨大的怜悯来。这女人毕竟跟自己生活了好几年，多少给过自己一些为人妻子的关爱。两人走到今天，并不全是她的过错，因为这段婚姻刚刚度过了它的新鲜感和热乎劲，她就意识到自己并不值得她托付终身。

她那么努力地做节目、赚钱，是因为她对未来没有把握。虽然她不缺这些，但是她没有找到比工作更好的方式来让自己保持对未来的心理期待。她外表是强大的，而内心却很脆弱。她取得的成功越多，期望的未来也就越远。为了让自己懂得做生意，她去商学院读总裁班，经常是录完节目就直奔机场；为了提高自己作为明星的成色，她学习英语和法语，前几年又学起了钢琴，有时候弹着弹着就趴在琴上睡着了；为了保持身材，她不惜忍饥挨饿以至落下了胃病。她所有的这些努力，都跟自己是一个混蛋有很大的关系，因为只有一个混蛋才会娶了她，却仅仅把她当作一只花瓶，而自己依旧保持着混蛋的本色。

想到这里，盛强想过去安慰一下她，可他忽然发现自己双脚麻木，已经不能动弹了。他费了很大的劲把两条腿挪动了一下，希望血液能够尽快通畅，气息能够贯达，让他可以走动。目光再次移过去的时候，正好星星也朝他看来，于是他努力做了一个关切的表情，并希望她能够看懂。此时星星坐了一小会儿，好像不如刚才那般难受了，但她脸上不再有明星的那种习惯性表情，相反，倒像一个涉世不深的女学生，或者村姑。她站了起来，走到张道长面前深深地鞠了一躬。

张道长一直微闭着双眼在念经。他左手执拂尘，右手竖在胸前，对星星没有任何回应。星星显然也不想打扰道长，鞠完躬后她就朝草地外走去，目光迷离但脚步坚定。她的助理和随从紧紧跟随着她。他们很快超过栏杆，踏着刚才来的道路，走远了，消失在迷蒙的雾气之中。

盛强一直看着星星，从侧身到背影，直到看不见。他忽然发觉手机震动了一下——通常在这类庄重的场合，他的手机都是由秘书和助理们拿着的，今晚却阴差阳错地放在他自己身上。他拿出来一看，居然是星星发来的短信：我先走了。

盛强把视线从手机屏幕上移开。道长仍在念经。年轻道人仍静静地站在那里。桌子前，又有一个人在观镜。星星下来以后，陆续有人走上去观镜，时间有长有短。盛强再次拿起手机，语义清晰地给星星回了一条信息：

> 希望你找到新的幸福。三家公司的股份，你可以继续持有。新装修的那套别墅归你。滨海路那条商业街的产权，也归你。

盛强发的信息很少有这么完整而顺畅的，通常都是简短的字句，与他初中毕业生的语文水准相吻合。只有给重要的人物发短信时，他才会斟酌，发出完整的句子。

短信发出去一会儿，星星回复了。盛强以为她会回过来一大堆好听的词儿，因为自己刚刚许诺给她的，已经远远超出了她自己所要求的。可星星似乎并没有认真看盛强的短信内容。回过来的只有八个字：你若安好，便是晴天。盛强略微感到一丝不快，因为这显然是她经常带在身边的那本小册子上的那些句子，是她用来应付粉丝们的。

“我就烦你一天到晚尽整这些没用的东西。都半老娘儿们了，咋就不能老老实实地说话呢？”盛强轻微地叹息一声，把这条短信删了。

这时现场出现了一点状况：就在不远处的草地上，忽然出现了一只狗儿——一只通体雪白、毛茸茸的大狗，它半蹲在那棵高大的云杉下面，正好奇地看着这边。一条长而大的尾巴在它身子后盘曲着，像是另外一个动物。它眼睛是蓝色的，泛着幽幽的光。那几个坐在栏杆上维持秩序的保安首先发现了它。本来他们已经昏昏欲睡，这时看到这么漂亮的一只狗儿，立刻兴奋起来。其中有个爱狗的保安，已经收养了好几只流浪狗，此时看到这只狗如此可爱，心想可能也是被人遗弃的，便弓着身子走了过去，准备去捉它。狗儿一动不动，只是抬起它那对蓝眼打量着走近的保安。

“住手！”年轻道人忽然喊道，“那是一只狐狸！”

众人立刻惊呆了。行走的保安也愣了，站在那里，不知进退。张道长转过头来，瞅了一眼，上前一步，嘴里咕哝了几句，举起拂尘往那边扬了一下，那狐狸突然就消失了，留下一道白光。众人根本没有看清它是如何消失的，据后来回忆，有的说它当时就遁入了地里，有的则说它钻到云杉那茂密的树丛中去了。

随即，从西边刮来一股风，把做法的器具吹得七零八落。众人都感到衣服穿少了，被吹得瑟瑟发抖。伴随这股风，那棵云杉树的树冠之内传出一阵激烈的窸窸窣窣的声音，树梢摇动，像是有什么动物在里面攀爬争斗。众人心头一紧，不约而同地围靠到了一起。蔡晴的儿子，一个眉清目秀、身材修长的高中生，本来是准备上前观镜的，被这突如其来的异样搞得没了主意，站在那里，进退维谷。他妈妈正帮道士们捡拾从桌子上飘落的东西，没顾上照看他。刘部长示意刚才准备捉狐狸那个保安到云杉树下去查看，可是刚才还自告奋勇的这位保安却踟躅不前。他示意他的两个同伴跟他同去，那两位却向他摇头摆手。

这股风把雾吹散了。被张道长称为“罩子”的东西，瞬间失去了它的形状。张道长停止了念经，一边收拾着桌子上被风吹乱的东西，一边四下打量着。他有些手忙脚乱，甚至打翻了一个作为供品的桃子罐头。他的神色也有些慌张，众人心中因此更是忐忑。

盛强立刻想起当年他在火锅大学进出时听到的一个传说：这块地盘原来是一大片坟场，学校建起来之后，在校园中有某几个角落，经常一到深夜就闹鬼，传说这些鬼有时候会变成狐狸精，在校园里游荡，有时候会变成烟雾，在天亮之前钻进一些隐秘的地缝中消失。校园中有一个池塘，传说那池塘的下面，有一个深不可测的地洞，可以直通大海，里面有种神秘的动物，偶尔会钻出来吃池塘里的鱼，只要它一出现，第二天池塘里的水便是浑浊的，水面会飘浮起动物毛和血一样的东西。有一次他深夜穿过校园，树林中传出的一种奇怪声把他吓得惊出一身冷汗，撒腿就跑。他看看三哥和林迟霜，他们夫妇似乎也是知道这传说的，显得十分紧张。

他们身后的树梢，奇怪地摇动着。

再看张道长，他从放在地上的那只大木箱中取出一个画板样的夹子来，把它展开。这是一个风筝样的东西，它的架子由竹子制成，上面挂了几条白布做成的符箓，画着一些符号，似字非字，似画非画。师徒两人联手将这东西打开来，由徒弟举着往前小跑几步，然后，张道长喊了一声："起幡！"

只见年轻道人右手便猛地往空中一抛，一大片纸一样的东西便飘飘扬扬，挂在空中。

后来人们才明白，这不是风筝，而是灵幡，并不是每次招魂都使用。张道长捏着绳子，往空中放了一会儿，然后将线头拴在桌子腿上。眼见灵幡在空中稳住，张道长退回原地，再次开始念经。这次他念的是《度人经》，用的仍是方言。众人听得似懂非懂的，但盛强却听懂了，因为有一段时间，他的口袋里天天放着这本经书：

……无量上品，元始天尊，当说是经。周回十过，以召八方，天真大神，始当诣座。上圣高尊，妙行真人。无鞅数众，乘空而来。飞云丹霄，绿舆琼轮。流精玉光，羽盖垂荫。五色郁勃，洞焕太空。星宿璇玑，玉衡停轮。神风静默，山海藏云。天无浮翳，四气朗清。山川林木，一国地土。缅平一等，无复高下。皆做碧玉，无有异色。众真侍座，元始天尊，悬座空浮于五色狮子之上……

这经文像催眠曲似的，很快让盛强变得恍惚起来。眼前的一切都慢慢离他远去，他开始回观自己的内心，同时他凭着本能，晃晃悠悠地走到桌子前，伸手把正在观镜的蔡晴的儿子拨拉开，然后自己观起镜来。镜中云雾缭绕，但盛强很快透过云雾，看到了多年以前火锅大学秋天下午的一个场景——这似乎也并不是学校，而是学校附近的一个街市——一些人正在采购用于过冬的大白菜。哥哥盛楠蹬着一辆板车，已经跑了两趟了，他不但要自己拉一车回去，还要帮助系里年纪大的老师拉，有时要干一天。自己因为有一把好力气，几次被哥哥叫去帮忙。也正是因为那几次拉白菜，自己学会了蹬板车。这玩意比骑自行车难。街上人来人往，三轮车、手推车、自行车后座上，放的全是白菜。没有声音，人们的笑脸毫无保留在绽放在秋天澄澈的空气中。送大白菜来的大拖拉机像个庞然大物一般横亘在百货商店前面的空地上，人们围着它，幸福地来转来转去。台秤的旁边，还有一个人守着平板三轮车在卖书。干活的间隙，哥哥好像还过去挑了本书。这是集中供应冬储大白菜的日子，周边那些老胡同里，学校那些年轻的筒子楼里，人们将白菜随便码放在墙上、窗台上。空气中飘着白菜的清香，一片祥和。

这场景猛然把盛强带到了那个并不遥远的时代。那是一段在他生命中打下重重烙印的生活。那时候自己租住在火锅城一个老小区的地下室里，早上喜欢去吃这儿的一种包子。只要能够敞开肚皮放量吃下一大盘包子，再喝一碗粥，自己就感到周身有使不完的劲，感到生活充满了希望。那时候自己最盼望的是有一天能够在这座城市里有一间属于自己的屋子，有一辆崭新的自行车。再后来自己渴望在火锅城有一个属于自己的家，尤其每次在黄昏时下班归来，骑着破自行车前往租住地，经过高家口的时候——那时候高家口的马路两旁已经有了一片小区，全是五、六层的楼房，比城市里大片低矮的平房高档得多，也亮堂得多。这儿的姑娘也显得比平房里的那些姑娘更雅致、可爱。有一次，正是下班的时候，看到一个身材挺拔、留着两条粗辫子的姑娘提着一个包往一栋楼里走去，自己在路边用一只腿支住自行车，看呆了。这姑娘高挑、红润、结实、大方得体，家境看起来也不错，而自己的理想就是娶一个这样的姑娘，成为火锅城的女婿。后来，在不同的年代里，自己还无数次回忆起这个不知名的姑娘，不知道她身处何方，是否幸福安康。那是一个朝气蓬勃的年代，虽然大伙儿口袋里的钱都不多，但日子过得充实。大家都享受着当下，专注于眼前的事情。而现在流行的情绪是，大家不是想入非非就是忧心忡忡。白菜再也不会带来那样的快乐了，成了一种无人注目的贱菜。

那时候自己做梦也不会想到会发财。如果不是因为户口总也落不下来，自己可能是不会离开火锅城的，但正是因为落不了户，又没有稳定的工作，自己才在无奈之中回到家乡。后来自己阴差阳错发了财，并由此一发不可收拾，一直发到今天。但是发财并没有让自己快乐。有很多年，自己试图通过用对金钱的挥霍来获得某种平衡，但结果都是徒劳。金钱带来的快感像潮水一样，涨上来一次就一定退下去一次；它每次都带来一些东西，覆盖在自己的躯体上，然后每次都带走一些东西——从精神上到肉体上。尤其自己获取的这些财富，很多都充满了交易、出卖甚至暴力和罪恶，它就不那么动人了。但是哥哥他们那些人，他们的生活虽然也改善了，但他们是一点一点，像身上长肉一样通过漫长的努力才改变了物质上的匮乏。他们没有多取丝毫。自己原本是可以像另外一些生意场上的同道一样，对财富心安理得、对阴暗熟视无睹、对罪恶佯装不见的，但借居火锅大学那一段生活，在那儿认识的以哥哥为首的那样一些人，经常像一面镜子一样，让自己驻足凝神、对比观照。自己一直也没有搞清楚，那样一段生活对自己是幸运还是不幸，是应该的还是多余的。

这时镜子中飘过一团又一团的白云，在白云飘过的间隙，盛强看到两大一小三个人影。他几乎只是瞥了一眼，只是凭着这身影的轮廓，就辨认出，这是哥哥一家三口：哥哥、嫂子和侄女。他们坐在一个窗户前面，哥哥在教侄女下棋，嫂子在旁边观看。那时候侄女大约刚刚上小学，是一个天真烂漫的小姑娘，这是他们在筒子楼的那个小家。这画面告诉盛强，哥哥一家是幸福的。这些年自己总觉得哥哥穷，而且他竟然漠视自己对他可能的资助，可仔细回想起来，哥哥从来没有做出穷人状。他们没有大房子，但他们可能认为住在不大的老房子里已经拥有幸福；他们的钱不多，但他们可能根本就不需要过多的钱；他们不满世界去逛，满世界去花钱购物，因为他们可能根本就不需要那样的逛荡；他们不讲究吃和穿，可能在他们看来这种讲究本身就是多余的。自己觉得他们是穷人，但种种迹象可以表明，他们始终保持着年轻时就有的慈悲心肠和慷慨。他们给予他人和社会的往往都是超出了他们这个阶层所应该承受的。自己在很长一段时间里都觉得自己是成功的，尤其在面对着赤裸裸的吹捧和讨好的时候，可是，在那些由鲜花和掌声铺就的道路上，自己有时候也会迷茫和怀疑，尤其在遇到一些真正懂得生活真谛的人的时候，自己的人生观会在瞬间崩溃。这种人隐藏在尘世之中，有男有女，有年长的也有年龄不大的，他们表面上看起来都很普通，但有时候你看他们一眼，就会突然觉得他们过的才真正是人的生活，而自己这样的人不过是一堆狗屎。狗屎原本是没有希望的，但自己恰好赶上了一个狗屎也能吃香的时代，所以赚得盆丰钵满。

当然，问题的关键还不在于穷富，而在于爱。哥哥很幸运，他在最合适的时候遇到了最好的嫂子，然后顺理成章地走到了一起。他们的心中有彼此，一开始就有，从未减弱。虽然岁月也雕蚀了他们，但他们深深扎根于彼此的心中，从未厌倦。表面上看，他们的感情似乎是平淡的，但实际上这正是最纯的感情——它早已演变成一种默契，渗透到他们生活的细节之中，几乎无须言语和形式上的表达。在哥哥忽然去世之后，嫂子并没有像普通的妇女一样悲恸，那是因为他们作为读书人，早就感知到了天命的存在。这种反应与他们平时平静得有些肃穆的感情生活是一脉相承的，因为对天命的感知让他们谦卑、节制、安详、恬静。虽然他们一定不会轻易谈到爱情，但是显然，这样的生活本身就是爱情。

自己就很不幸了。在需要爱情的时候，自己没有遇到爱情，于是，在需要女人关怀的时候，自己没有得到这种关怀，在需要女人鼓励的时候，自己没有得到这种鼓励。可能正是因为这样，在发财之后，自己总是试图通过用金钱交换女人来弥补感情的苍白，开始是尝试，随后是寻觅，再后来，像吸毒一样上了瘾，自己成了情场和欲海中的疯狗，重复着勾搭、玩弄、抛弃或被抛弃，再勾搭、再玩弄、再抛弃或再被抛弃的把戏。在自己深陷其中的那个情与色的污水坑里，有着各种耸人听闻的勾当，有着各种令人目瞪口呆的纪录，有着最道貌岸然的恶棍，有着最扭曲的人性。香车宝马，豪宅华饰，往往都不过是在掩盖那些丑陋的肉身和扭曲的灵魂。

其实自己也曾经接近过好的婚姻。至少，那算是正常的婚姻。那是自己的第一个妻子。尽管她是别人介绍来的；尽管自己当时因为年纪偏大，匆匆忙忙就跟她结了婚；尽管她不谙风情，老实得有些木讷；尽管她父亲和哥哥弟弟都孤陋寡闻而且充满小市民气，但她是自己这辈子遇到的唯一可能跟自己善始善终的女人。其实，她长得并不难看，甚至可以说是端庄的。她能吃苦，勤劳，从不搬弄是非；如果自己就在矿上混，甚至一直当矿工，她绝不会嫌弃自己。可是自己刚一发财，就跟她离婚了——表面上是她娘家父兄瞎掺和，实际是自己把她抛弃了。当时自己的朋友圈中流行换老婆，自己很容易就被传染了。第二任妻子一开始就不是因为感情，而是各取所需——自己觊觎她的美色，她看中自己的钱。但她后来后悔了，所以坚决要离婚。在获取足够的钱之后，她带着孩子去了美国，跟一个美国人结了婚。她年轻时就认为只有白人才值得一嫁，终于如了愿。再后来她想方设法不让自己联系她，还把孩子都改了外国名字。由于她不懈的教育，那两个孩子，一儿一女，对自己也很淡漠。现在都不知道他们长多大了，是聪明还是不聪明，是像自己还是不像。当然，留下这些孽债，自己的责任不可推卸，因为那时候自己并不懂得生命是神圣的，不懂得生下一个孩子后，要毫无保留地去爱他，给他挡住每一片风雨——不管是现实上的，还是精神上的。自己以为自己会成为一个隐蔽的小国王，妻妾成群，子女无数，只要有钱就可以随便生、任意生——像牲口一样，所以，就在感觉到第二任妻子有异心之后，自己就在外面跟另外四个女人生了六个私生子，两儿四女。那时候，在自己那个小圈子中，多妻多子是成功的象征之一，而且有些女人，根本不用你花心思，她们自己就送上门来了。如果不是后来认识了星星的话，自己可能还会在情欲的轨道上一路狂奔。自己本来是准备把她当作最后归宿、跟她一起生儿育女、厮守终生的，可谁知道，最后两人的翅膀都扑腾断了，却始终在尘土中挣扎。

盛强忽然想起了大儿子。他现在可能是自己唯一的亲人了。自己是对不住这个孩子的。生他的时候，自己并不知道为什么要生孩子，只是随着本能，像别人一样娶妻成家，然后就有了他。等到想要好好地把他培育一番的时候，他已经快上小学了。那时候自己刚好陷入人生的第一次低谷，四处躲债。他七岁的时候，自己跟他妈离了婚。他跟他妈，还有外公舅舅一大家子生活在一起。小学五年级的时候，老父亲几乎是把他从他妈妈身边抢了过来，跟他生活在一起。老头儿想让孙子出人头地，给他请了各种家庭教师，同时他要什么就给什么。初中毕业他就出国了，先读高中，再读大学。如今大学毕业也好几年了，他既不回国来工作，也不在国外上班，连旅游都不喜欢，只喜欢待着——要么在英国，要么在欧洲大陆。他有时候也回来，但几乎不回家，在北京待几天，在上海待几天，然后就回去了。他对人似乎天生就是淡漠的，不论对自己这个当爹的还是对他妈。他自小就沾染传承了他外公和舅舅的不思进取和算计，稍微懂事又被他爷爷熏陶出来了许多暴发户习气（也不排除是自己给他养成的）。有时候自己甚至想，他哪怕要是能败家也行。如果他想做事的话，自己是准备拿出一部分家当让他去折腾的，败光了都无所谓，可是这孩子不。他不停地交女朋友。他一副公子哥儿的模样，对那些围着他转的女孩，他既不真为她们花钱，也不哄她们，全凭她们愿者上钩。自己摸不清他的想法，他也几乎从不主动联系自己。从别人的口中得知，儿子对自己的公司毫无兴趣。在许多人看来辉煌的事业，在他眼中不屑一顾。他对他大伯也是冷漠的，尽管自己跑债那几年，大伯给了他父亲般的关爱。当然他对曾经生活过的这片土地也是冷漠的。但是对钱，遗产，他是有兴趣的，因为他不时在跟自己的财务总监和律师接触，使用的词汇十分专业。到目前为止，还看不出这孩子什么时候会长大懂事，像传说中懂事的孩子那样会体贴父母。因为儿子，自己曾经一度是怨恨哥哥的，因为他有办法调教这个孩子。儿子初中毕业那年，自己曾经想让哥哥帮忙联系一所火锅城的重点中学，把儿子送到他身边，由他来关照培养，可哥哥一开口先把自己数落了一通，要求自己先如何如何，兄弟俩在电话中不欢而散。

盛强这么胡思乱想的时候，灵幡却出了问题。之前它一直在离地约三、四十米的左前方的天空浮着，发出轻微的呼呼声。盛强知道，等到哥哥显灵，道长就会收回灵幡，那时，法事圆满结束。可是忽然，灵幡发出“扑哧扑哧”的声音，大幅飘动起来，并且迅速就将桌子扯翻了。张道长大喝一声：“快拉住它，别让它飞走了！”众人连忙上前，把那张桌子固定住，紧紧压住它。但这灵幡的力量似乎十分强大，那根普普通通的绳子也似乎无比结实，在场所有的人，除了道长师徒，全部都扑了过来，它才勉强稳住。大家有的拉绳子，有的压桌子，齐心协力。

与此同时，镜子中忽然一闪一闪的，发出一道道光来。盛强连忙将脑袋凑过去，发现那闪光像夏天夜晚的霹雳。闪光很快消失，镜子中乱云飞渡。盛强双手抓住桌沿，恨不得将脑袋钻到镜子中去，里面已完全寻不见哥哥的面孔。连身影也看不到了。这滚滚翻飞的厚云之间是不可能有人影的。盛强忽然感到周身寒彻。此时此刻，自己是多么思念亲人啊！自己想妈妈，想她那有些苍白的面容，想父亲，想他为自己发愁而坐着喝闷酒的样子，也想儿子，但是最想念的还是哥哥。他伸手擦了擦镜子，镜面显得更为清幽，里面的云越来越厚，越来越浓，它给手指的感觉像冰一样冷，铁一样硬。

一瞬间，盛强忽然发现一个残酷的现实：自己现在没有亲人，没有朋友，甚至还可能没有了健康。这世界上不再有人需要自己，活着已经毫无意义。所谓的成功，不过是一场春秋大梦。假如自己现在忽然死去，这世界上没有一个人会真正怀念自己，没有一个人会为自己痛哭。想到这里，他摇晃着站了起来，将自己的身子对准了栏杆旁边一棵松树。这棵松树的树干挺拔壮硕，可能还从来没有人用来自杀过。不过今晚它就要多这一项用途了。盛强瞄准树枝，像跳远选手那样摆了个姿势，弓着身子就撞了过去。

看到这场景，众人一片惊呼。说时迟那时快，就在盛强即将撞上树干的千钧一发之间，年轻道人像弹簧一样纵身飞出，一把抓住盛强的衣领，将他活生生拉了回来。

“盛强道兄，您不能这样！”

年轻道人嚷嚷着，将盛强按在地上。为了不让盛强太过难堪，他不是让他躺在地上，而是让他坐着。盛强还想爬起来，但年轻道人伸出一只胳膊死死地把他压住了。他整个人虽然看起来比盛强小了一号，但力量惊人，一只胳膊如同泰山压顶一般，让盛强只能徒然挣扎。片刻之后，盛强知道自己无法自我了断了，放声痛哭起来。他那凄切的哭声在夜色中传得很远很远。眼见他没有爬起来的意思了，年轻道人松开了手，任由他哭泣。盛强于是哭得更伤心了，也更痛快了，涕泪滂沱。

这一幕让众人大感不解，惊讶不已。他们中有人想要走近盛强，去安慰安慰他，但只要一松手，那灵幡就要冲上夜空，所以他们只能全神贯注拉扯着绳索，同时向盛强投去关注的目光。

张道长似乎并不意外。他放下法器，朝盛强走了过去。他站在离盛强约一米远的地方，身体前倾，一手执拂尘，一手举在胸前，念叨了几句。众人并没有听明白他念的都是什么词儿，但这几句词儿却立竿见影，盛强的哭声立刻弱了下去，慢慢连抽泣都停止了。

张道长返身，从袋中取出一只碗来，然后摸出两张符纸，用打火机点燃后扔在碗中。那纸很快燃尽，剩下几片白灰。道长拿过一瓶矿泉水，倒入碗中，用一根筷子将灰与水搅拌在一起。随即他从那只布袋里取出一把刀来，就着桌子，手起刀落，将那根筷子砍成五截。他是斜着下的刀，使断筷两端看起来十分锋利。他把这几截断筷放入碗中，端起碗来，念了几句咒语，把它递给盛强。

众人眼睁睁地看着，疑惑不解。盛强接过碗来，缓缓举到嘴边。众人的心立刻提到了嗓子眼上，因为这碗中漂着的，是几截锋利的筷子，明晃晃的。盛强显然也看到了，但他没有一点犹豫，“咕嘟咕嘟”就将这碗水连同那几截筷子都喝了下去。

众人目瞪口呆。然而令他们不解的是，这碗水好像还很甘甜似的，盛强喝完后还舔了舔嘴唇。然后，他慢慢安静下来了，就像一个哭闹够了的孩子，痴痴地看着眼前的一切。

与此同时，经幡“扑哧扑哧”的声音越来越剧烈，似乎有一种神秘的力量一定要把它彻底拉到浩瀚的夜空。张道长朝众人做个手势，示意他们使劲，然后继续念起经来。众人全都面红耳赤，使出了吃奶的劲拉着那绳子。他们希望脚下有什么东西能够套住他们的双脚，以便能借上力，但草地上除了枯草，空无一物，他们只能用身体死死吊住那绳子。体弱的几位已经双脚离地，眼看就要支持不住，还能抠着泥地的几个男人则喊道：“坚持住啊，千万别松手！”

“马上就要坚持不住了！”一个女人的声音有些绝望地回答说。

就在这紧要关头，一个高大的身影越过标杆，冲了过来，同时响起炸雷般的喊声：“我来啦！”

众人一看，原来是盛楠的老哥儿们王汉柏。他冲到拉绳的队伍的前面，伸出他的大手，抓住绳索就猛拉起来。中了邪的绳子终于没有抵挡得住王汉柏的一身神力，渐渐被稳住了，然后，众人再相约着一起使劲，终于一尺一尺将它拉了回来。等到那幡离地约一米多高的时候，张道长走上前来，伸手将它摘下。他将这幡拿到栏杆边的路灯之下，仔细查看了一会儿，说：“成了！”

除王汉柏外，众人东倒西歪，都累得站不直了。三哥出于好奇心，跟了过去，他发现灵幡中央的白纸上，模模糊糊地有一个人像。先前道长放上去的时候，上面好像是一道符。此外，刚才那么大的风，这薄薄的纸张居然没有破损，实在令他不解。

此时，四周寂静无声，一弯新月高挂天空，夜色澄碧如洗。

第八章　复活

星期天的清晨，连日浮在空气中那厚厚的雾霾消散了，太阳准时升了起来，虽然依然不够明澈、亮丽，但相当耀眼，像个暗红色的大皮球一样高悬在东边的天空上。早起的人们走在路上，觉得呼吸畅快多了，锻炼的人也比往常多了。

盛强保持着他一贯的习惯，天亮不久就起了床。他洗漱穿戴停当，驱车从宾馆到赶往火锅大学。秘书给他准备了一身黑西服、黑领带，还在衣服的左胸处插了一小朵白花。一副太阳镜架在脸上。脚下锃亮的黑皮鞋一尘不染，光可鉴人。这使得他整个人看起来庄重肃穆。一想到今天就要告别哥哥，他心情沉重，步子也比往常慢了许多。

他先到了哥哥家里。此时他嫂子和侄女还正在为哥哥的追悼会做最后的准备。经过十多个小时的长途飞行，又跟母亲、外婆说了大半夜的话，侄女显得有些疲惫，但她还是强打着精神，竭力要担起一家之主的角色。不过盛强也看得出，由于自己的及时出现，并安排好了一切，侄女的脸上还是流露出几丝放松和宁静。由于和哥哥特殊的关系，侄女对自己是陌生的，甚至可能在她心中，叔叔的形象相当糟糕。但她的表现十分得体，让当叔叔的丝毫不感到尴尬。

盛强坐在餐桌旁边，看着侄女收拾准备。嫂子和她母亲坐在沙发上。老太太安详地靠着，不时指点一下外孙女，什么东西在什么地方。林迟霜站在蔡晓侧面，在帮她弄头发。

蔡晴在鞋柜中帮她姐姐找一双合适的鞋。盛强到了没多久，又来了两个嫂子的学生，她们是专门来陪伴老师的。不大的客厅里显得有点拥挤，做女儿的于是加快了准备工作。按照昨天晚上的商定，自己将和母亲、外婆、小姨直接去西郊殡仪馆的告别大厅，由叔叔会同爸爸单位的人、他的几个学生到学校医院的太平间护送爸爸过去。此刻她在准备音乐。昨天晚上她和母亲商定，告别仪式上不用哀乐，而要放爸爸喜欢的音乐。她带上了两张碟，一张是拉赫玛尼诺夫的《C小调第二钢琴协奏曲》，另一张是柴可夫斯基的《降B小调第一钢琴协奏曲》。这都是爸爸喜欢的曲子。为了稳妥，她还将这两支曲子拷入U盘随身带上。

八点的时候，一行人走出家门。蔡晓他们去西郊殡仪馆，盛强去火锅大学校医院。他公司的几个人在楼下等着，今天他们也是一身黑衣，表情严肃。

此时在校医院，火锅大学方面的头头脑脑们都还没有到来。有四五个男人等在医院门口，四十多岁的样子。盛强有种直觉：他们是来送别哥哥的。正当双方用眼神彼此询问的时候，吴秘书骑着自行车赶了过来。他支上自行车，前来介绍说，这几位是盛楠教过的学生，有的在火锅城工作，有的从附近的城市赶来，还有一位从省城赶来。他们是作为学生代表来为老师送行的。盛强上前跟他们一一握手，谢过他们。“咱们先进去吧，到里面聊，早晨外面有点冷。”吴秘书说。

一行人跟着吴秘书进入医院。吴秘书没有去往地下，而是领着大家来到了医院二楼的会议室。这儿布置一新，开了空调，大会议桌上摆着黄菊和白菊，两个年轻女子正在往茶杯里放茶叶。桌子上还摆好了桌牌。桌牌中有自己的名字，还有自己助理和秘书的名字，盛强于是知道，这是专为此次送别仪式摆放的。因为魏省长打过电话，所以校方十分重视。

吴秘书正想把来客一一向盛强介绍，房门一开，麻方德领着七八个男人走了进来，紧接着，李烹出现了，他后面跟着巴定国等人。李烹跟大伙儿打了个招呼，示意大家坐下。盛强找到了自己位置。这是西面的三张椅子，自己的助理和秘书分坐两侧。李烹一行坐在北面；南面，盛楠的几个学生正对着他们。跟随李烹来的干部们和麻方德带来的教授们坐在其余的位置。盛楠的那几个学生，从李烹跟他们说话的语气和桌牌摆放的位置，盛强判断出，这几人颇有来头，尤其正中的一位，举止沉稳，不动声色，李烹跟他说话都是以商量的口吻。

李烹先讲了几句，简单介绍了盛楠出事的情况，对丧事做了概括，然后请盛强讲话。盛强轻轻抚摸了一下胸前的白花，说了两句感谢的话，然后站起来，朝众人深深鞠了一躬，再次坐下。接下来，李烹请盛楠的几个学生讲话。这几人小声商量了一下，中间那位对坐在他旁边的一个人说：“你讲吧，代表我们。”

这人迟疑了一下，看看跟他说话的人，站了起来。他在这几人中年纪最大，差不多有四十七八岁的样子，中等身材，戴着一副太阳镜，穿着一件黑羊绒大衣，里面是深色西服和白衬衫。

“诸位，”这人说，“今天我们代表同学，来这里悼念我们的老师——盛楠老师。要在这样一个时刻去准确地评价盛楠老师，是不可能的，只有一点可以肯定，那就是他的猝然离世，让我们震惊。也许有人认为，盛楠老师只是一个普通教师，可在我们心中，他非常重要。或多或少，他都是我们重要的人生领路人。如果说教师是园丁，那么盛楠老师毫无疑问是最称职的那种。他既热爱植物，让其保持最自然最健康的生长状态，也深深懂得让它们免受风霜、害虫的侵蚀；他懂得何时应该施肥，何时应该修剪；他深谙植物的不同习性，知道如何供给它们不同的阳光、水分；他懂得让植物各展其妙，让它们避免盲从、趋同、攀附；总之，这是一位少见的好老师，深受我们的爱戴。盛楠老师让我们钦佩的还不只这些，比如他的与众不同，他的不同流俗。在当前火锅大学这个以课题、论文、头衔论英雄的院子里，他维护了自身的人格独立。虽然他没有如某些人所说的那样一尘不染，在临近退休这几年间年年申请教授，年年都遭到了失败，但他不逢迎，不乞求，只想拿到应该属于自己的那一份，始终都是堂堂正正的。”

讲到这里，发言的人停顿了一小会儿，看看对面火锅大学的人。他似乎是在查看刚才自己的一番话是否会引起学校这些人的不快，不过他的表情说明，即使火锅大学方面的人面有不悦，他也不会在意，会继续按照自己的思路往下讲。

果然，他继续讲道："今天到来的盛楠老师的学生中，我是唯一的一个平头百姓。我在一所中学里任教。作为火锅大学的学生，我们对这个院子充满了感情，因为我们青春最美好的几年就在这里度过。我们希望母校成为一所受人尊重的学校，希望我们的学生不但要有知识有文化，还要堂堂正正，有担当、有情怀、有使命感，但是这些年的火锅大学却很让我们失望。诸位学长和前辈，火锅大学的管理者们，请允许我直言：如果盛楠老师的死不能深深地触动你们，让你们有所改变，火锅大学将毁灭在你们这些人的手里！"

这话让在场的人纷纷为之一震。尤其火锅大学方面的头头脑脑和教授们，他们面露愠色，眼含怒气，但李烹没有吭声，他们也都沉默着。李烹看了看坐在他对面的那个人，此人显然是盛楠这几位学生中的意见领袖，但分辨不出此人对刚才这番话是何感想。

讲话的人似乎也知道自己的话会引起骚动。他停了下，见无人接话，才继续说："我们将永远怀念盛楠老师，愿他安息！我的讲话完了。"

说完，这人缓缓坐下。现场一片寂静。这实在太不像一篇追悼逝者的讲话了。作为火锅大学的当家人，一向善于应付各种复杂局面的李烹竟然不知道该说什么。

就在这时，吴秘书推门进来说，下面已经准备停当，让来宾们下去。李烹于是朝坐在他对面的人示意了一下，起身，邀请那位上前，往会议室外走去。拐过桌子角，李烹拍拍盛强的胳膊，示意他走在自己前面。一行人出了会议室，下到医院的一楼。这时候盛强看见，这儿又聚集了十来个人，年纪都比较大，站在前面的是两个白发苍苍的老者。陶玉彬也站在他们中间。他走到盛强身边，低声告诉盛强，这些都是调料学院的退休老师，他们都是主动前来，要从这儿把盛楠送到殡仪馆去。因为队伍正经过门诊大厅往地下室行进，盛强不能一一向他们致谢，只好朝他们拱手致意。

火锅大学校医院的太平间实在太小了，只勉勉强强站了不到二十位。余下的人，统一由吴秘书安排，按官衔和职称依次往后排列。队伍站满了整个走廊，一直延伸到一楼的大厅。帮忙的人需要跑前跑后传递什么东西，只能紧紧贴着墙壁挤进挤出。

张道长正在忙碌。来客进来的时候，他正左手端着一只装有清水的瓷碗，右手握着一支毛笔般细长的小木柄，口中念念有词，围着盛楠的遗体走来走去。人们被这神秘的仪式吸引住了，都不作声。李烹把嘴凑到他身边那位盛楠的学生耳朵边，低声讲了些什么。站在旁边的盛强听出了个大概，大意是这个仪式是盛楠这个弟弟坚持要举行的，既然盛楠死得太过突然，而且如此离奇，学校方面就成全了他。好在这个仪式只局限在很小范围之内，不会有什么不好的影响。那人听后，点点头。

这边，张道长把碗和木柄交给他的徒弟，从案桌上拿起拂尘，微闭着眼，站在盛楠的身子前，继续念叨着什么。

盛强原来以为，自己见到哥哥的时候，一定会不能自抑，可奇怪的是，眼下自己并不是很悲痛。哥哥看起来没什么异样，仿佛只是睡着了一般，甚至脸色还相当红润。但盛强心中仍然翻江倒海，回忆起一幕幕的往事。几乎全是童年时候的往事。紧接着，母亲和父亲的形象涌上心头。盛强觉得眼前开始发黑，觉得自己快要坚持不住了。

“盛强道友，可以了！”张道长轻轻叫了一声，然后退到一旁，左手横捏着拂尘，右手竖起，做了一个“请”的姿势。

盛强咬了下腮帮，提醒自己镇定。他朝李烹示意了一下，于是，李烹上前一步，面对着盛楠，从上衣口袋里掏出一张纸，展开，字正腔圆地念道：

“经火锅大学职称委员会评定，副教授盛楠从即日起晋升为教授，享受正高职称待遇。”

念完，李烹退后，准备与在场的人一起，向盛楠三鞠躬。这时意想不到的事情发生了——只见盛楠的身子忽然动了起来，紧接着，就在众人万分惊诧的目光中，他翻身坐了起来，嘴里说：

“同志们，我等的就是这一天！”

2017 年 6 月　初稿于北京魏公村

2018 年 2 月　二稿于西安幸福快车

2019 年 2 月　定稿于成都青城山高山流水

图书在版编目（CIP）数据

众生入镜/石老狮著.-上海：上海文艺出版社.2019.7

ISBN 978-7-5321-7176-7

Ⅰ.①众… Ⅱ.①石… Ⅲ.①长篇小说－中国－当代

Ⅳ.①I247.5

中国版本图书馆CIP数据核字(2019)第096309号

发 行 人：陈　徵

责任编辑：江　晔

封面设计：A BOOK STUDIO 蜀黍 Design 461084

版式设计：丁旭东

封面插图：站酷海洛

书　　名：众生入镜

作　　者：石老狮

出　　版：上海世纪出版集团　上海文艺出版社

地　　址：上海绍兴路7号　200020

发　　行：上海文艺出版社发行中心发行

上海市绍兴路50号　200020　www.ewen.co

印　　刷：崇明裕安印刷厂

开　　本：889×1168　1/32

印　　张：10.375

插　　页：2

字　　数：193,000

印　　次：2019年7月第1版　2019年7月第1次印刷

I S B N：978-7-5321-7176-7/I·5733

定　　价：35.00元

告 读 者：如发现本书有质量问题请与印刷厂质量科联系　T：021-59404766